UNITALL

Aldebaran

Band 8:

Das Vermaechtnis der Asen

Heinrich von Stahl

1. Auflage
Oktober 2011

Unitall Verlag GmbH
Salenstein, Schweiz
www.unitall.ch

Vertrieb:
HJB Verlag & Shop KG
Schützenstr. 24
78315 Radolfzell
Deutschland

Bestellungen und Abonnements:
Tel.: 0 77 32 – 94 55 30
Fax: 0 77 32 – 94 55 315
www.hjb-shop.de
hjb@bernt.de

Bildelemente: Nick (Russia)
Printed in EU

Kapitel 1: Die Kapitulation

Der ehemalige Bundeswehr-Oberst konnte nicht fassen, was er soeben gehört hatte. Er befand sich im imperialen Raumfort Phobos und lauschte dem Gespräch zwischen dem Thule-Präsidenten Elnan und Föderationsgeneral Tudalur, der die Invasionsflotte kommandierte.

Die beiden Marsmonde Phobos und Deimos[1] waren zu Abwehrfestungen allererster Güte ausgebaut worden – jede von ihnen in der Lage, eine beachtliche Flotte aufhalten zu können. Allein schon die überstarken Reflektoren der Monde waren mit denen der nahezu unüberwindbaren Abwehrschirme der Ischtar-Festungen vergleichbar.

Der Oberst hatte seinen Rang auch innerhalb der imperialen Truppen behalten – allerdings zunächst noch ohne Befehlsgewalt. Nach einer intensiven Schulung mittels Gehirnstrominduktion war er nun nach Phobos kommandiert worden, um mit dem praktischen Ausbildungsprogramm zu beginnen. Erst danach würde er ein Raumlanderegiment befehligen.

Die Worte des soeben beendeten Gesprächs, dem er in der gigantischen Kommandozentrale des Mond-Forts gelauscht hatte, hallten Oberst Ralf Müller noch in den Ohren. Thule-Präsident Elnan hatte den Drohungen Tudalurs nachgegeben und den imperialen Truppen befohlen, die Waffen niederzulegen.

Müller ließ die Ereignisse der vergangenen Stunden kurz gedanklich Revue passieren: Der Imperator war mit seinem Flaggschiff, der ONSLAR II, zur völlig verwüsteten Erde aufgebrochen, um dort einen Schlag gegen einen erst kürzlich errichteten Stützpunkt der Föderation zu führen. Müller hat-

---

[1] Griechisch für »Furcht« und »Schrecken«.

te sich nicht vorstellen können, dass ein solcher Schlag eine kriegsentscheidende Bedeutung haben könnte, und sich darüber gewundert, dass diese Bedeutung vom Imperator hoch genug eingeschätzt wurde, um sich vom Hauptkriegsschauplatz, dem Mars, zu entfernen.

Im Gegenzug hatte sich die Föderationsflotte, von Terra kommend, mit den gefürchteten Cassadaren an der Spitze dem Mars genähert. Diese dem Gros der Flotte vorauseilenden organischen Raumschiffe waren in der Lage, Vril-Bomben innerhalb gegnerischer Raumschiffe materialisieren zu lassen. Auf diese Weise konnten sie aus sicherer Distanz ganze Flotten innerhalb von Sekunden vernichten. Die Aussichtslosigkeit eines offenen Kampfes gegen die Cassadaren hatte die imperialen Verbände dazu veranlasst, sich zum Asteroidenring zwischen Jupiter und Mars zurückzuziehen.

Doch General Nungal hatte einen Plan entwickelt, den Kampf gegen die Cassadaren doch noch aufnehmen zu können. Man hatte das Austrittsende eines getarnten Wurmlochs hinter die Bestien manövriert. Fünfhundert Jabos waren daraus hervorgeschossen und hatten ihre Vril-Bomben ausgeklinkt, die wenige Zehntelsekunden später in die Reflektoren der gentechnisch erzeugten Raumschiffe schlugen. Trotz großer eigener Verluste war die Aktion ein voller Erfolg gewesen: Keiner der Cassadaren hatte den Angriff der Jabos überstanden.

Doch dann rückte die ›konventionelle‹ Föderationsflotte an. Mit ihren rund zweitausend Schiffen war sie den imperialen Verbänden beim Asteroidenring zwar rund dreifach überlegen, doch zusammen mit den planetaren und lunaren Abwehrforts hätten die imperialen Streitkräfte eine Chance gehabt, die Angreifer zu schlagen. Müller vermutete jedoch, dass sich die imperiale Flotte bereits zu weit vom Mars entfernt hatte, um noch rechtzeitig in die Kämpfe eingreifen zu können. Allein auf die Abwehrfestungen gestellt, schien das Risiko für Thule-Präsident Elnan zu groß gewesen zu sein, bei einer Schlacht um den Mars das Leben von drei Milliarden Menschen in den Höhlensystemen ernsthaft zu gefährden. Tief im Innern war Müller ob der Umsicht Elnans erleichtert, denn seine Frau und seine beiden Kinder befanden sich nach ihrer gemeinsamen Flucht aus dem zerstörten Berlin ebenfalls in der subplanetaren marsianischen Stadt Neubabylon.

Gespannt beobachtete der Oberst die Ereignisse auf dem in der Diagonale zwanzig Meter messenden Hauptbildschirm, der an vier dünnen Stangen aus schwarzen Kohlenstoff-Nanoröhren von der kuppelförmigen Decke der Zentrale hing. Er zeigte rund zweitausend föderale Schiffe, die sich langsam auf die Oberfläche des Mars und die seiner beiden Trabanten herabsenkten – darunter Schlachtschiffverbände, die den aldebaranischen im Detail glichen, aber auch die zigarrenförmigen Raumer der Onstrakar, einem Methan atmenden Volk aus dem Zentrum der Milchstraße, dem Neocapella-System[2] unmittelbar benachbart. Diese fremdartig erscheinenden Wesen – Müller hatte bisher lediglich Filmaufnahmen von ihnen gesehen – waren erst vor wenigen Wochen der Föderation mit ziemlich unsanften Methoden angeschlossen worden. Nachdem Pentar innerhalb weniger Minuten ihre Flotte mit nur zwölf Cassadaren zur Hälfte vernichtet hatte, war ihnen nichts anderes als die bedingungslose Kapitulation und damit die Unterwerfung unter Pentars Befehl übriggeblieben.

Der nur wenige Millimeter dicke Bildschirm zeigte nun einen Ausschnitt der gegnerischen Flotte – und zwar nur jene Schiffe, die sich Phobos näherten. Dicke Schweißperlen beobachtete der Oberst auf der Stirn von Generalleutnant Hauser, dem Kommandanten der Raumabwehr des Forts. Hauser war ein stämmiger, mittelgroßer Mann mit sonnengebräunter Haut und feucht schimmernder Glatze. In diesem Soldaten musste ein Gefühlssturm toben, ausgelöst durch den Befehl Elnans, eine

---

[2] Zentralsystem der Föderation.

der stärksten, jemals auf einem Mond erbauten Abwehrfestungen dem Gegner kampflos zu überlassen.

Nach Müllers Ansicht mochte die Tatsache, dass der Thule-Präsident normalerweise nicht weisungsbefugt gegenüber den regulären Truppen gewesen wäre, seinen Anteil an dem offensichtlichen Widerwillen des Generalleutnants haben. Doch es war der Imperator selbst gewesen, der unmittelbar vor seinem Abflug das Kommando über die solare Flotte auf Raummarschall Unaldor und den Befehl über die planetare Verteidigung auf den Thule-Präsidenten übertragen hatte.

Die Schleusen von rund dreihundert über Phobos schwebenden Schiffen öffneten sich. Heller Lichtschein fiel aus den entstandenen Öffnungen auf die von Kratern übersäte Oberfläche des Marsmondes, der im Mittel zweiundzwanzig Kilometer durchmaß. Dann regneten Tausende dunkler Punkte aus den geöffneten Schiffen, von denen Müller wusste, dass es sich um Raumlandesoldaten handelte. Einige der Schiffe waren zylinderförmig mit abgerundeten Enden und einem der Länge nach umlaufenden Wulst. Auf einen dieser hässlichen, braunschwarzen Giganten fokussierte sich nun die Darstellung auf dem Hauptbildschirm. Der Wulst hatte sich wie ein gigantischer Riss geöffnet. Vor dem Hintergrund gelbem, aus der Öffnung scheinenden Lichtes waren humanoide Gestalten zu erkennen, die jeweils einen silbernen Stab mit sich trugen, der länger als ihre eigene Körpergröße war. Eine weitere Vergrößerung offenbarte die wahre Natur jener, die sich nun anschickten, auf Phobos zu landen. Es handelte sich um Yx, jeder von ihnen zweieinhalb Meter groß, den Körper mit einem braunschwarzen, aus Dreiecken geformten Körperpanzer bedeckt, mit einem dreieckigen, nach unten spitz zulaufenden Kopf, der von einem pyramidenförmigen Maul mit aus den vier Seiten herausragenden sichelförmigen Beißwerkzeugen verunziert wurde. Die rot glühenden Augen trugen ein Übriges zum dämonisch wirkenden Auftritt der künstlich geschaffenen Krieger bei, die im freien Weltraum ohne Raumanzug existieren konnten.

Hauser war jedoch niemand, der sich durch das fremdartige Aussehen von Intelligenzen in irgendeiner Form beeindrucken ließ. Im Gegenteil – mit einer fast stoischen Ruhe kam er den Anweisungen Elnans nach, indem er befahl: »Außenschleusen öffnen.«

Nachdem einer der Offiziere meldete: »Atmosphäre hergestellt!«, ordnete Hauser an: »Innenreflektoren abschalten!«, womit er die Schutzschirme meinte, die anstelle von inneren Schleusenschotts den Stützpunkt von den Pumpkammern trennten. Anschließend fügte er hinzu: »Handfeuerwaffen auf den Boden legen.«

Gespannt warteten die Männer in der Zentrale auf die Dinge, die da nun kommen mochten. Sie verfügten über Waffen, die innerhalb einer Sekunde Granaten mit Dutzenden Gigatonnen Sprengkraft verschießen konnten – und doch waren sie nun gezwungen, tatenlos die Ankunft einer Besatzungsarmee abzuwarten.

Bereits nach wenigen Minuten war das Stampfen im Gleichschritt marschierender Soldaten zu hören. Kurz darauf glitten die beiden Hälften des Haupteingangs zur Zentrale mit einem zischenden Geräusch auseinander. Zwanzig Yx mit zur Decke zeigenden Stäben traten ein. Sie wirkten wie dämonische Fußtruppen in einem naturwissenschaftliche Erkenntnisse außer Acht lassenden Fantasy-Epos. Die Soldaten in der Zentrale waren sich darüber im Klaren, dass es sich bei diesen vermeintlichen Stäben um hochmoderne Magnetfeldgewehre von ungeheurer Durchschlagskraft handelte, die im Nahkampf allerdings wie antike Hiebwaffen eingesetzt werden konnten.

Den schwarzbraunen, gentechnologisch geschaffenen Kriegern folgten fünfzig Grauuniformierte, die ebenfalls im Gleichschritt in die Zentrale marschierten. Ihnen voran schritt ein Offizier mit den Rangabzeichen eines Obersten direkt auf

Generalleutnant Hauser zu. Unmittelbar vor dem Kommandanten des Stützpunktes stoppte der Föderationsoffizier und salutierte nach aldebaranischem Brauch, indem er die Absätze zusammenschlug und sich schwungvoll die rechte Faust auf die linke Brust legte.

»Oberst Jolikan! Ich übernehme die Befehlsgewalt über dieses Fort im Namen der galaktischen Föderation!«

Hauser strich sich mit der Linken über seine sonnengebräunte Glatze. Seine hellblauen Augen funkelten gefährlich, als er voller Zynismus entgegnete: »Was Sie nicht sagen, Oberst. Dabei war ich davon ausgegangen, Sie wollten mir Ihre Kapitulation anbieten.«

Für den Bruchteil einer Sekunde drückten die Gesichtszüge des Obersten eine leichte Verwirrung aus. Doch dann bewies er, dass er ebenfalls über eine gewisse Portion Humor verfügte: »Umso mehr würde es mich nun freuen, wenn Sie die kleine Enttäuschung einfach wegstecken, wie es sich für einen imperialen Offizier gehört, und sich meiner, für sie natürlich völlig überraschenden Forderung fügten.«

Er blickte dem einen halben Kopf größeren Hauser in die Augen und fügte hinzu: »Bitte geben Sie den Befehl, dass die Besatzung sich bei den Schleusen mit geschlossenen Raumanzügen einfindet. Sie werden dann zum Mars abtransportiert. Nach einer kurzen Feststellung der Personalien Ihrer Männer können diese dann zu ihren Familien heimkehren.«

Der Generalleutnant gab die entsprechenden Befehle aus dem gleichermaßen einzigen wie banalen Grund: Ihm blieb nichts anderes übrig.

*

Ein föderales Superschlachtschiff brachte die ehemalige Besatzung des Phobos-Forts zum Raumhafen Neubabylon-Delta. Dutzende Kreuzer, Zerstörer und Schlachtkreuzer der Flotte des

Präsidenten Pentars schwebten unter dem weißgrauen Marshimmel, in den manche auch einen leichten Blaustich hineininterpretierten. Die meisten Kriegsschiffe hatten die Schleusen geöffnet und ließen Invasionstruppen auf den rötlichbraunen Kunststoffbelag des Raumhafens herabregnen.

Als sich die Unterseite des Superschlachtschiffes nur noch einhundert Meter über der Planetenoberfläche befand, öffnete sich das Außenschott, das die fünfhundert imperialen Soldaten und ihre zweihundert schwerbewaffneten Bewacher von der Außenwelt getrennt hatte.

Zusammen mit den anderen hob Müller mithilfe des Flugaggregats seines Raumanzuges ab und ließ sich nach draußen tragen. Mit einem in seinen Gedärmen nagenden Fatalismus beobachtete er die Reihen der gegnerischen Soldaten, die sich zusammen mit schwerem Kriegsgerät aus den benachbarten Schiffen auf den Raumhafen ergossen. Sahalpanzer der Föderation[3] und ganze Kolonnen von Soldaten in Exoskeletten marschierten auf einen geöffneten Bunkereingang zu. War diese Streitmacht erst einmal in Neubabylon, so würde sie sich, wenn überhaupt, nur noch unter großen eigenen Verlusten und erheblichen Zerstörungen der Stadt vertreiben lassen. Doch wer sollte dies tun? Thule-Präsident Elnan hatte die Kapitulation befohlen. Folglich waren sämtliche imperialen Truppen wahrscheinlich bereits entwaffnet und von der ersten Welle der föderalen Verbände gefangen genommen worden.

Der ehemalige Bundeswehr-Oberst hatte erst vor wenigen Tagen das Angebot angenommen, sich zusammen mit seiner Familie dem Imperium anzuschließen. Seinen Entschluss zu diesem Schritt hatte er nach den unhaltbaren Zuständen auf der Erde mit einer gewissen Euphorie getroffen. Müller hatte davon geschwärmt, zukünftig Bürger eines freiheitlichen,

---

[3] Benannt nach der sumeranischen Großkatze „Sahal".

galaktischen Großreichs sein zu können, mithilfe aldebaranischer Technologie die Galaxis zu erkunden und – wenn nötig – auch im Kampf für die Dutzende Milliarden zählende Gemeinschaft einzustehen – einer Gemeinschaft, in der die Menschen nach rationalen Gesichtspunkten an einem Strang zogen, um technologischen Fortschritt, Wohlstand und Kultur weiterzuentwickeln. Eine solche Geisteshaltung war auf der Erde nur bei einem Bruchteil der Bevölkerung vorhanden – mit rückläufiger Tendenz –, weshalb auf Terra ungezügeltes Profitstreben und daraus resultierende Kriege immer noch an der Tagesordnung waren.

Doch nun, wenige Tage nach seinem Eintreffen auf dem Mars, schien dieses von Müller unbesiegbar geglaubte, ewige Imperium bereits vor dem Untergang zu stehen. Die weit überlegenen Föderationstruppen schickten sich nun an, den Mars kampflos zu erobern. Müller überlegte, ob der Befehl des Thule-Präsidenten zur Kapitulation damit zusammenhängen mochte, dass ein Krieg zwischen Menschen von der imperialen Bevölkerung als ein undenkbarer Akt der vorsintflutlichen Barbarei angesehen wurde, und dass Elnan deshalb einen solchen Krieg mit allen Mitteln zu verhindern trachtete – und sei es um den Preis einer Niederlage.

Die Bewacher in ihren grauen Raumanzügen dirigierten die imperialen Gefangenen zum Ende einer Kolonne föderaler Bodentruppen, die sich anschickte, in einem der geöffneten Bunkereingänge zu verschwinden. Mit den imperialen Soldaten in der Mitte reihten sie sich am Ende der marschierenden Truppen ein. Durch eine dreihundert Meter durchmessende Schleuse, die normalerweise zur Aufnahme kleinerer Raumschiffe gedacht war, gelangten sie in das weitverzweigte Bunkersystem, das die subplanetare Stadt mit der Oberfläche verband.

Nachdem der riesige Schleusenraum nahezu gefüllt war, wurde hinter ihnen ein Reflektorfeld aufgebaut, das sie hermetisch von der Außenwelt abschloss. Unmittelbar darauf wurde Luft in die nur von der dünnen Marsatmosphäre gefüllte Halle gepumpt. Die inneren Schleusenschotts öffneten sich und gaben den Invasionstruppen und ihren imperialen Gefangenen den Weg frei zu den Aufzügen und Schächten, die in das die gesamte Marskruste durchziehende Höhlensystem führten.

Die ehemalige Besatzung des Raumforts folgte einem kleinen Trupp der Bewacher in einen der fünfzehn in die Schleusenhalle mündenden Gänge, während das Gros der Grauuniformierten die Gefangenen flankierte. Der rund fünfzig Meter breite und zehn Meter hohe Gang mündete in einen Schacht, der senkrecht in die Tiefe führte. Die siebenhundert Soldaten ließen sich einfach hineinfallen und schwebten mithilfe ihrer Flugaggregate drei Kilometer nach unten. Zu ihren Füßen blickten sie in einen lichtdurchfluteten, von bunten Pflanzen bewachsenen Hohlraum. Dann durchstießen sie die Höhlendecke. In der einen Richtung erstreckte sich die Höhle nur etwa tausend Meter weit, in den drei anderen jeweils mindestens zwanzig Kilometer. Boden, Hänge und selbst die zerklüfteten Wände bis knapp unter die Decke waren mit Gebäuden im neoklassizistischen Stil, umgeben von Pflanzen aller Formen und Farben, übersät. Sie landeten schließlich vor einem kuppelförmigen, rund zweihundert Meter hohen Bau, der wie ein riesiger Saphir bläulich schimmerte. Im Innern des Gebäudes, das in Friedenszeiten als Sportarena diente, wurden sie von weiteren Föderationssoldaten in Empfang genommen. Die Gefangenen wurden aufgefordert, sich zu einem Pult zu begeben, das in der Mitte des Fußballfeldes stand und dessen gesamte Breite umfasste. Dahinter saßen Grauuniformierte, die Namen, Dienstgrade und Privatadressen aus den Ausweisen der imperialen Soldaten notierten. Anschließend mussten sie ihre Raumanzüge abgeben und wurden dann ohne weiteren Kommentar entlassen.

*

Müller folgte dem Strom seiner Kameraden nach draußen auf den ausgedehnten Gleiterparkplatz, der normalerweise von den Besuchern der Sportereignisse – meist waren dies Fußballspiele – genutzt wurde. Er tat das, was wohl die meisten der imperialen Soldaten auch taten: Er befahl seinem persönlichen Agenten – einem in seinem Gehörgang verborgenen Wunderwerk aldebaranischer Nanotechnologie –, eine Verbindung zu seiner Frau Katrin herzustellen.

»Ralf! Gott sei Dank! Bist du verletzt worden?«, hörte der Oberst aus dem Mikrolautsprecher.

»Nein, hier ist niemand verletzt worden. Die Übergabe des Forts und der anschließende Transport zum Mars verlief absolut gewaltfrei. Kannst du mich abholen? Nachdem wir unsere Waffen abgegeben haben und unsere Personalien festgestellt wurden, haben die uns einfach laufenlassen. Ich stehe auf dem Parkplatz des Nietzsche-Stadions.«

»Klar! In ein paar Minuten bin ich bei dir.«

Ralf beobachtete die ersten Gleiter, die sich in allen Farben und zumeist in ästhetischen Formen auf den Parkplatz herabsenkten. Sie waren von denjenigen Kameraden herbeigerufen worden, die vor ihm das Stadion verlassen hatten. Kurz darauf sah er einen zitronengelben, tropfenförmigen Gleiter, vorne mit zwei zylinderförmigen Wülsten, die jeweils einen Meter über den so genannten Tropfen hinausragten. Das Fluggerät reihte sich in den Strom der sich auf den Parkplatz herabsenkenden Fluggeräte ein. Müller erreichte den Gleiter, kaum dass er den Boden berührt und sich die beiden Flügeltüren geöffnet hatten. Auf der Fahrerseite erkannte er Katrin, die soeben ihre Gurte lösen wollte, um auszusteigen und nach ihm zu suchen.

»Kannst angeschnallt bleiben! Bin schon da!«

Katrin blickte durch die geöffnete Beifahrertüre. Ein erleichtertes Lächeln umspielte ihre Lippen, als sie ihren Mann gesund und munter einsteigen sah. »Tja, das gelbe Ding ist ja auch wohl nicht zu übersehen.«

Der Oberst setzte sich auf den Beifahrersitz und gab seiner Frau einen Kuss, bevor er sich anschnallte. Während der Gleiter abhob, fragte er: »Und, was sagt die Regierung?«

»Nur, dass wir uns ruhig verhalten und mit den föderalen Truppen kooperieren sollen.«

»Verstehst du das? Der Mars ist der wichtigste imperiale Rüstungsplanet und wird dem Gegner trotzdem einfach kampflos überlassen. Wir hätten immerhin eine Chance gehabt, die Angreifer zurückzuschlagen.«

»Ich vermute, dass der Thule-Präsident dabei Verluste unter der Zivilbevölkerung vorausgesehen hat, die er nicht verantworten konnte«, sagte Katrin mit deutlich mitschwingender Überzeugung. »Und außerdem scheint ihm ein Krieg zwischen Menschen zutiefst zuwider zu sein.«

»Tja«, entgegnete Ralf, »nur dass eine Zivilisation, die so denkt, über kurz oder lang von einer anderen, die nicht so denkt, vernichtet oder assimiliert wird. Eine solche den bedingungslosen Pazifismus zwischen Menschen praktizierende Gesellschaft ist dem Untergang geweiht. Gegen Aggressoren muss man sich verteidigen, selbst wenn es sich um Angehörige der gleichen Spezies handelt.«

Katrin, die bei der memogenetischen Aufnahmeprüfung der aldebaranischen Rekrutierungsstellen ausgezeichnet abgeschnitten hatte, lachte trocken auf. Sie ließ den Gleiter in den Flugkorridor einschwenken, der sie zu ihrem provisorischen Heim in der Nähe des Regierungszentrums bringen sollte. Nach ein paar Sekunden, in denen sie offensichtlich nach den passenden Worten gesucht hatte, sagte sie: »Weißt du, Ralf, manchmal sind die Dinge nicht so offensichtlich, wie sie scheinen. Wie du dich sicherlich noch erinnerst, habe ich die imperiale Regierungsform eher kritisch gesehen, bevor wir uns bei den Rekrutierungsstellen meldeten. Mittlerweile bin ich jedoch tatsächlich davon überzeugt, dass die Struktur und die internen Mechanismen dieser Regierung tatsächlich darauf ausgerichtet und optimiert sind, dem Wohle der Bevölkerung zu dienen. Diese Gesellschaftsform hat sich über Jahrtausende, auch gegen sicherlich vorhandene Anfeindungen, als stabil und sehr erfolgreich erwiesen. Deshalb glaube ich nicht daran, dass sich ein solches System aus pazifistischen Gründen einfach selbst aufgibt. Daraus wiederum schließe ich, dass der Imperator noch ein Ass im Ärmel hat, das er schon bald ausspielen wird.«

»Und was für ein Ass sollte das sein?«

»Ich bin mir ziemlich sicher, dass wir das schon sehr bald erfahren werden.«

Sie flogen durch ein fünfhundert Meter durchmessendes Loch im Boden in die nächste »Wabe« des die gesamte Marskruste durchziehenden Höhlensystems. Es handelte sich um Neubabylon-Dor, den zentralen Hohlraum, der unter anderem das kuppelförmige, auf neoklassizistischen Säulen ruhende Regierungszentrum der ehemaligen Dritten Macht beherbergte. Auch hier waren der Boden mit seinen sanften Hügeln und die zum Teil bizarr zerklüfteten Wände mit kunstvoll angelegten Gärten und einigen Millionen Einfamilienhäusern im ebenfalls neoklassizistischen Stil bebaut worden.

Einen knappen Kilometer vom Regierungszentrum entfernt ließ Katrin den Gleiter auf einen mit rostrotem Schotter bedeckten Platz niedergehen. In seiner Mitte stand ein provisorisch anmutendes, schmuckloses Gebäude, das überhaupt nicht in diese prachtvolle Umgebung zu passen schien. Es handelte sich um den Eingangsbereich zu einem innerhalb kürzester Zeit in den Höhlenboden getriebenen Wohnsystem, das einem Teil der Terraner als temporäre Behausung dienen sollte, die vor dem Angriff der Mohak von der Erde evakuiert worden waren. Eine der dort angelegten Wohneinheiten war den Müllers zugewiesen worden.

Das ganze System war eine Zwischenlösung, bis ein weiterer Hohlraum zunächst mit Reflektorfeldern von den unbewohnten abgegrenzt, mit einer Atmosphäre geflutet und die Wohngebäude errichtet worden waren. Danach würden die Neuankömmlinge das Provisorium verlassen und den neu erschlossenen Hohlraum beziehen. Die Fertigstellung hätte nur noch ein paar Tage gedauert – wenn es denn nicht zur Invasion der föderalen Truppen gekommen wäre.

Katrin stellte den Gleiter zwischen ein paar Tausend weiteren ab. Anschließend machte sich das Paar auf den Weg zu der nicht mehr als zehn Meter hohen, quadratischen Halle, die man aus weißen Fertigbauelementen errichtet hatte. Sie gingen auf die gläsernen Hälften einer Schiebetür zu, die durch regen Fußgängerverkehr ständig offen gehalten wurde.

Im Innern der Halle herrschte ein Treiben wie auf einer terranischen Geschäftsstraße zur Stoßzeit. Soldaten kehrten von ihren Posten zu ihren Wohneinheiten zurück, andere waren auf dem Weg zu dem Gleiterparkplatz, um ihre Angehörigen irgendwo abzuholen. So friedlich die Invasion der föderalen Truppen bisher auch verlaufen war, so groß war jedoch das entstandene Chaos. In den Gesichtern der Menschen stand die Verwirrung darüber geschrieben, dass man sich kampflos ergeben hatte.

Die Müllers nahmen einen der unzähligen Aufzüge, die in die Tiefe führten. Bereits auf der zweiten unteren Ebene stiegen sie aus und gelangten über mehrere Abzweigungen zu ihrer Wohneinheit.

Katrin gab ihrem persönlichen Agenten den Befehl, den Zugangscode zu senden. Die schmucklose weiße Tür öffnete sich mit einem Summen nach innen. Die beiden Kinder der Müllers, der neunjährige Herbert und die sechsjährige Monika, rannten ihren Eltern freudestrahlend entgegen.

Ralf nahm seine Tochter, die ihre Arme um seine Hüften geschlungen hatte, hoch und drückte sie fest an sich. Die beiden

Kinder, die bei der Invasion der Mohak ihr Gehör verloren hatten, waren dank der aldebaranischen Medizin wieder vollkommen genesen. Zusätzlich hatte man sie sogar mit Gehirnstrominduktoren behandelt, um sie von ihren Traumata zu befreien.

Mit seiner Tochter auf dem Arm durchquerte der Oberst den Flur in das zweckmäßig eingerichtete Wohnzimmer und gab seinem persönlichen Agenten den Befehl, den Universalnetz-Monitor einzuschalten. Er fügte noch hinzu, dass die Netzseite der Regierung angewählt werden sollte. Anschließend setzte er seine Tochter ab und ging ins Schlafzimmer.

Wenige Sekunden später war er zurück und sagte mit einer gehörigen Portion Verblüffung in der Stimme: »Schatz, es war noch niemand hier, um den Kampfanzug und das Magnetfeldgewehr abzuholen.« Diese Dinge gehörten zur Grundausstattung jedes imperialen Soldaten, die zuhause aufbewahrt wurden, um im Alarmfall schneller einsatzfähig zu sein.

Bevor Katrin etwas entgegnen konnte, erschien auf dem Bildschirm der Oberkörper des Thule-Präsidenten Elnan. Darunter ein Hinweis, dass es sich um eine Aufzeichnung handelte.

Die Müllers nahmen auf der dunkelblauen Couch mit ihren Kindern auf dem Schoß vor dem Monitor Platz. Sie hörten den Thule-Präsidenten sagen:

»... wäre ein bewaffneter Widerstand nicht zu verantworten gewesen. Aus diesem Grunde habe ich mich entschlossen, mich der barbarischen Drohung des im Auftrage Pentars handelnden Kommandeurs der Föderationstruppen zu beugen. Ich habe außerdem darauf hingewiesen, dass es ein Verbrechen ist, die Menschheit zu entzweien und zum Kriege gegeneinander aufzuhetzen. Die gesamte kulturschaffende, sich der Weiterentwicklung verschriebene Menschheit bildet eine untrennbare Einheit, die nicht dauerhaft durch die Machtgelüste eines Verräters wie Pentar gespalten werden darf.

Ich kann Ihnen versichern, meine Freunde, dass sich sowohl der Imperator als auch sein verbrecherischer Widersacher auf einer Mission außerhalb dieses Systems befinden. Genaueres dazu kann ich zum jetzigen Zeitpunkt allerdings nicht preisgeben, nur so viel: Am Ende wird der Verräter Pentar seine gerechte Strafe erhalten, und der von den Besten seines Volkes legitimierte Imperator wird die gesamte Menschheit in eine friedliche, von Wohlstand, Fortschritt und Eintracht geprägte Zukunft führen. – Verehrte Kameraden[4] …«

»Meinst du, diese seltsame Mission könnte das Ass sein, das die Regierung im Ärmel hat?«, fragte Ralf seine Frau. Sie drehte sich zu ihm, wobei ihre dunkelblonden Haare über ihre Wangen fielen, und entgegnete: »Nein. Diese Mission ist sicher von großer Bedeutung, sonst würde der Imperator nicht persönlich daran teilnehmen. Ich glaube aber, dass es noch einen Trumpf gibt, der in naher Zukunft hier auf dem Mars sticht.«

Plötzlich brach die Dauerwiederholung der Ansprache Elnans ab. Auf dem Bildschirm erschien für ein paar Sekunden ein rotes Pentagramm vor einem silbergrauen Hintergrund. Das föderale Erkennungszeichen wich dann einem Mann, der vor einem Pult saß. Seine scharf geschnittenen Gesichtszüge harmonierten vorzüglich mit den selbst für aldebaranische Verhältnisse in einem ungewöhnlich tiefen Blau funkelnden Augen.

»Mein Name ist Tudalur. Ich bin General der föderalen Streitkräfte und Oberkommandierender unserer Stützpunkte innerhalb des Sol-Systems in Präsident Pentars Abwesenheit. Nach der Kapitulation der imperialen Streitkräfte auf dem Mars und seinen beiden Monden übernehme ich die Regierungsgewalt bis zur ordentlichen Eingliederung des Sol-Systems in die Föderation. Ich fordere alle Bewohner des Systems auf, sich kooperativ zu verhalten. Wer Widerstand leistet, hat mit empfindlichen

---

[4] In einer aldebaranischen Rede würde es als unsinnig gelten, ständig darauf hinzuweisen, dass es zwei Geschlechter gibt. Was einigen Leuten auf Terra offensichtlich immer wieder in Erinnerung gerufen werden muss, ist selbst bei Kindern bereits fest verankertes Gedankengut.

Strafen zu rechnen. Ich lade Sie alle dazu ein, sich schon heute als freie Bürger der Föderation zu sehen. Sie werden schon bei den bald stattfindenden freien Präsidentschaftswahlen in den Genuss des vollen Stimmrechts kommen. In der Zwischenzeit, das heißt nach der demokratischen Neuordnung der hiesigen Verhältnisse, werden Sie Gelegenheit haben, frei und unabhängig eine regionale Übergangsregierung für dieses System zu wählen. Es ist mir eine Freude, Sie in der Gemeinschaft der freien Menschen und der anderen gleichberechtigten Intelligenzen innerhalb der galaktischen Föderation begrüßen zu dürfen.«

Der General fügte eine kurze Kunstpause ein, bevor er fortfuhr: »Sämtliche Offiziere der föderalen Befreiungstruppen ab dem Rang eines Majors möchte ich zu einer Feier anlässlich dieses unblutigen Sieges in das ehemalige Regierungszentrum einladen. Die Aufklärung meldet, dass sich die imperiale Flotte nach wie vor im Asteroidenfeld aufhält, weshalb keine unmittelbare Gefahr droht. Sollte sich der Gegner doch noch zum Angriff entschließen, bleibt Ihnen genügend Zeit, auf Ihre Posten zurückzukehren. Zusätzlich möchte ich diejenigen imperialen Offiziere zu dieser Feierlichkeit einladen, die sich bereits entschlossen haben, unserem Kampf für Freiheit und Demokratie beizutreten. Bitte finden Sie sich um 16 Uhr im Vortragssaal der ehemaligen Residenz des imperialen Gouverneurs ein. Die föderalen Offiziere bitte ich, eine Stunde früher zu erscheinen.«

»Das ist ja bereits in zwei beziehungsweise drei Stunden«, bemerkte Katrin, nachdem der Bildschirm wieder das Pentagramm zeigte. »Wirst du hingehen?«

»Du wirst es nicht glauben, mein Schatz, aber mir ist noch gar nicht bewusst geworden, dass diese Einladung ja auch für mich gilt.« Ralf musterte seine Frau nachdenklich. »Ich sage dir ganz ehrlich: Das Imperium hat meine volle Sympathie. Ich vertraue dem Imperator und seinen Ordensbrüdern, von denen ich ja einige bereits persönlich traf und als ehrenhafte Männer schätzen gelernt habe.«

Katrin lächelte. Ihre dunkelgrünen Augen funkelten, und es bildeten sich die kleinen Grübchen auf ihren Wangen, die Ralf so an ihr liebte. »Damit dürfte deine Entscheidung feststehen, hinzugehen«, sagte sie.

Der Oberst war für einen kurzen Moment verwirrt. Doch dann hörte er seine Frau hinzufügen: »Wenn du dem Imperium helfen willst, musst du möglichst viel über den Gegner wissen. Wenn du hier herumhockst, erfährst du allerdings nichts.«

Nun war es Ralf, dessen Lippen ein warmherziges Lächeln umspielte. Wie sehr liebte er diese intelligente, schöne, zärtliche Frau, die seine Gedanken so oft erraten konnte. Natürlich hatte er im gleichen Moment, als Tudalur die Einladung aussprach, beschlossen hinzugehen, um sich ein Bild vom Gegner machen zu können. Mit seiner Bemerkung, es wäre ihm nicht bewusst gewesen, dass diese Einladung auch ihn beträfe, hatte er lediglich Katrin herausfordern wollen, ihre Meinung zu sagen. Doch ihr Blick offenbarte ihm, dass sie auch dies wusste.

Das junge Paar verfolgte sodann das nun von der Föderation geprägte Regierungsprogramm zweieinhalb weitere Stunden. Es handelte sich um ziemlich plumpe Propaganda, die Pentar und dessen Meisterleistungen als Föderationspräsident verherrlichten. Schließlich erhob sich der Oberst und sagte: »Dann werde ich mich mal in meine Ausgehuniform schmeißen. In einer Stunde soll ich schließlich nebenan im Regierungszentrum sein.«

Katrin nickte ihm zu, und Ralf verschwand in Schlafzimmer. Doch aus heiterem Himmel erfolgte plötzlich ein heftiger Schlag, der durch den Boden raste, verbunden mit einem dumpfen Grollen, das erst nach mehreren Sekunden abebbte. Die Gläser im Schrank klirrten. Die Lampe an der Decke pendelte hin und her. Ralf stürzte zurück ins Wohnzimmer.

»Das war eine Explosion«, platzte es aus ihm heraus, während er in die ängstlichen Gesichter seiner Kinder blickte. Unmittelbar darauf erfolgte ein zweiter Schlag.

*

Seit seiner Befreiung von der Konditionierung, die Pentar ihm vor Jahrzehnten verpasst hatte, war Tudalur ein überzeugter Anhänger des Imperators. Dummerweise war er jedoch der *einzige* föderale Offizier, der vor wenigen Wochen im Neocapella-System durch Elnan von dieser verbrecherischen Manipulation des Verstandes befreit worden war. Aus diesem Grunde konnte er sich selbst als Oberkommandierender der Flotte – selbst in Abwesenheit Pentars – nicht offen gegen den Verräter stellen. Die dem Föderationspräsidenten hörigen Offiziere hätten ihn sofort verhaftet und kaltgestellt.

Bevor die Flotte den Mars erreicht hatte, war Elnan als Parlamentär an Bord von Tudalurs Flaggschiff gekommen und hatte vorgegeben, auf die Seite der Föderation überlaufen zu wollen. Unter dem Vorwand, die persönlichen Konditionen für diesen angeblichen Seitenwechsel zu verhandeln, hatten der Thule-Präsident und der Föderationsgeneral eine Gelegenheit zu einem Gespräch unter vier Augen in Tudalurs Privatgemächern gehabt. Sie hatten einen Plan General Nungals besprochen und später in die Tat umgesetzt, der das Ende der zwanzig als unbesiegbar geltenden Cassadaren zur Folge gehabt hatte. Doch der zweite Teil ihres Plans würde noch schwieriger zu realisieren sein: die föderalen Offiziere auf der Siegesfeier zu überwältigen und von ihren Konditionierungen zu befreien.

In Gedanken um diese Themen kreisend, saß Tudalur immer noch im Aufnahmeraum des imperialen Regierungszentrums, obwohl er seine Ansprache bereits vor Minuten beendet hatte. Feine Schweißperlen standen auf seiner hohen Stirn, als er an die bevorstehende Ausführung dieses aberwitzigen Plans dachte. Doch gab es eine weniger risikoreiche Alternative zu diesem Vorhaben? Wenn er sie gekannt hätte, so hätte er sie Elnan vorgeschlagen.

Doch auch wenn ihm jetzt noch eine bessere Möglichkeit einfiele, die Dinge im Sinne des Imperators zu beeinflussen, so wäre es nun zu spät. *Die Würfel sind gefallen*[5], hätte er gedacht, wären ihm die berühmten Worte des römischen Feldherrn bekannt gewesen.

Doch die Erkenntnis, dass ohnehin nichts mehr zu ändern war, gab ihm seine Entschlossenheit zurück. Ruckartig erhob er sich und durchschritt die sich automatisch mit einem leisen Zischen öffnende Schiebetüre, die den Aufnahmeraum von einem breiten Flur trennte. Dort wurde der General bereits erwartet. Ein Offizier und sein aus sechs Soldaten bestehender Trupp salutierten zackig.

»Leutnant Obadan mit Erkundungseinheit vollzählig angetreten!«

»Durchsuchen Sie das Regierungsgebäude nach versteckten Bomben und Ähnlichem. Konzentrieren Sie sich dabei auf die Räumlichkeiten, in denen die Feier stattfinden wird.«

Tudalur hatte den Leutnant für diesen Auftrag ausgewählt mit dem Wissen, dass Obadan für eine solche Aufgabe denkbar ungeeignet war. Er galt als mutiger Kämpfer, doch alles, was nicht mit direkten Kampfhandlungen zu tun hatte, hielt der Leutnant für bürokratische Unannehmlichkeiten, um es vorsichtig auszudrücken. Diese Einstellung war ihm schon mehrfach als Disziplinlosigkeit ausgelegt worden, weshalb er erst vor drei Monaten vom Hauptmann zum Leutnant degradiert worden war.

Schließlich hatte Tudalur ein besonderes Interesse daran, dass die Suche innerhalb des Regierungszentrums nicht besonders gründlich durchgeführt wurde: Der Plan Elnans sah vor, dass sich im zweiten Untergeschoss ein imperiales Einsatzkomman-

---

[5] Ausspruch von Julius Caesar, nachdem ein Angehöriger seiner Armee den Grenzfluss Rubikon überschritten und somit für römische Truppen verbotenes gallisches Gebiet betreten hatte.

do samt zwanzig Gehirnstrominduktoren und zugehörigem wissenschaftlichen Personal versteckt hielten. Sobald die Feier im Gange war, sollte das Einsatzkommando die föderalen Offiziere gefangen nehmen und ins Untergeschoss führen, wo sie von ihren Konditionierungen befreit werden sollten.

*

Lustlos machte sich Obadan an die Arbeit. Er gab seinen sechs Soldaten zunächst den Befehl, den Vortragssaal zu durchsuchen. Die Männer, entsprechend suboptimal von ihrem Vorgesetzten motiviert, streiften mit ihren Messgeräten durch die auf einer schrägen Ebene angeordneten Sitzreihen und versuchten ein Anzeichen aktiver Quantenkohärenz[6] oder die Ausdünstungen herkömmlichen Sprengstoffs aufzuspüren.

Der Leutnant hielt diese Arbeit, gelinde gesagt, für bescheuert. Er setzte sich auf das Podium und beobachtete gelangweilt seine Kameraden. Dabei fragte er sich, wer auf eine derart hirnrissige Idee gekommen sein mochte, hier nach versteckten Sprengsätzen suchen zu lassen. Falls die Imperialen Widerstand zu leisten gedachten, so hätten sie dies in viel aussichtsreicherer Position getan, nämlich als die föderale Flotte noch im Anflug gewesen war. Wenn sie hier jetzt eine Bombe hochgehen ließen, so würde man ihnen dies sicherlich als »Widerstand« auslegen – bei dem Gedanken entstand ein schadenfrohes Lächeln auf Obadans dünnen Lippen – und man würde die Verantwortlichen auf dem bereits eroberten Planeten schnell zur Rechenschaft ziehen können. Gewonnen hätten die Imperialen damit also nichts – außer dass sie das bürokratisch veranlagte föderale Oberkommando beseitigt hätten, was sich sicherlich nicht negativ auf die Kampfkraft

---

[6] Unabdingbare Voraussetzung für den Vril-Prozess, der z.B. bei der Funktionsweise von gleichnamigen Granaten die tragende Rolle spielt.

der Streitkräfte ausgewirkt hätte – ganz im Gegenteil, dessen war sich der Leutnant in einer Anwandlung triefenden Zynismus sicher.

Während Obadan also seinen teils trübsinnigen, teils selbstmitleidigen, teils spöttischen Gedanken nachhing, wurde plötzlich die doppelflügelige Eingangstüre zum Vortragssaal aufgerissen, das schwere, rhythmische Dröhnen von im Gleichschritt marschierenden Riesen ertönte und eine befehlsgewohnte Stimme durchschnitt die Luft wie die Tragfläche eines Raumjägers im Atmosphärenkampf.

»Leutnant Obadan! Sitzen Sie gefälligst nicht so da, kommen Sie her und erstatten Sie Meldung!«

Ach du Scheiße! Ausgerechnet Major Huladar!, schoss es dem offensichtlich durch das unerbittliche Schicksal noch nicht genug gestraften Leutnant durch den Kopf. Mit der Eleganz eines tänzelnden Hängebauchschweins rutschte er vom Podium herunter und trottete mit hängenden Schultern zu dem Rufenden, hinter dem sich ein aus zwölf Yx bestehender Trupp aufbaute. Obadan empfand schon lange keinen Respekt mehr für die wie Ausgeburten der Hölle wirkenden Yx. Er hielt sie für ziemlich dämliche Kunstwesen, gerade intelligent genug, um einfache Befehle ausführen zu können. Natürlich waren sie einem Menschen körperlich um ein Vielfaches überlegen, und ihre Widerstandskraft war legendär, doch ein Hochgeschwindigkeitsgeschoss zwischen ihren Augen würde ihren stumpfsinnigen Gedanken sicherlich ein schnelles Ende bereiten. Darin unterschieden sie sich nach Ansicht Obadans nicht von den meisten Menschen.

Der Leutnant erreichte den Major und salutierte mit innerhalb der föderalen Streitkräfte unerreichter Lässigkeit, was ein wütendes Funkeln in den Augen Huladars zur Folge hatte. Seine sechs Kameraden unterbrachen ihre nach einhelliger Meinung sinnlose Tätigkeit und beobachteten das sich darbietende Schauspiel.

»Was, zum Teufel, soll das hier werden?«, fragte der Major gefährlich ruhig.

Der Leutnant tat so, als wäre es für ihn undenkbar, dass diese Frage auch nur ansatzweise in Zusammenhang mit seiner Arbeit im Sitzungssaal stehen könnte. Deshalb antwortete er zackig: »Eine Siegesfeier, Herr Major!«

Letzterer lief rot an. Keiner der sechs Kameraden Obadans zweifelte auch nur eine Sekunde daran, dass Huladar am liebsten seine zwölf Yx auf dieses undisziplinierte Subjekt gehetzt hätte. Doch der Major überlegte es sich anders. In einem Anflug von sadistischer Genialität erfand er eine schlimmere Strafe für den Leutnant als einen unbewaffneten Zweikampf mit einem Dutzend Yx. Die rote Farbe verschwand aus seinem Gesicht, und mit einem großherzigen Lächeln sagte er: »Mir ist zu Ohren gekommen, dass Sie beauftragt wurden, nach einer möglicherweise von den Imperialen gelegten Falle zu suchen. Ich habe mich entschlossen, ihre diesbezüglichen heldenhaften Bemühungen ein wenig zu unterstützen. Wie ihnen bekannt sein dürfte, verfügen die Yx über äußerst empfindliche Sinnesorgane, was eine Bereicherung Ihres Tuns darstellen dürfte.«

Mit Genugtuung beobachtete Huladar, wie sein Gegenüber blass wurde. Die Erkenntnis, diese vermaledeite Suche nun unter dem Kommando des Majors weiterführen zu müssen, versetzte dem seelischen Gleichgewicht Obadans einen schweren Schlag. Doch der Major legte es darauf an, seinen Gegner nicht nur anzuschlagen, sondern endgültig auf die Bretter zu schicken. Deshalb fügte er hinzu: »Meine Yx und ich werden die Umgebung des Saals erkunden, während Ihre Männer hier weitermachen. Doch für Sie, mein lieber Leutnant, habe ich eine ganz besondere Aufgabe: Sie überprüfen die Toiletten, und wenn Ihnen auch nur ein einziger Krümel Scheiße entgeht, sorge ich persönlich dafür, dass Sie zu den Logistikern versetzt werden.«

Diese Drohung war damit verbunden, den ganzen Tag Lagerbestände zu überprüfen, elektronische Anforderungsformulare auszufüllen und ähnlichen bürokratischen Unsinn zu verzapfen – für den Leutnant die Höchststrafe! Aus diesem Grunde salutierte er mit einer Präzision, dass seinen Kameraden die Kinnladen herunterfielen, konnte es sich dann aber doch nicht verkneifen zu sagen: »Ich werde Ihnen jeden Krümel dieses von Ihnen bezeichneten Materials persönlich überreichen, Herr Major!«

Bevor sich die Wut Huladars wie eine in Zeitlupe hochgehende Atombombe Bahn brechen und den Leutnant in ihrer Glut verschlingen konnte, wandte sich Obadan abrupt ab und begab sich mit seinem Messgerät unter dem Arm im Laufschritt zu den Latrinen außerhalb des Vortragssaals.

Der Major blickte dem davoneilenden Leutnant kopfschüttelnd hinterher. Dann stahl sich ein kaum merkliches Lächeln auf seine Lippen. Huladar wusste um die ausgezeichneten Fähigkeiten Obadans im Kampf. Es kam häufig vor, dass aus diesem Holz geschnitzte Soldaten gelegentlich Probleme mit der Disziplin hatten. Als guter Vorgesetzter war man sich dessen bewusst, achtete darauf, dass diese Disziplinlosigkeit nicht ausuferte, und ließ ansonsten Männern dieses Schlages die eine oder andere Unverschämtheit durchgehen.

Doch es gab zwei Dinge, die Huladar viel mehr bewegten. Er fragte sich, warum General Tudalur ausgerechnet Obadan mit der Sicherung des Vortragssaals beauftragt hatte. Der Kommandant der Flotte musste doch ebenfalls wissen, dass der Leutnant für diese Aufgabe eine ziemlich suboptimale Besetzung darstellte. Der zweite Punkt, der dem Major zu schaffen machte, war die Tatsache, dass die föderalen Offiziere bereits in einer Viertelstunde eintreffen würden. Es war praktisch unmöglich, einen Gebäudekomplex wie das Regierungszentrum so kurzfristig zu sichern. Deshalb empfand er es als eine bodenlose Leichtsinnigkeit, die Siegesfeier so früh anzusetzen.

War es der Rausch des leicht erkämpften Erfolges, der den General derart unbesonnen handeln ließ?

Huladar verscheuchte den Gedanken, denn er trug nichts zur Lösung des Problems bei. Es blieb ihm nichts anderes übrig, als das Beste aus der Situation zu machen. Also schickte er seine Yx in die äußeren Bereiche des gigantischen kuppelförmigen Baus, schaltete sein Messgerät ein und begann mit der Untersuchung der Garderoben vor dem Vortragssaal.

*

Elnan, imperialer Thule-Präsident und Kommandant der planetaren Abwehr des Mars, war offiziell zur Föderation übergelaufen. Deshalb war er von Tudalur bereits zum 15-Uhr-Termin eingeladen worden, der eigentlich nur den föderalen Offizieren vorbehalten war. Soweit die offizielle Version. Inoffiziell hatte der General den Thule-Präsidenten eingeladen, weil dieser die imperialen Truppen befehligen sollte, die kurz nach der Ankunft der föderalen Offiziere aus dem zweiten Untergeschoss hervorbrechen und – wenn alles gut ging – das Gebäude abriegeln würden. Tudalur und Elnan hofften, dass dies lange genug gelingen würde, um die Sklaven Pentars mithilfe der ebenfalls im Untergeschoss versteckten Gehirnstrominduktoren von ihren geistigen Blockaden zu befreien.

Noch niemals in seinem Leben hatte der blonde Hüne derart hoch gepokert. Er hatte den wichtigsten imperialen Rüstungsplaneten eingesetzt. Zu gewinnen beabsichtigte er die Befreiung der föderalen Offiziere und damit eine friedliche Wiedervereinigung der Streitkräfte Pentars mit denen des Imperiums. Die Alternative, eine für beide Seiten verlustreiche Schlacht, war für Elnan nicht in Frage gekommen. Menschen aufeinanderzuhetzen war für ihn ein Akt der Ehr- und Gewissenlosigkeit, zu dem nur machtbesessene Verbrecher wie Pentar fähig waren. Natürlich hätte Elnan die Verteidigung des Mars mit allen Mitteln befohlen, wenn er keinen Ausweg gesehen hätte. Doch genau diesen Ausweg gab es, mit einer akzeptablen Erfolgswahrscheinlichkeit, und zwar in Form des zusammen mit Tudalur ausgeheckten Plans.

Der Thule-Präsident entstieg seinem grauen Gleiter, den er auf dem ausgedehnten Parkplatz vor dem Regierungszentrum geparkt hatte. Er reihte sich ein in den Strom der föderalen Offiziere. Tief sog er die würzige Luft in seine Lungen, die die natürlich entstandenen, die gesamte Marskruste durchziehenden Höhlensysteme für Menschen, Pflanzen und Tiere bewohnbar machte.

Keiner der Offiziere sprach ihn an. Die Ankömmlinge marschierten über einen mit rostrotem Schotter bedeckten Weg auf das zwei Kilometer hohe kuppelförmige Regierungsgebäude zu. Je mehr er sich dem Eingangsportal näherte, umso mehr steigerte sich das Kribbeln unter seiner Haut, das sich anfühlte, als bewegten sich Tausende Ameisen durch seine Adern. Elnan spielte, wie gesagt, mit sehr hohem Einsatz – und nun rückte der Zeitpunkt heran, an dem die Karten auf den Tisch gelegt werden würden.

Er passierte die barocken Säulen, die die äußere Halbkugelschale des Gebäudes trugen. Das kristallene Portal des Haupteingangs war weit geöffnet worden und ließ die Besucher ohne Verzögerung eintreten. In der dahinterliegenden Halle wartete bereits Tudalur mit einigen Mitgliedern seines Oberkommandos. Als er Elnan erblickte, ging er freundlich lächelnd auf seinen Bundesgenossen zu und salutierte, indem er die Absätze zusammenschlug und seine rechte Faust auf sein Herz legte. Elnan tat es ihm gleich. Für einen Moment blickten sich die beiden Soldaten wortlos in die Augen. Sie waren angetreten, einen Staatsstreich gegen Pentar zu führen. Nun gab es kein Zurück mehr.

»Es freut mich, dass Sie meiner Einladung gefolgt sind«, sagte Tudalur unverfänglich, während sich die hohen Offiziere um ihn versammelten.

»Das ist doch selbstverständlich«, gab Elnan mit einem Lächeln zurück, das auf jemanden, der ihn gut kannte, ein wenig gequält gewirkt hätte. »Schließlich betrachte ich mich als Offizier der Föderation, wenn auch bisher ohne Aufgabenbereich.«

»Das wird sich sicher ändern, nachdem Pentar von seiner Mission zurückgekehrt ist. Ich bin mir sicher, er wird Ihnen einen ehrenvolle, mit großer Verantwortung verbundene Aufgabe übertragen.«

Elnan nickte mit zusammengekniffenen Lippen. »Davon gehe ich aus. Schließlich habe ich eine Schlacht zwischen Menschen verhindert und dem Föderationspräsidenten den produktivsten Rüstungsplaneten der bekannten Galaxis geliefert.«

Nun war es an Tudalur zu nicken. »Selbstverständlich. Und unser frei gewählter Präsident wird sich entsprechend erkenntlich zeigen. Wollen Sie mir nun bitte folgen? Es wird Zeit, dass Sie alle«, er machte eine ausholende Bewegung mit der Rechten, die die Umstehenden mit einschloss, »Ihre Plätze einnehmen. Ich habe mir erlaubt, eine kleine Rede anlässlich dieses historischen Ereignisses vorzubereiten.«

Der General wandte sich in die durch aufgestellte Pfeile mit der Aufschrift »Vortragssaal« bedeutete Richtung. Elnan und die Mitglieder des föderalen Oberkommandos folgten ihm. Erst dann folgten die Offiziere mit den niederen Rängen.

*

»Ich höre Schritte im Treppenhaus«, sagte Leutnant Kowalski und blickte von seinem Pult schräg nach oben, um den Augenkontakt mit Major Friedrichs herzustellen. Der Leutnant trug einen Kopfhörer, der an ein Gerät angeschlossen war, das jede Vibration des Bodens außerhalb des Verstecks um ein Vielfaches verstärkte und es so für einen Menschen akustisch wahrnehmbar machte.

»Verdammt!«, lautete der Kommentar des Majors, der als Kommandant der Spezialeinheit Elnan bei dessen Expedition ins Neocapella-System begleitet hatte. »Die ganze Operation steht und fällt damit, dass die Föderalen das Gebäude nicht allzu gründlich absuchen.«

»Das sind keine Schritte von Menschen«, ergänzte Kowalski. »Viel schwerer.«

»Yx!«, mutmaßte Hauptmann Engels, der hinzugetreten war.

Friedrichs strich sich mit feuchten Händen durch sein grauweißes Haar. Dabei richtete er seine etwas mehr als zwei Meter große Gestalt kerzengerade auf. »Noch fünf Minuten, dann beginnt die Feier. Ausgerechnet jetzt müssen die uns auf die Schliche kommen. Konnten die, verdammt noch mal, nicht noch einen Moment damit warten?«

»Noch haben sie uns nicht gefunden«, sagte der Leutnant. »Die kommen bis jetzt nur runter zu uns. Ob sie aber die Panzertüre aufsprengen werden, um nachzusehen, was dahinter ist, können wir nicht wissen.«

Immer mehr der imperialen Leibgardisten versammelten sich um Kowalski. Dieser konzentrierte sich wieder auf die Geräusche, die aus seinem Kopfhörer drangen. »Die stehen jetzt vor der Panzertüre«, flüsterte er, als bestünde die Gefahr, dass ihn der Gegner im Treppenhaus wahrnehmen könnte.

Dann hörten es alle. Ein dumpfes Pochen hallte durch das zweite Untergeschoss des Regierungszentrums. Das Pochen wurde ständig lauter und wurde langsam, aber sicher untermalt vom Kreischen stark deformierten Metalls.

»Sieht so aus, als wollten sie das Schott nicht sprengen, sondern einschlagen«, stellte Friedrichs fest.

»Zwei Zentimeter Panzerstahl einschlagen?«, fragte Engels mit deutlichem Unglauben in der Stimme.

»Diese scheiß Yx sind auf Körperkraft gezüchtet beziehungsweise genetisch geschaffen worden«, verteidigte der Major seine Einschätzung. Er erhielt unerwarteten Beistand.

»Die wollen eine Sprengung vermeiden, weil das die Feierlichkeiten oben stören würde«, sagte Professor Silberheim, der für seine schon legendären Wortgefechte mit Friedrichs bekannt war und dessen Aufgabe es nun sein sollte, zusammen mit seinen wissenschaftlichen Kollegen die föderalen Offiziere von ihren Konditionierungen zu befreien – wenn alles gut ging. Und danach sah es nun überhaupt nicht mehr aus.

Friedrichs blickte auf seine altmodische Armbanduhr. Zwei Minuten noch, dann mussten alle Offiziere im Regierungsgebäude sein. Das Donnern und Kreischen der gegen das Panzerschott geführten Schläge zerrten an den Nerven. Der Major nahm eine Vril-Granate von seinem Waffengürtel und stellte sie auf eine moderate Sprengkraft ein, während er die Überwachungszentrale verließ. Durch einen Flur gelangte er in einen Quergang, der wiederum zu dem stark malträtierten Schott führte. Der Lärm nahm ohrenbetäubende Ausmaße an. Deutlich sah der Major, wie die Panzertüre bei jedem Schlag erschüttert wurde und sich ein paar Millimeter nach innen beulte.

Er legte die Granate unmittelbar vor dem Schott auf den Boden und stellte sie auf Zündung per Funkimpuls ein. Anschließend hastete er zurück in die Zentrale und verschloss die Metalltüre hinter sich. An die dort Anwesenden gewandt, sagte er: »Hier wird's gleich noch ein wenig lauter. Deckung suchen. Reflektor einschalten.« Feldwebel Hagendorn legte einen Schalter um, der ein Reflektorfeld aktivierte. Es wurde in den diesseitigen Teil des Ganges projiziert, in dem sich das Stahlschott befand. Friedrichs hatte einen entsprechenden Generator aufstellen lassen für den Fall, dass sie entdeckt wurden und sich hier verteidigen mussten. Er blickte auf seine Uhr und wartete.

Exakt zwei Minuten nach 15 Uhr passierten zwei Dinge kurz hintereinander. Durch die verschlossene Türe der Überwachungszentrale ertönte ein lautes Poltern und schrilles Kreischen. Es verkündete, dass das Panzerschott endgültig nachgegeben hatte. Friedrichs sandte den Funkimpuls für die Granate mithilfe seines persönlichen Agenten. Dann ging die Welt unter.

*

»Wir haben hier ein verschlossenes Panzerschott. Es reagiert auf keinen der bekannten Öffnungscodes. Ich nehme die Ausdünstungen von Menschen war, die sich noch vor wenigen Stunden hier im Treppenhaus aufgehalten haben müssen«, plärrte es aus dem Mikrolautsprecher von Huladars persönlichem Agenten. Die Meldung stammte von einem Yx, den er ins Treppenhaus beordert hatte, um die Untergeschosse des Regierungsgebäudes zu untersuchen.

»Ich schicke dir Verstärkung. Bis dahin nichts unternehmen«, befahl der Major, während er sich bereits im Laufschritt dem in der äußeren Peripherie des Gebäudes gelegenen Treppenhaus näherte. Über seinen persönlichen Agenten nahm er Verbindung zu den übrigen Yx auf und befahl sie zu ihrem Kollegen, der Alarm geschlagen hatte. Mehrere Stufen auf einmal nehmend, hastete er die Treppe hinab. Ein verschlossenes Schott konnte eine dahinter befindliche Falle der Imperialen bedeuten, also genau das, was er die ganze Zeit instinktiv befürchtet hatte. Es konnte jedoch ebenso gut eine harmlose Erklärung zutreffen, beispielsweise dass das Schott ganz einfach defekt war und deshalb auf keinen Code reagierte.

Huladar kam noch vor den hinzugerufenen Yx an. Lediglich der Melder stand breitbeinig vor der verschlossenen Panzertüre, hielt sein zweieinhalb Meter langes Magnetfeldgewehr schräg vor die Brust und starrte dem Soldaten aus dämonischen, rot glühenden Augen entgegen.

»Was genau hast du festgestellt?«, fragte Huladar.

»Einige Hundert Menschen liefen hier vor wenigen Stunden entlang.«

»In welche Richtung?«

»Ich nehme lediglich Geruchsmoleküle wahr. Daraus kann ich keine Richtung ableiten. Die Infrarotsignaturen der Menschen sind für mich nicht mehr erkennbar, woraus ich schließe, dass einige Stunden vergangen sein müssen, seit sie hier waren, jedoch nicht mehr als vier Stunden, was ich anhand der Konzentration der Geruchsmoleküle erkennen kann, die zu mindestens zweihundert verschiedenen Individuen gehören.«

Huladar war wieder einmal beeindruckt von der ungeheuren Empfindlichkeit der Sinnesorgane der Yx. Sie waren die geborenen Jäger und Krieger – genetisch zu diesem Zwecke von den Regulanern konstruiert. Die Regulaner wiederum hatten sich im weiteren Verlauf der Geschichte zu den Blutmeistern entwickelt.

Das Stampfen der fünf weiteren Yx, die soeben am Fuße der Treppe ankamen, riss den Major aus seinen Gedanken. Er machte Platz, um die je eine halbe Tonne schweren, braunschwarzen Krieger in dem relativ schmalen Gang vorbeizulassen. Zwei von ihnen begannen auf seinen Befehl hin das Panzerschott mit Stößen ihrer Magnetfeldgewehre zu bearbeiten, die entsprechend konstruiert worden waren, um den zwei Meter fünfzig großen Giganten zusätzlich als Hiebwaffe dienen zu können. Huladar verschloss seinen Raumhelm, um keinen Gehörschaden davonzutragen. Bereits nach einer Minute zeigte das massive Schott deutliche Verformungen. Die Yx wechselten sich im Minutenrhythmus ab, damit keine Ermüdung eintrat. Es dauerte dennoch etwas mehr als fünf Minuten, bis der Stahl endlich vollends nachgab und die Überreste des Schotts in den dahinterliegenden Gang polterten. Von dort fegte fast im gleichen Augenblick eine heftige Explosion herüber. Die sechs Yx wurden wie ein Pfropfen durch den Gang gepresst und trieben den ebenfalls zum Spielball der Kräfte gewordenen Major vor sich her. Er landete im Treppenhaus unter einem der Yx und hätte sich ohne seinen aus höchst stabilen Nanoröhren bestehenden Raumanzug sämtliche Knochen gebrochen.

Huladar handelte wie ein Automat: Er löste eine Handgranate von seinem Gürtel, stellte sie per Gedankenbefehl blitzschnell passend ein und schleuderte sie über den auf ihm liegenden Yx hinweg in den Gang über das zerfetzte Stahlschott hinaus. Erneut fegte eine grauenhafte Druckwelle über ihn hinweg und riss die Yx, die bereits versucht hatten, sich aufzurichten, erneut von den Füßen. Besonders intelligent waren sie eben nicht, wie der Major feststellte. Doch falls ein Gegner im Gang hinter dem Schott gelauert haben sollte, so war ihm die Granate sicherlich zum Verhängnis geworden.

Die Druckwelle war kaum abgeebbt, da standen die künstlich geschaffenen Krieger bereits wieder. Sie gingen, wie sie es gelernt hatten, sofort zum Sturmangriff über. Mit weiten Sätzen sprangen sie in Zweiergruppen in den Gang, rasten durch das zerfetzte Stahlschott – und wurden von mehreren Salven Hochgeschwindigkeitsgeschosse eingedeckt. Dutzende blauglühende Schussbahnen standen plötzlich in dem Gang und pulverisierten die Genkrieger förmlich. Der immer noch am Treppenabsatz auf dem Boden liegende Huladar robbte unter den Schussbahnen hindurch und rettete sich auf die Treppe. Diese wenigen Sekunden, die er brauchte, um sich in Sicherheit zu bringen, nutzte er, um über seinen persönlichen Agenten Großalarm zu geben.

*

Die Druckwelle der Detonation der eigenen Granate ließ das Kellergewölbe trotz des den Gang abschirmenden Reflektorfeldes schwanken wie ein Schiff auf hoher See. Kleinere Bruchstücke rieselten von der Decke, und ein feiner Staubnebel breitete sich in der Zentrale aus.

»Angriff!«, bellte Friedrichs. Knapp einhundert Leibgardisten stürmten nun in den Quergang. Friedrichs näherte sich soeben der Einmündung zum Gang, der zum Stahlschott führte, als die von Huladar geworfene Granate detonierte. Erneut schwankte der Boden, Risse bildeten sich durch die vom Gestein übertragene Schockwelle, doch der Reflektor verhinderte, dass er und seine einhundert Soldaten einfach davongewirbelt wurden.

»Reflektor abschalten«, schrie er, um das Nachgrollen der Detonation zu übertönen. Dann warf er sich mit angelegtem Magnetfeldgewehr in den Gang. Neben ihm landete ein zweiter Soldat, hinter ihm knieten und standen weitere Kameraden.

Friedrichs konnte den gesamten Gang bis zum Treppenabsatz überblicken, wenn auch nur schemenhaft durch die Wolken feinen, weißen Staubes, die die Sicht einschränkten. Im nächsten Sekundenbruchteil sah er mehrere schwarze Gestalten, die sich wie von Federn emporgeschnellt am Fuße der Treppe erhoben und mit weiten Sätzen auf ihn zurannten. Friedrichs eröffnete das Feuer. Seine Kameraden fielen in den Beschuss des Gegners ein. In der gleichen Sekunde wurde aus den Yx ein an Wänden, Decke und Boden klebender organischer Brei.

»Weiter!«, rief Friedrichs, sprang auf und stürmte seinen Männern voran den Gang entlang, erreichte die Treppe und stieg mehrere Stufen auf einmal nehmend hinauf.

An neun weiteren Stellen brachen die imperialen Soldaten aus ihren Verstecken im zweiten Untergeschoss hervor, um die insgesamt zehn Zugänge zum Regierungsgebäude zu sichern.

*

»Das mit der Ausgehuniform wird wohl nichts«, stellte Oberst Ralf Müller ironisch fest und warf die Hose achtlos auf das Bett. Stattdessen holte er seinen raumtauglichen Kampfanzug aus dem Schlafzimmerschrank. Katrin sah ihn angsterfüllt an. Schließlich hatte die junge Familie in den vergangenen Tagen genug mitgemacht. Sie waren nur knapp der von den Mohak verursachten Feuerhölle von Berlin entkommen.

»Hört das denn nie auf?«, fragte sie mit Fatalismus ausdrückenden Gesichtszügen.

»Wir sind nun mal im Krieg. Doch jeder Krieg geht auch einmal vorbei«, entgegnete Ralf ziemlich platt. Etwas Besseres fiel ihm in dieser Situation einfach nicht ein.

Nachdem sich die schwarze Kombination automatisch verschlossen hatte, zog er Handschuhe und Stiefel an, die sich ebenfalls mit dem raumtauglichen Kampfanzug verbanden. Zum Schluss folgte der Helm, der sich ebenfalls mit der Kombination verbinden konnte, worauf der Oberst aber vorerst noch verzichtete. Er schulterte sein Magnetfeldgewehr und begab sich ins Wohnzimmer, wo er nicht mehr tun konnte, als seinen beiden Kindern einen aufmunternden Blick zu schenken. Dann trat er aus der provisorischen Wohnung in den Gang und begab sich zum Ausgang des Komplexes. Als er nach draußen trat, dominierte die Halbkugel des Regierungszentrums sein Blickfeld. Von überall näherten sich Mannschaftsgleiter. Die ersten senkten sich bereits auf den Vorplatz ab und entluden Dutzende, in der grauen Uniform der Föderation gekleidete Soldaten.

Ralf duckte sich. Zwischen Büschen und niedrigen Bäumen hastete er am Parkplatz vorbei. Über ihm setzten immer mehr Föderationsgleiter zur Landung an. Sicherlich hatten sie den durch die Gärten huschenden Schwarzuniformierten längst entdeckt, doch sie schienen keine klaren Befehle zu haben. Niemand eröffnete das Feuer. Mit einem Satz sprang der Oberst zwischen den barocken Säulen hindurch, die das gewaltige Kuppeldach des Regierungszentrums stützten. Dann rannte er den das gesamte Bauwerk umlaufenden Säulengang entlang bis zum nächsten Eingangsportal. Ein Signal seines persönlichen Agenten ließ die wie Kristalle funkelnden Hälften aufgleiten. Müller trat hindurch. Mindestens fünfzig Leibgardisten sicherten den Eingang. Dutzende weitere Schwarzuniformierte stürmten dort von einem der peripheren

Treppenhäuser kommend weiter ins Innere des Gebäudes. Der Oberst schloss sich ihnen an.

Plötzlich lag das helle Sirren von Hochgeschwindigkeitsgeschossen in der Luft. Müller drehte sich kurz um und sah die Leibgardisten auf den Gleiterparkplatz feuern. Ihre Geschosse schlugen in den rostroten Schotter und hinterließen dort beachtliche Einschlagkrater. Die soeben den Gleitern entstiegenen föderalen Truppen suchten Schutz hinter den Fluggeräten. Es war offensichtlich, dass die imperialen Soldaten mit ihren Salven niemanden hatten verletzen wollen, denn ansonsten hätte es ein Großteil der Föderalen nicht in die Deckung hinter ihren Gleitern geschafft.

Von vorne erschallte ebenfalls das Surren von Hochgeschwindigkeitsprojektilen. Dabei schien es sich jedoch nicht um Warnschüsse zu handeln, denn die Schreie von Verwundeten mischten sich in das Sirren und Krachen.

Der Oberst rannte um eine Biegung und fand sich im Vorraum zum großen Vortragssaal wieder. Mehrere Schwarzuniformierte lagen mit Schusswunden am Boden. Anscheinend wollte auch der Gegner ein Massaker vermeiden, indem er mit niedriger Schussenergie gefeuert hatte – ansonsten wären die Treffer definitiv tödlich gewesen.

Müller gab einem halben Dutzend Kameraden Feuerschutz, die daraufhin die Verletzten aus der Schusslinie zogen.

»Raumanzüge verschließen!«, hörte er aus den Lautsprechern seines Helmes. Sofort gab er den entsprechenden Gedankenbefehl. Das Material seines Uniformkragens und das seines Helmfutters – beide Materialien waren nanotechnologisch hergestellt – gingen augenblicklich eine luftdichte Verbindung ein. Fast im gleichen Moment feuerten vier Leibgardisten hinter ihm mit ihren Granatwerfern. Zischend rasten die Raketengeschosse an ihm vorbei, durchschlugen krachend die Wand des Vortragssaals und detonierten im Innern mit einem dumpfen, trockenen Knall. Innerhalb weniger Sekunden verloren fünfhundert föderale Offiziere durch das freigesetzte Nervengas das Bewusstsein. Aber es gab sieben weitere Soldaten im Vortragssaal, die durch Raumanzüge geschützt waren. Es handelte sich um Major Huladar, Leutnant Obadan und dessen Säuberungstrupp.

*

Nachdem Major Hudalar im Erdgeschoss angekommen war, rannte er so schnell ihn seine Beine trugen zum Vortragssaal. Die dort anwesenden Offiziere befanden sich wegen der heftigen Detonationen bereits in heller Aufregung.

Huladar stieg auf das Podium. Dort stand Tudalur und versuchte über das Mikrophon die Zuhörer zu beruhigen. Natürlich wollte er auch verhindern, dass die fünfhundert Offiziere nach draußen rannten.

Der Major stellte sich neben seinen Oberkommandierenden und brüllte ins Mikrophon: »Eine Falle! In den Untergeschossen befinden sich Soldaten der imperialen Leibgarde. Sie sind mir auf den Fersen.«

In diesem Moment stürmte Leutnant Obadan mit seinen sechs Kameraden herein. An ihn gewandt fügte Huladar hinzu: »Sichern Sie den Eingang! Die Imperialen tauchen jeden Moment auf.«

Tudalur stieß den Major vom Mikrophon weg. »Reißen Sie sich zusammen, Soldat. Dieser Planet ist besetzt. Es würde für die Imperialen keinen Sinn ergeben, ausgerechnet jetzt mit ihrem Widerstand zu beginnen!«

»Natürlich ergibt es Sinn, sämtliche hohen Offiziere auf einen Schlag …«

Der Rest der Verteidigungsrede Huladars ging im vom trockenen Krachen begleiteten Singen der Magnetfeldgewehre Obadans und seines Trupps unter. Sofort stürmte Huladar das Podium wieder herunter, um seinen bedrängten Kameraden beizustehen. Kaum hatte er sie erreicht, als vier Granaten die Wand vor ihm durchschlugen und explodierten. Ein feiner, kaum wahrnehmbarer, grünlicher Nebel verteilte sich durch die Druckwellen rasend schnell. Die Offiziere auf den Rängen und schließlich auch Tudalur auf dem Podium fielen um wie die Fliegen.

»Die Imperialen wollen sämtliche Offiziere auf einen Schlag als Geiseln nehmen!«, rief Huladar in das Mikrophon seines Helms. Er hatte auf die nur für höchste Dringlichkeit reservierte Frequenz geschaltet, weshalb nicht nur der Trupp Obadans, sondern sämtliche föderalen Soldaten in Neubabylon seinen Ruf hörten. »Die Offiziere sind durch ein Nervengas betäubt worden. Als ranghöchster handlungsfähiger Offizier befehle ich den Sturmangriff auf das Regierungsgebäude. Jede Rücksichtnahme ist fallenzulassen.«

Er stellte sein Magnetfeldgewehr auf höchste Schussenergie und gab eine Salve in den Vorraum des Vortragssaals ab. Die verdammten Imperialen sollten wissen, dass nun Schluss mit lustig war, dass er es verdammt ernst meinte.

Natürlich kam ihm nicht eine Sekunde zu Bewusstsein, dass sein rücksichtsloses Handeln, sein Tötungsbefehl gegen Menschen, eine direkte Folge der Konditionierung durch Pentar war, in deren zweifelhaften Genuss er als Major natürlich gekommen war.

*

Oberst Ralf Müller war hinter einer Trennwand der Garderoben in Deckung gegangen. Vom Vortragssaal her zischten immer wieder die blauen Geschossbahnen herüber und nagelten die Soldaten der imperialen Leibgarde fest. Angestrengt dachte er darüber nach, wie das Dilemma zu lösen sei: Der Saal wurde wahrscheinlich nur von einer Handvoll Föderalen gehalten. Durch einen Sturmangriff war es der Leibgarde sicherlich möglich, den Gegner auszuschalten. Doch zu welchem Preis? Ein solcher Angriff würde Dutzende Kameraden das Leben kosten. Sie würden die Vorhalle durchqueren müssen und wären dem Abwehrfeuer der Föderalen schutzlos ausgeliefert.

Der Einsatz von Granaten oder schwerer Waffen verbot sich ebenfalls. In diesem Falle wäre das Leben Elnans und der bewusstlosen föderalen Offiziere keinen Pfifferling mehr wert – schließlich trugen sie noch nicht einmal Kampfanzüge.

Aus den Augenwinkeln nahm der Oberst eine geduckte Gestalt auf dem Innenbildschirm seines geschlossenen Kampfhelms wahr. Der persönliche Code des Kameraden identifizierte ihn als Major Friedrichs.

»Ich habe meine Leute in zwei Gruppen eingeteilt«, hörte der Oberst aus seinen Helmlautsprechern. »Die eine wird auf mein Zeichen vorstürmen, während die andere Feuerschutz gibt.«

»Das ist doch Wahnsinn!«, kritisierte Ralf. »Das werden Dutzende Kameraden nicht überleben.«

»Ich weiß«, sagte Friedrichs kalt. »Wir haben jedoch keine Zeit mehr. Die Föderalen außerhalb des Gebäudes werden ihrerseits sicherlich schon bald zum Sturmangriff übergehen. Es wird uns nichts anderes übrigbleiben, als diese Sache hier schnell zu beenden, um einen Bruderkrieg zwischen Menschen zu verhindern.« Der Major blickte aus den rot glühenden Augen des Gesichtsteils seines schwarzen Helms zu dem Obersten herüber. »Würden Sie sich der Feuerschutz gebenden Gruppe anschließen und sie kommandieren? Ich selbst stürme mit der anderen Gruppe vor.«

»Noch einmal! Das ist selbstmörderisch! Wir müssen uns was einfallen …«

Der Oberst wurde von einer künstlich verstärkten Stimme unterbrochen; sie kam aus dem Vortragssaal. »Wir stellen nun das Feuer ein und legen die Waffen nieder.«

Wo eben noch Geschossbahnen die Luft zum Glühen gebracht hatten, waren plötzlich nur noch Rauch und Staubschwaden, die sich langsam in der Vorhalle ausbreiteten.

Friedrichs und Müller erhoben sich gleichzeitig aus der Deckung und eilten ihren Kameraden voraus zum Eingang des Vortragssaals. Dort wurden sie von einem föderalen Soldaten in grauem Kampfanzug empfangen, der seine Hände hinter den Kopf gelegt hatte. Hinter der Wand standen fünf weitere, die ebenfalls ihre Waffen niedergelegt hatten. Ein Soldat mit den Rangabzeichen eines Majors lag offensichtlich bewusstlos am Boden.

Ein Leutnant stand lässig auf der anderen Seite des Saals auf dem Podium. Offensichtlich war er es gewesen, der das für die Redner gedachte Lautsprechersystem genutzt hatte, um die Kapitulation zu verkünden. Sein Magnetfeldgewehr war an das Rednerpult gelehnt. In aller Ruhe stieg er die Stufen vom Podium herab und näherte sich den in den Saal strömenden Leibgardisten, die nach allen Seiten sicherten. Seine Hände zu heben hielt er nicht für nötig. Der Leutnant prüfte die Luftzusammensetzung und stellte fest, dass die Konzentration des Betäubungsgases auf ein ungefährliches Niveau gesunken war, und öffnete das Gesichtsteil seines Helmes.

»Mein Name ist Leutnant Obadan«, rief er. »Ich habe hier das Kommando, seit Major Huladar verhindert ist.«

Müller und Friedrichs schritten auf den Föderationsoffizier zu. Ralf fragte: »Was ist passiert? Ist der Major von einem Querschläger getroffen worden?«

»Nein. Ich habe ihn niedergeschlagen.«

Die beiden imperialen Offiziere öffneten ebenfalls die Gesichtsteile ihrer Helme und blickten sich verblüfft an. »Warum haben Sie das getan?«, wollte Friedrichs wissen.

»Weil der Major uns befohlen hat, mit höchster Energie zu schießen und möglichst viele von euch ins Jenseits zu schicken.«

Mehr als ein »Und?« brachte Ralf nicht hervor.

»Ich bin zu dem Schluss gekommen, dass Major Huladar nicht mehr alle Latten am Zaun hat. Das Imperium hat uns den

Mars kampflos übergeben. Jeder Föderationssoldat, dessen Intelligenzquotient sich auch nur knapp oberhalb der Schwachsinnsgrenze bewegt, hat verstanden, warum diese kampflose Übergabe der wichtigsten imperialen Rüstungswelt erfolgte: Elnan wollte, wahrscheinlich auf direkten Befehl des Imperators, den Verlust von Menschenleben und einen Bruderkrieg vermeiden. Da ist es nur fair, dass ihr jetzt versucht, euch der föderalen Offiziere, ebenfalls ohne Blutvergießen, mittels eines Betäubungsgases zu bemächtigen. Einen Gegner, der selbst nicht zu tödlichen Mitteln greift, gezielt umbringen zu wollen, zeugt von einem nicht unerheblichen Maß an Ehrlosigkeit oder Wahnsinn.«

Friedrichs lächelte. Er eröffnete dem Leutnant etwas, das auch Müller bislang nicht bekannt gewesen war: »Verurteilen Sie Major Huladar nicht zu hart. Er konnte nicht anders handeln. Pentar hat jeden Offizier vom Major an aufwärts mental darauf konditioniert, ihn bis in den Tod zu verteidigen und dabei *alle* Mittel rücksichtslos einzusetzen.«

Obadan zog die Augenbrauen hoch. »Da kann ich ja von Glück sagen, dass ich vom Hauptmann zum Leutnant degradiert wurde. Wäre ich befördert worden, hätte dieses Arschloch meinen Verstand ebenfalls verdrehen lassen. Gut, dass meine starke Persönlichkeit einer solchen Beförderung im Wege stand.«

Friedrichs lächelte immer noch – diesmal über die Mischung aus Selbstbewusstsein und Humor, die der Leutnant zum Besten gab.

Die Leibgardisten waren bereits dabei, die bewusstlosen Föderationsoffiziere fortzuschaffen. Die Wissenschaftler mit ihren zwanzig Gehirnstrominduktoren warteten bereits im zweiten Untergeschoss, um jene von ihren Denkblockaden zu befreien, die nach Ansicht Obadans nicht so persönlichkeitsstark wie er selbst waren und deshalb eine höhere Offizierslaufbahn eingeschlagen hatten.

Es stellte sich nun die Frage, ob genügend Zeit für dieses Vorhaben blieb oder ob sich die föderalen Truppen außerhalb des Gebäudes zum Sturmangriff entschließen würden. Hoffnung ergab sich jedoch aus dem Umstand, dass die Truppen nicht von konditionierten Offizieren angeführt wurden und diese daher möglicherweise ähnlich dachten wie Leutnant Obadan.

»Elnan und Tudalur müssen unverzüglich das Gegenmittel erhalten«, befahl Friedrichs einem der Wissenschaftler, der sich gerade an ihm vorbeidrängte.

Der grauhaarige Mann im weißen Kittel nickte und sagte dann: »Zu dieser Erkenntnis ist Professor Silberheim auch schon gekommen. Deshalb hat er mich hinaufgeschickt.«

Der Kittelträger durchquerte den Vortragssaal und fand die beiden Gesuchten am Kopfende; Elnan in der ersten Zuhörerreihe und Tudalur auf dem Podium. Er verabreichte den beiden das Gegenmittel gegen das Betäubungsgas. Nur Sekunden später schlugen sie die Augen auf.

»Wie läuft's?«, fragte Elnan den herbeigeeilten Friedrichs. Dieser klärte ihn knapp über die Lage auf.

»Ich werde nun mit Pentar Kontakt aufnehmen«, sagte Tudalur. »Ich berichte ihm von dem Versuch der imperialen Truppen, die Offiziere bei der Siegesfeier gefangen zu nehmen, werde aber natürlich behaupten, dass der hinterhältige Plan«, ein ironisches Lächeln umspielte seine Lippen, »selbstverständlich gescheitert ist und die Aufständischen gefangen genommen wurden.«

»Machen Sie das«, stimmte Elnan zu. »Pentar erwartet mit Sicherheit, dass der Imperator noch etwas versucht. Wenn aber gar nichts passiert, könnte er misstrauisch werden.«

»So ist es.«

Kapitel 2: Die Reise zur Dunkelwolke

Die Sternendichte wurde zunehmend geringer, als sie sich dem Rand der Galaxis näherten. Betrug der durchschnittliche Abstand zwischen den Sonnen im Raumsektor Sol noch rund fünf Lichtjahre, so stand nun im Mittel nur alle einhundert Lichtjahre einsam ein Stern.

Und dann erreichten sie die Leere, den Abgrund zwischen den Galaxien. Hier gab es nur Dunkelplaneten, die durch epische Katastrophen aus den Umlaufbahnen um ihre Sonnen gerissen worden waren und nun als kosmische Vagabunden das Nichts durchstreiften. Es existierten jedoch auch kleinere Kugelsternhaufen, physikalisch zur Galaxis gehörend, da sie, wie alle anderen Sterne der Milchstraße auch, das gigantische Schwarze Loch im Zentrum umkreisten. Niemals waren diese Sternhaufen, Tausende Lichtjahre vom Rand der Galaxis entfernt, von Menschen erforscht worden. Ein fast maßloser Drang zu entdecken, zu erforschen durchströmte Imperator Sargon II., als er die Lichtpunkte auf dem Hauptbildschirm betrachtete, wohl wissend, dass jeder von ihnen aus Tausenden von Sonnen bestand.

Dieser Drang, die Geheimnisse dieses beinahe unendlichen Universums zu lüften, war die Triebfeder, die Menschen wie Sargon und die meisten seines Volkes seit Jahrtausenden antrieb. Doch sie waren nicht auf dem Weg, um einen Kugelsternhaufen zu erforschen, ihn auf bewohnbare Planeten zu untersuchen und mit möglicherweise dort bereits vorhandenen Intelligenzen Kontakt aufzunehmen. Stattdessen waren sie auf dem Weg nach Shangrila, jenem phantastischen Ort, der den Blutmeistern als Versteck vor den Asen gedient hatte.

Shangrila war in eine gigantische Dunkelwolke eingebettet, die allerdings nur deshalb als »dunkel« bezeichnet wurde, weil in ihren Gasmassen keine Kernfusion wie in einer Sonne stattfand. Trotzdem war die Oberfläche der vier Lichtwochen durchmessenden Wolke fünftausend Grad heiß und leuchtete daher im sichtbaren Bereich. Aufgeheizt wurde das Gas durch die Gravitationskräfte von sechs schwarzen Löchern, die einen Oktaeder um die Dunkelwolke bildeten. Nach innen kühlte sich das Gas immer weiter bis auf fünfundzwanzig Grad Celsius ab und bildete schließlich einen lebensfreundlichen Bereich mit einer Sauerstoff-Stickstoff-Atmosphäre, die sich zusammen mit Myriaden Planetoiden um das gemeinsame Massenzentrum drehte. Bis vor wenigen Tagen war ein solches Gebilde für physikalisch unmöglich gehalten worden.

Die Asen hatten dieses phantastische Rückzugsgebiet der Blutmeister entdeckt und sie zur bedingungslosen Kapitulation gezwungen. Die technologische Hinterlassenschaft der Besiegten hatten die geheimnisvollen Asen aus bislang unbekannten Gründen als Geschenk für die Nachfahren der Alt-Aldebaraner vorgesehen.

Der Imperator saß in einem bequemen, mit rotem Kunststoff überzogenen Sessel, der Teil einer Sitzgruppe innerhalb der riesigen, kuppelförmigen Zentrale der ONSLAR II war – dem Flaggschiff der imperialen Flotte. Seine Gedanken waren längst von den vereinzelten Lichtpunkten der Sternenballungen und den Millionen Lichtjahre entfernten Galaxien nach Shangrila, zu den Blutmeistern und den Asen geschweift.

Was war die Motivation der Asen gewesen, vor fast zehntausend Jahren Krieg gegen die Blutmeister zu führen, bis Letztere vernichtend geschlagen waren? Warum hatten sie die Nachkommen der Regulaner dazu gezwungen, auf ihre Körper zu verzichten und als Emulationen in Superrechnern weiterzuleben? Weshalb hatten die Sieger den Besiegten dieses Dasein nur auf der ehemaligen Zentralwelt Neocapellas und auf Terra gestattet? Und was noch viel geheimnisvoller war: Sooft der Imperator auch darüber nachdachte, er verstand nicht, weshalb die Asen offensichtlich Wert darauf legten, dass die Nachfahren des Ersten aldebaranischen Imperiums das Erbe der Blutmeister antraten. Wer würde sich als würdig erweisen, die technologischen Schätze der Blutmeister für sich zu beanspruchen – eine Technologie, die ohne den Eingriff der Asen den Blutmeistern die Macht über die gesamte Galaxis gesichert hätte? Würde die Föderation oder das Imperium dieses Erbe antreten? Welche Überraschungen hielten die Asen für die Ankömmlinge in Shangrila bereit? Fragen über Fragen, deren Antworten hier im Nichts zwischen den Galaxien auf sie warteten.

Instinktiv spürte Sargon, dass er beobachtet wurde. Seine Gedanken zerstoben zu einem geistigen Funkenregen, als er sich auf das Hier und Jetzt konzentrierte. Es war General Nungal, sein bester Freund und Kommandant der imperialen Leibgarde, der seinen Blick auf den Imperator gerichtet hatte. Schweigend schauten sich die beiden Männer in die Augen – der eine, ohne dessen umsichtige, aber auch kompromisslose Regentschaft das Imperium längst untergegangen wäre, der andere, ohne dessen Heldentaten im Kampf die Mohak längst den totalen Sieg, verbunden mit der Ausrottung der Menschheit, erreicht hätten.

Der Imperator hatte das Gefühl, dass sein Freund seine Gedanken las und um jede Frage wusste, die er sich in den vergangenen Minuten gestellt hatte. Die ruhigen, mit ein wenig brüchiger Stimme vorgetragenen Worte Nungals verstärkten diesen Eindruck: »Ich weiß es auch nicht.« Sargon verstand sofort, dass der General damit die Motivation der Asen meinte. »Es hat etwas mit der logischen Konsistenz des Universums, also der Existenz an sich zu tun.«

»Was genau ist damit gemeint?«

»Dass das Leben nicht ohne das Universum existieren kann, was allgemein als triviale Erkenntnis anerkannt ist; es ist aber auch damit gemeint, dass die Existenz des Universums nur dann möglich ist, wenn das Denken dereinst jeden Aspekt dieses Universums begreift und damit Raum, Zeit und Materie als Ausdruck dieses Begreifens erst schafft. Das ist rückbezügliche Logik in reinster Form – nicht zu verwechseln mit einem Zirkelschluss.«

»Du meinst, eine Welt, ohne *jemals* verstanden zu werden, würde *niemals* existieren?«

»Genau so ist es. Denke an die nun seit Jahrtausenden bekannten quantenmechanischen Phänomene: Selbst ein Elementarteilchen manifestiert sich erst dann in einem bestimmten Zustand, wenn jemand nachschaut, in welchem Zustand es sich befindet. Zuvor ist sein Zustand unbestimmt.«

»Anschaulich ist das nicht gerade …«

»Vergiss nicht, dass unsere Anschauung im Rahmen der Evolution entstand. Dabei zählte nur eins: Dass wir Anschauungen entwickelten, die für uns einen Überlebensvorteil mit sich brachten. So funktioniert nun einmal die natürliche Selektion. Eine Anschauung für das Verhalten von Elementarteilchen, geschweige denn für die Natur des gesamten Universums, war für das Überleben unserer Vorfahren von keinerlei Bedeutung. Deshalb entwickelte sich keine so genannte Anschauung für beispielsweise quantenmechanische Phänomene. Wir verstehen diese Dinge heute nur durch abstraktes Denken, durch unbestechliche Mathematik, aber eben nicht durch Anschauung.«

Sargon nickte nachdenklich. »Das Spiel der Asen läuft also darauf hinaus, einer Zivilisation die Entwicklung hin zu einer, sagen wir, Superzivilisation zu ermöglichen, die dereinst das Universum in jedem Aspekt nachvollziehen, verstehen kann?«

»So einfach ist es wohl nicht. Schließlich sind die Asen wahrscheinlich selbst genau jene Superzivilisation. Aber vielleicht treten Herausforderungen in der Zukunft auf, die den Asen durchaus bekannt sind und von denen sie wissen, dass sie, um diese zu meistern, die Hilfe anderer benötigen. Es scheint ihnen also darum zu gehen, die Entwicklung eines dereinst mächtigen Partners zu fördern. Es sieht so aus, dass wir uns an einem geschichtlichen Wendepunkt befinden, an dem exakt jene Entscheidungen für die Weiterentwicklung des Lebens getroffen werden.«

»Dabei ist mir aber unklar, warum es wichtig ist, ob die Pentar-Fraktion oder ob wir gewinnen. Die Menschheit würde wahrscheinlich sowohl unter meiner als auch unter Pentars Führung zu ungeahnten Höhen aufsteigen.«

Nungal lächelte. »Diese Frage habe ich mir auch schon gestellt. Ich kann nur spekulieren: Die Asen brauchen in ferner Zukunft wahrscheinlich einen technologisch ebenfalls äußerst fortschrittlichen Partner. Die Frage ist demnach, ob technologischer Fortschritt nicht doch sehr eng an die gesellschaftlichen Strukturen gebunden ist. Ginge es nur um persönlichen Profit, wie es Pentar den Menschen vorlebt, so wäre der daraus resultierende egoistische Individualismus solcher Art Fortschritt nicht unbedingt hinderlich – ebenso wenig wenn den Menschen Denkverbote auferlegt werden, wie es in der von Pentar vertretenen angeblichen Religion der Fall ist, die er ›Freiheit und Demokratie‹ nennt, denn man darf dieses System in der Föderation ja nicht hinterfragen, es wäre ein Sakrileg, Ketzerei.«

»Mag sein, dass du Recht hast. Ich hätte an dieser Stelle gerne die Argumente von Pentar gehört, wenn er an unserer Diskussion teilgenommen hätte. Wie dem auch sei – vielleicht steckt aber auch etwas ganz anderes hinter diesem kosmischen Spiel der Asen. Was wissen wir schon über die wahren Hintergründe?«

»So gut wie nichts, mein Freund.«

*

»Wir erreichen die Dunkelwolke in fünfzehn Minuten«, meldete der Ortungsoffizier.

Das seltsame Gebilde war bereits deutlich von der Ortung erfasst und auf dem Hauptbildschirm der Zentrale graphisch dargestellt worden. Es wirkte wie eine wabernde, glühende Masse, über deren Größe der Betrachter in Ermangelung eines Vergleichs nichts aussagen konnte. Das strahlende Etwas hatte die Form eines mittelalterlichen Morgensterns mit sechs Stacheln, von denen sich jeweils zwei gegenüberlagen. Durch diese drei Stachelpaare gelegte Achsen stünden senkrecht zueinander.

Die Betrachter des seltsamen Gebildes wussten, dass diese Spitzen in die Richtung der sechs Schwarzen Löcher wiesen, die die Kugel an den Ecken eines gleichmäßigen Oktaeders umgaben. Sie reckten sich unter der ungeheuren Anziehungskraft den Schwarzen Löchern entgegen. Die dabei entstehenden Schwerkräfte erzeugten gigantische Stürme in der Peripherie der Wolke aus Staub und Gas, die sich durch die resultierende Reibung aufheizte und im sichtbaren Spektrum strahlte.

Als wäre die Entstehung eines solchen Gebildes nicht schon unwahrscheinlich genug, hatte sich in ihrem Innern der auf fünfundzwanzig Grad abgekühlte Bereich gebildet, welcher für menschliches Leben optimale Lebensbedingungen bot. Die gesamte hellstrahlende Dunkelwolke durchmaß vier Lichtwochen, der lebensfreundliche innere Bereich zwölf Lichtstunden. Letzterer enthielt nach Angaben des Blutmeister-Homunkulus, der ihnen in der Goldenen Halle erschienen war, Gesteinsbrocken von der Größe eines Fußballfeldes bis hin zu Kleinplaneten, die allesamt zusammen mit der allgegenwärtigen Atmosphäre um das Gravitationszentrum der Dunkelwolke kreisten.

Nur – um ins lebensfreundliche Innere mit seinen zahllosen Welten zu gelangen, musste zunächst die zwei Lichtwochen durchmessende, bis zu fünftausend Grad heiße Schale durchdrungen werden. Natürlich wäre die ONSLAR II mit eingeschalteten Reflektorfeldern in der Lage gewesen, diese Schale aus erhitzten Gasen zu durchfliegen, doch dies wäre nur mit maximal vier Prozent der Lichtgeschwindigkeit möglich gewesen, um die Reflektorfelder vor einem Zusammenbruch zu bewahren. Die Reise ins Innere der Wolke, nach Shangrila, hätte folglich ein ganzes Jahr gedauert.

Doch es gab einen einfacheren, schnelleren Weg. Die neocapellanische Technologie erlaubte die Erzeugung von Wurmlöchern, die ohne Projektoren an ihrem Anfang und ihrem Ende auskamen. Darum hatten die imperialen Truppen einen Generator von der Föderation erbeutet, der ein solches Wurmloch zu erzeugen in der Lage war. Man beabsichtigte, diesen Generator im freien Raum unmittelbar vor der strahlenden Dunkelwolke zu installieren, um ein Wurmloch bis nach Shangrila aufzubauen. Wie für jede andere Übertragung von Information oder Energie auch galt für die Verzerrung der Raumzeit die Lichtgeschwindigkeit als kosmische Geschwindigkeitsbegrenzung, weshalb der Aufbau des Wurmlochs zwei Wochen in Anspruch nehmen würde.

Die Soldaten in der Zentrale des imperialen Flaggschiffs starrten gebannt auf das einzigartige Naturschauspiel, das rasend schnell näherkam. Mehrfach wurde die optische Vergrößerung vermindert, damit das glühende Wabern nicht über den Rand des Schirms hinauslief.

»Wir haben soeben den kosmischen String verlassen«, sagte der Navigator des Schiffes mit ruhiger Stimme.

Die ONSLAR verzögerte mit Höchstwerten. Die gelblichorange leuchtende Wolke wuchs vor dem Schiff zu einer gigantischen Wand, die das Universum in zwei Hälften zu teilen schien. Dunkle und helle Flecken in allen Tönen von orange bis gelb wechselten sich ab. Glühende Gasausbrüche lösten sich wie bei einer Sonne von der Oberfläche, um ein paar Tausend Kilometer in den freien Raum zu schießen und in weitem Bogen wieder in die Nähe ihres Ursprungs zurückzukehren.

»Kaum fassbar, dass tief im Innern dieser Hölle ein lebensfreundlicher Bereich existieren soll«, sagte Nungal kopfschüttelnd.

Sargon schwieg und betrachtete nachdenklich die Feuerwand, in der Dutzende Sonnensysteme Platz gefunden hätten. Sie rückte nun nicht mehr näher, die hellen und dunklen Strukturen behielten ihre Größe bei. Dieser Eindruck wurde vom Navigator bestätigt: »Das Schiff befindet sich nun relativ zur Wolke in Ruhe.«

Im Hinblick auf die Tatsache, dass Pentar ebenfalls mit einem Superschlachtschiff unterwegs war, um auf ähnliche Weise nach Shangrila zu gelangen, sagte Sargon: »Es gibt keinen Grund, Zeit zu verlieren. Sofort mit der Installation des Wurmloch-Generators beginnen.«

Der Navigator gab den Befehl unverzüglich an Professor Richard Feynman weiter, der bereits mit seinen Wissenschaftlern im Jägerhangar auf diesen Befehl gewartet hatte.

*

Richard P. Feynman war einer der vielen Wissenschaftler, die in den vergangenen einhundertfünfzig Jahren von der Dritten Macht akquiriert worden waren. Unter diesen Ausnahmetalenten war er einer der Besten. Die Zusammenarbeit zwischen den Akquirierten und der Dritten Macht sah meist wie folgt aus:

Man arbeitete einfach weiter wie bisher, vermittelte aber die besten Studenten, meist gegen Ende ihrer Promotion, an die Dritte Macht. Diese jungen Wissenschaftler kamen dann meist ums Leben oder verschwanden spurlos. Tatsächlich erhielten sie in einem der Stützpunkte der Dritten Macht eine Schulung in aldebaranischer Physik und arbeiteten anschließend zumeist auf dem Mars am Aufbau der neuen galaktischen Großmacht, die schon bald die Bühne der Geschichte betreten sollte, um das Imperium im Kampf gegen die Mohak zu unterstützen.

Den namhaften Wissenschaftlern erging es ähnlich den von ihnen rekrutierten Studenten, sobald sie ernstlich krank wurden oder an Altersschwäche zu sterben drohten. Dann war der Zeitpunkt gekommen, an dem diese Art von »Außendienstmitarbeiter« offiziell verstarb. Unbemerkt von den behandelnden

Ärzten wurde der Körper des Betreffenden von Angehörigen der Dritten Macht durch einen gezüchteten, toten Zellhaufen ersetzt, der mit irdischer Technologie nicht vom Original zu unterscheiden war. So hatte man auch den langjährigen Mitarbeiter Richard Feynman, als seine Krebserkrankung im Jahre 1988 lebensbedrohlich geworden war, zum Mars gebracht, wo seine Erkrankung innerhalb weniger Tage geheilt worden war, während in einem Krankenhaus in Los Angeles ein toter Zellhaufen zurückblieb. Zusätzlich hatte man ihn biologisch verjüngt, weshalb Feynman heute, Anfang 2013, wie ein Mann Mitte dreißig wirkte.

In einen Raumanzug gehüllt stand er in einem der beiden Jägerhangars der ONSLAR und gab mit ruhiger Stimme seine Anweisungen. Zu den fünfzig imperialen Wissenschaftlern, die am Projekt »Shangrila-Tunnel« mitarbeiteten, kamen dreißig föderale Kollegen, die man zusammen mit dem Generator selbst aus Jerusalem entführt hatte.

»Vorsicht! Weniger Schub auf Vril-Triebwerk drei«, sagte Feynman, als er sah, dass das aus fünf, durch armdicke Kabel und Röhren verbundenen Kugeln bestehende Gebilde wenige Grad Schlagseite bekam. Sofort stabilisierte sich der langsame Flug des Generators durch den Jägerhangar.

Jede der Kugeln maß fünfzig Meter im Durchmesser. Die äußeren vier waren gleichmäßig um eine einzige innere angeordnet. Zusammen mit den Verbindungsrohren kam der Generator auf eine Länge und Breite von jeweils knapp zweihundert Metern.

Begleitet wurde das Meisterwerk regulanischer Hochtechnologie von vier Vril-Flugscheiben, die während des Fluges nach Shangrila umgebaut worden waren und nun als Schaltzentralen für den Generator dienen sollten. Sie waren über Kabelstränge mit den Kugeln verbunden und beherbergten die ebenfalls aus Jerusalem entwendeten und für die Justierung des Generators unabdingbaren Konsolen, Schaltschränke und Recheneinheiten.

Majestätisch bewegten sich die fünf sowohl untereinander als auch mit den Vrils verbundenen Kugeln durch den Jägerhangar, durch dessen Ein- und Ausflugsöffnung ein kleiner Ausschnitt der glühenden Oberfläche der Dunkelwolke zu sehen war.

Schließlich befand sich das Gebilde im freien Raum. Feynman gab fortlaufend Kommandos, um die Vrils und die Kugeln in gleichem Abstand zueinander zu halten. Die mächtigen Kabelstränge, die durch die provisorische Installation ein sinnverwirrendes Muster bildeten, bewegten sich locker hin und her, ohne unter Spannung zu geraten. Feynman flog dem Generator zusammen mit zwei Dutzend Wissenschaftlern hinterher. Auf diese Weise hoffte er den bestmöglichen Überblick zu behalten. In zehn Kilometern Entfernung von der ONSLAR befahl Feynman, das Gebilde relativ zum Flaggschiff und zur Dunkelwolke zur Ruhe zu bringen. Auch dieses Manöver gelang problemlos.

Die frei im Raum schwebenden Wissenschaftler teilten sich zu je sechst auf die vier Vrils auf und begaben sich zu ihren bereits dort die letzten Vorbereitungen treffenden Kollegen. Speziell die beim Einsatz in Jerusalem entführten Techniker der Föderation erwiesen sich als eine große Hilfe. Im Gegensatz zu den föderalen Offizieren waren sie nicht konditioniert worden. Nachdem man ihnen Beweise für den Verrat Pentars vorgelegt hatte, hatten sie sich ohne zu zögern bereiterklärt, für das Imperium zu arbeiten.

Feynman selbst betrat mit fünf Kollegen die Schleusen derjenigen Flugscheibe, die die Rechenanlagen zur Steuerung des Generators beherbergte. Mit ihrer Hilfe konnte die Energiezufuhr ermittelt werden, die auf jede der fünf Kugeln verteilt werden musste, um ein Wurmloch mit gewünschtem Anfang und Ziel zu erzeugen.

Es war eng in der Zentrale der Vril. Zwanzig Wissenschaftler waren dort bereits anwesend. Sie blickten kaum von ihrer Arbeit auf, als die sechs in Raumanzüge gehüllten Kollegen, unter ihnen der Projektleiter Feynman, eintrafen.

Das normalerweise die runde Zentrale einer Vril umlaufende Steuerungspult war entfernt worden. An seiner Stelle waren die Schaltschränke aufgestellt worden, die die Recheneinheiten enthielten. Um das Geländer der zentralen Wendeltreppe herum hatte man eine Reihe Monitore platziert. Letzte Steckverbindungen von provisorisch über den Boden verlegten Kabelsträngen wurden zusammengefügt. Man wollte sich bei diesem Projekt auf keinen Fall auf drahtlose Kommunikation verlassen, weil die Strahlung der nahen Dunkelwolke und der Schwarzen Löcher eine unkalkulierbare Fehlerquelle dargestellt hätte.

Feynman, der als einer der genialsten terranischen Physiker des zwanzigsten Jahrhunderts galt, setzte sich vor einen der Monitore. Seine ehemals föderalen Kollegen hatten ihr Wissen um die regulanische Technologie mit ihm per Gehirnstrominduktion geteilt.

Die letzten Tage waren so aufregend für den Physiker gewesen wie schon lange nicht mehr. Bereits vor einigen Wochen, als er erstmalig von den regulanischen Wurmlochgeneratoren gehört hatte, die ohne lokale Projektoren auskamen, hatte er sich darangemacht, selbst ein solches Gerät zu konstruieren. Doch er war auf unüberwindliche Schwierigkeiten gestoßen, die mit der gezielten Überlagerung von Gravitationswellen zusammenhingen und mithilfe aldebaranischer Technologie nicht gelöst werden konnten. Doch dann hatte er die Geheimnisse der Regulaner durch die Gehirnstrominduktion erfahren. Es war wie ein Rausch gewesen. Er hatte nicht nur gelernt, wie man die fremde Technologie bediente, nein, er hatte sie im Detail verstanden. Das Prinzip der Überlagerung der Gravitationswellen war einfach, wie alle genialen Erfindungen – so einfach, dass er selbst nicht darauf gekommen war, was seinem unerschütterlichen Selbstvertrauen allerdings keinen Abbruch tat. Er war sich sicher, dass er früher oder später selbst die zündende Idee gehabt hätte. Nur zu gerne hätte er den genialen Regulaner persönlich kennengelernt, der dieses phantastische System, ein Triumph des menschlichen Geistes, erdacht hatte. Doch dieser geniale Physiker musste seit Jahrtausenden tot sein …

Der Bildschirm vor ihm flammte auf. Er zeigte aldebaranische Symbole – die ursprünglich regulanisch gewesen und von den föderalen Technikern ersetzt worden waren.

Feynman initiierte zunächst das Prüfprogramm. Sämtliche Komponenten des Systems wurden durch einen Kaltlauf getestet. Aufmerksam studierte er die angezeigten Graphiken und die Systemmeldungen, die sich in einem Nebenfenster abspulten. Es war alles in Ordnung. Der Generator war einsatzbereit.

Er tippte mit dem Zeigefinger auf das Zeichen, das das Unterprogramm für die Eingabe der Wurmlochparameter öffnete. Er gab als Startpunkt für die künstliche Raumzeitverzerrung einen Bereich an, der zwanzig Kilometer vor der ONSLAR in Richtung der Dunkelwolke lag. Als Endpunkt wählte er einen Bereich zwei Lichtwochen tief in die Dunkelwolke hinein und ersetzte die festen Steuerungsparameter durch Variabeln. Auf diese Weise stellte er sicher, dass der Austrittspunkt des Wurmloches nachträglich korrigiert werden könnte, falls Shangrila noch nicht erreicht sein sollte, man sich also noch innerhalb der umgebenden Gas- und Staubwolke befinden sollte. Den Durchmesser des Wurmloches kalibrierte er auf die mit Generatoren dieses Typs maximal möglichen drei Kilometer. Schließlich war es geplant, mit der ONSLAR das Wurmloch zu durchfliegen, und das Flaggschiff hatte immerhin einen Querschnitt von eintausendachthundert mal fünfhundert Metern. Seine Länge von fünf Komma zwei Kilometern spielte bei dem Durchgang allerdings keine Rolle.

Der Physiker kontrollierte ein letztes Mal seine Eingabe, dann legte er seinen Zeigefinger sanft auf das blinkende Symbol für die Ausführung des Programms. Er blickte kurz in die Runde der Wissenschaftler, die sich halbkreisförmig hinter ihm versammelt und ihn gespannt bei seinem Tun beobachtet hatten. Einige der Gesichter drückten Zuversicht aus, andere eine gewisse Besorgnis, wieder andere ließen keine Gefühlsregung erkennen.

Feynman verstärkte den Druck seines Zeigefingers. Das Bild auf dem Monitor änderte sich schlagartig. Ein halbes Dutzend Graphiken erschienen und gaben Auskunft über die Betriebszustände der unterschiedlichen Komponenten des Generators.

Draußen, im freien Raum, glühten die vier äußeren Kugeln hellgrün, während die innere in einem sanften Türkis erstrahlte.

»ONSLAR! Erbitte Statusmeldung!«, sprach der Physiker in das Mikrophon seines Raumhelms.

»Der Generator emittiert elektromagnetische Strahlung im vorausberechneten Spektrum, keine Unregelmäßigkeiten zu erkennen. In zwanzig Kilometern vor dem Bug des Schiffes messen wir eine starke Verzerrung der Raumzeit. Die Gravitationswellendichte steigt soeben über das vorausberechnete Maß an.« Der Mann in der Ortungszentrale der ONSLAR hielt kurz inne. Dann fuhr er mit aufgeregter Stimme fort: »Die Gravitationswellendichte erreicht jetzt ein kritisches Maß! Die Schiffshülle wird in extrem starke Schwingungen versetzt!« Feynman hörte nun außer der Stimme des Ortungsoffiziers ein Dröhnen wie das einer Kirchenglocke. »Verdammt! Das Schiff gerät in Gefahr! Es bricht auseinander! Wir müssen uns zurückziehen.«

»Nichts müsst ihr«, gab Feynman ungerührt zurück. »Es handelt sich lediglich um eine Gravitationsschockwelle, die bei der Initialisierung des Wurmloches entsteht. Diese Welle ist proportional zur Länge des initialisierten Wurmloches, und die beträgt nun einmal immerhin zwei Lichtwochen. Also – die Schockwelle wird gleich abklingen. Macht euch da drüben mal nicht ins Höschen.«

»Verdammt!«, krächzte es aus den Lautsprechern seines Raumhelms, was den Physiker bewog, seine Lippen unwillig zu verziehen und die Augen zu verdrehen. »Sie wussten von dieser Schockwelle und haben uns vorher nichts gesagt?«

»Natürlich wusste ich davon«, sagte Feynman beinahe gelangweilt. »Aber wie ich schon sagte: Die klingt gleich ab und ist völlig harmlos. Ich konnte ja nicht ahnen, dass ihr kleinen Mädchen dort drüben sofort nervös werdet.«

»Verflucht seien alle Eierköpfe, und in der Hölle sollen sie schmoren.« – Kurze Pause, dann mit weniger aufgeregt klingender Stimme: »Das Dröhnen lässt nach, und die Geräte zeigen fallende Gravitationsfeldstärken.«

»Sagte ich doch. Kontrollieren Sie noch einmal die Intensität der elektromagnetischen Strahlung der Generatoren. Wenn die immer noch stabil ist, können Sie Ihren Posten verlassen und sich eine frische Unterhose anziehen, Soldat.«

Die Wissenschaftler hinter Feynman lachten schadenfroh, und die Entgegnung des Ortungsoffiziers sei hier besser nicht im Detail wiedergegeben.

*

Der Imperator verfolgte die ganze Aktion, wie auch die anderen Anwesenden in der Zentrale, über die riesigen Bildschirme. Als das Superschlachtschiff zu dröhnen begann, verursachte dies nicht die geringste Gefühlsregung beim mächtigsten Mann des Imperiums. Natürlich war er vorab von Professor Feynman über den Gravitationseffekt in der Anfangsphase des Aufbaus des Wurmloches informiert worden. Der Physiker, der für seine Späße berüchtigt war, hatte jedoch darum gebeten, zumindest die Soldaten in der Ortungszentrale nicht über diese Kleinigkeit zu informieren. Dementsprechend zuckte es verdächtig um die Mundwinkel Sargons, als er das Gespräch zwischen dem Ortungsoffizier und dem Professor verfolgte. Nungal stützte den Ellenbogen seiner Linken auf die Lehne des Sessels und verbarg seinen Mund hinter seiner Faust, wobei er die Augen schloss. Er schien sich mit aller Macht darauf zu konzentrieren, nicht loszuprusten und damit den Ortungsoffizier zu kompromittieren.

Auf dem Hauptbildschirm entstand plötzlich ein drei Kilometer durchmessender Fleck. Er sah aus wie die glühende Oberfläche der Dunkelwolke, nur viel detaillierter, weil sich der Fleck in nur zwanzig Kilometern Entfernung befand. Was die Anwesenden in der Zentrale sahen, war das, was sich an dem mit Lichtgeschwindigkeit in die Dunkelwolke hineinrasenden Austrittsende des Wurmloches befand. Und das waren nun einmal glühende Gase und würden es auch wohl für noch mindestens eine Woche sein, bis das jenseitige Wurmlochende kühlere Regionen tief im Innern der Dunkelwolke erreicht haben würde.

Fünf Minuten später, nachdem Feynman an Bord der Vril noch einmal sämtliche Daten überprüft hatte, kam seine Meldung über die Lautsprecher der Zentrale des Flaggschiffes:

»Es hat alles nach Plan funktioniert. Keine Überraschungen. Wirklich eine beeindruckende Technologie, die wir da von den alten Regulanern geerbt haben.«

»Vielen Dank Professor«, sagte der Imperator mit deutlich erkennbarer Freude in der Stimme. »Bitte führen Sie die besprochenen Messungen an den aus unserem Wurmlochende austretenden Gasen durch, damit wir ein Profil der physikalischen und chemischen Struktur der Dunkelwolke erhalten. Sobald die Hülle durchstoßen ist, stabilisieren Sie das jenseitige Wurmlochende umgehend.«

»Selbstverständlich, Herr Imperator!« Es war eine der Eigenarten Feynmans, dass er nicht wie alle anderen »Imperator« oder »mein Imperator« sagen konnte. Sargon ließ es ihm durchgehen.

»Sagen Sie, Professor, glauben Sie, dass wir diese Wurmlochtechnologie reproduzieren können?«

»Zweifellos. Wir wissen nun genau, wie diese Generatoren funktionieren, und sie enthalten keine Komponenten, die nicht mit aldebaranischer Technologie hergestellt werden könnten.«

»Vielen Dank, Herr Feynman«, sagte Sargon, wobei er eine unverkennbar spöttische Betonung auf das Wort ›Herr‹ legte. »Falls sich etwas Neues ergibt, informieren Sie mich bitte umgehend.« Damit unterbrach er die Verbindung. An den Kommunikationsoffizier gewandt fuhr er fort: »Beraumen Sie eine Holokonferenz für 14 Uhr Standardzeit an. Teilnehmen sollen alle imperialen Raummarschälle.«

Der Offizier bestätigte den Befehl und machte sich an die Arbeit, Verbindungen zu den Flaggschiffen der Marschälle herzustellen. Er war zuversichtlich, den Befehl in den verbleibenden knapp zwei Stunden ausführen zu können und dass keiner der höchsten imperialen Offiziere verhindert sein würde. Schließlich war die militärische Lage aus aldebaranischer Sicht – zumindest an der Mohak-Front – entspannt. Die Echsen waren vernichtend geschlagen, was nun folgte, war nicht mehr als ein Aufräumen. Man stellte lediglich sicher, dass diese grausame Spezies nie wieder zu einer Gefahr für die Menschheit werden könnte.

*

Entspannt lauschte Sargon den Klängen von Beethovens Neunter Symphonie, während er im Konferenzraum der ONSLAR II auf den Beginn der Besprechung wartete. Bereits kurz nachdem sich die Dritte Macht dem Imperium angeschlossen hatte, hatte Sargon die klassischen Komponisten Terras für sich entdeckt und schätzen gelernt. Natürlich war auf Sumeran ähnliche Musik komponiert worden – aber eben nur ähnliche. Speziell mit Beethoven verband den Imperator etwas Besonderes, es war, als würde die Musik seine Seele in eine mystische, außerhalb der Vernunft stehende Resonanz versetzen. Genau diesen Eindruck zu vermitteln war die hohe Kunst des Komponisten, und diese beherrschte Beethoven mit geradezu mathematischer Präzision; wobei Sargon keinen Widerspruch zwischen Mystik und der streng mathematischen Struktur der Musik empfand.

General Nungal war als einziges weiteres Besatzungsmitglied der ONSLAR II ebenfalls im Konferenzraum anwesend. Er musterte seinen Freund unauffällig und freute sich darüber, dass dieser Mann nach vielen Jahrzehnten der Anspannung, der Ungewissheit und einer schier unerträglichen Bürde, die ihm aufgeladen worden war, nun in diesem Konferenzraum saß und die Musik sichtlich genoss. Nungal spürte, dass der Imperator Kraft tankte. Kraft für den Endspurt in einem Kampf, der vor elftausend Jahren mit der Auseinandersetzung zwischen dem Ersten Imperium und den Regulanern begann, durch den Einsatz der von den Regulanern geschaffenen Yx ein zwischenzeitliches Ende fand, durch den Krieg gegen die Mohak – eine ebenfalls von den Regulanern geschaffene Spezies – in der Neuzeit wieder aufflammte und heute durch die Inbesitznahme der Technologie der Blutmeister ein Ende finden sollte. Die Frage war nur, wer in den Besitz der Schätze der Nachfahren der alten Regulaner gelangen würde – die Föderation oder das Imperium.

Die Musik wurde sanft ausgeblendet, als das erste Hologramm auf einem der Sitzplätze an dem ovalen Tisch aus glasiertem, rötlichem Manarenholz erschien. Es war Raummarschall Prien, der als U-Boot-Kommandant im Zweiten Weltkrieg gekämpft hatte und von der Dritten Macht vor dem sicheren Untergang gerettet worden war. In den darauffolgenden siebzig Jahren hatte er eine steile Karriere innerhalb der Streitkräfte der Dritten Macht erlebt. Nach dem Zusammenschluss mit dem Imperium hatte er einen bedeutenden Beitrag zur umfassenden Niederlage der Mohak geleistet.

Sargon begrüßte den Raummarschall freundlich lächelnd mit den Worten: »Schön, dass Sie sich bereits zu uns gesellen. Wir haben noch zehn Minuten bis zur Konferenz. Ihre Eindrücke der letzten Kriegstage würden mich sehr interessieren.«

»Deshalb habe ich mich zunächst erkundigt, ob Sie bereits im Konferenzraum anwesend sind, denn ich wollte Sie gerne alleine sprechen, mein Imperator.« Auf dem Gesicht Priens war deutlich zu erkennen, dass ihn etwas bedrückte. Trotz der überwältigenden Siege der letzten Tage schien er in höchstem Maße unzufrieden zu sein.

Der Imperator beugte sich vor und stützte sich mit beiden Ellenbogen auf die mit goldenen Ornamenten verzierte Tischplatte. »Auch wenn Sie mich alleine sprechen wollten, so hoffe ich doch, dass General Nungals Anwesenheit kein Problem für Sie darstellt.«

»Nein, nein, der General stört mich nicht im Geringsten. Was ich mit Ihnen zu besprechen habe, wollte ich nur nicht vor den versammelten Raummarschällen zur Sprache bringen.«

»Schießen Sie los. Wo drückt Sie der Schuh?« Der Imperator sprach deutsch, eine Respektbekundung gegenüber seinem Gesprächspartner. In solchen Fällen machte es ihm offensichtlich Spaß, einige Redewendungen dieser der aldebaranischen so ähnlichen Sprache zu verwenden.

Prien schien nach Worten zu suchen, sein Problem verständlich zu machen. Nach einigen Sekunden begann er zunächst stockend, dann immer flüssiger redend: »Als uns die Mohak weit überlegen waren und uns in unserer Existenz bedrohten, freute ich mich über jedes ihrer Schiffe, das wir vernichteten, und über jede Basis, die wir bombardierten. Nach den grauenhaften Verlusten, die sie uns zugefügt hatten, obwohl Sie, mein Imperator, mehrfach um Frieden ersucht hatten, empfand ich es als unser gottgegebenes Recht, diese Bedrohung ein für alle Mal auszuschalten.« Prien ließ seine Worte kurz wirken und blickte Sargon direkt in die Augen. »Doch mittlerweile liegen die Dinge anders. Die Echsen sind geschlagen. Die kümmerlichen Reste ihrer Flotte stellen für uns keine Gefahr mehr dar. Falls sie es wagen, mit ein paar Schiffen irgendwo aufzutauchen, um ihre Wohnwelten zu verteidigen, sind sie absolut chancenlos und werden innerhalb weniger Minuten von meinen Verbänden aus dem All gefegt.

Gleiches gilt wohl auch für die Flotten meiner Kollegen. An keiner Front kann der Gegner unseren Vernichtungsfeldzug aufhalten, geschweige denn zurückschlagen.

So, wie ich mich in den Abwehrschlachten der Vergangenheit als Soldat gefühlt habe, der für das Recht seines Volkes auf Überleben kämpfte, so fühle ich mich nun als Schlächter, der einen wehrlosen Planeten nach dem anderen vernichtet und dabei mehrere hundert Milliarden intelligente Lebewesen umbringt.« Erneut gönnte sich der Raummarschall eine Pause und stieß einen Seufzer aus. »Die Stimmung der Mannschaften meiner Schiffe ist denkbar schlecht. Wir stoßen in ein System nach dem anderen vor und entvölkern die dortigen Planeten. Dabei geht es nicht darum, den Gegner zu überraschen, ihn durch ein tollkühnes Manöver zu überlisten oder ihn durch unsere Entschlossenheit in die Flucht zu schlagen. Nein, wir fliegen einfach hin, vernichten ein paar Mohak-Raumer, die sich uns verzweifelt in den Weg stellen, und verwandeln dann die Wohnwelten im Salventakt unserer Geschütze in Gluthöllen. Dieses Vorgehen ist weder mit meinem Verständnis von Soldatentum noch mit dem meiner Männer vereinbar.

Natürlich ist mir die unglaubliche Fruchtbarkeit der Reptiloiden bekannt. Natürlich weiß ich, dass sie, befänden sie sich in der umgekehrten Position, keinen Moment zögern würden, die Menschheit restlos auszurotten. Und natürlich weiß ich, dass die Mohak in wenigen Jahrzehnten wieder eine große Gefahr für uns darstellen würden, wenn wir unseren Feldzug nun beenden würden. Ich frage mich jedoch, ob es nicht eine Alternative zur Vernichtung ihrer Wohnwelten gibt. Könnten wir diese Planeten nicht einfach erobern und dann Besatzungstruppen zurücklassen, die darüber wachen, dass die Mohak keine Waffen herstellen?«

Der Imperator betrachtete seinen Marschall nachdenklich. Er verstand nur zu gut, was in diesem großen Soldaten vorging.

»Mein lieber Prien. Unsere Besatzungstruppen könnten sicherlich verhindern, dass auf den Mohak-Welten Waffen in größerem Stil hergestellt würden. Sie könnten aber nicht verhindern – zumindest nicht mit vertretbarem Aufwand –, dass sich eine Gruppe von einem Planeten absetzt, um in den Tiefen des Alls zu verschwinden. Und genau darin bestünde die Gefahr. Eine nicht von uns kontrollierte kleine Gruppe könnte bereits nach wenigen Jahrhunderten irgendwo in der Galaxis ein neues Mohak-Reich schaffen, um uns erneut anzugreifen. Wissen Sie, Marschall, die Mohak wurden von den Regulanern zu einem einzigen Zweck geschaffen: um Krieg zu führen. Es ist tief in ihrem Erbgut verankert, keine Intelligenzen neben sich zu dulden. Sie sind genetisch darauf programmiert, ihren Gegner vollständig zu vernichten und die eroberten Sauerstoffwelten in ihr Reich einzugliedern. Es ist unmöglich, mit ihnen zu verhandeln. Ich habe dies oft genug erfolglos versucht. Nachsicht und Mitleid ist von ihnen nicht zu erwarten. Marschall, so schwer es mir fällt – denn ich weiß, wie Sie sich dabei fühlen müssen, scheinbar wehrlose Intelligenzen zu vernichten –, muss ich trotzdem auf der Ausführung meines Befehls bestehen: Die Mohak sind, ich nenne es beim Namen, auszurotten. Nur so kann unser eigenes Recht auf Leben garantiert werden. So unsoldatisch Ihnen diese ›Arbeit‹ auch vorkommen mag – sie muss getan werden. Es führt kein Weg daran vorbei, es gibt keine Alternative. Sprechen Sie zu Ihren Männern. Sagen Sie ihnen, was ich Ihnen sagte. Sagen Sie ihnen, dass das, was sie tun, auch wenn es ihnen unmenschlich und eines Soldaten unwürdig erscheint, ein Akt der puren Selbstverteidigung ist. Durch unser radikales Vorgehen, Marschall Prien, stellen wir sicher, dass unsere Kinder in Frieden aufwachsen können, ohne in der ständigen Angst einer Invasion durch die Echsen leben zu müssen.«

Der Raummarschall nickte unmerklich. So sehr er die brutale Wirklichkeit auch verabscheute, änderte dies nichts daran, dass der Imperator Recht hatte. In jenem Moment der Stille entstanden fünf weitere Hologramme am Besprechungstisch. Sie wirkten, als seien die Menschen, die sie darstellten, plötzlich aus dem Nichts erschienen. Es handelte sich um die Marschälle Tomoyuki, Edwards, Müller, Karadon und Runan. Sargon verfügte über genug Menschenkenntnis, um ihnen sofort anzusehen, dass auch sie mit der Situation unzufrieden waren. Er entschloss sich, das Thema in der großen Runde erneut anzuschneiden, um diese Diskussion ein für alle Mal vom Tisch zu haben.

Der Imperator begrüßte seine höchsten Offiziere offen und freundlich, schließlich betrachtete er sie als Kameraden, mit denen er einen epischen Sieg über einen gnadenlosen Feind errungen hatte. Nachdem in der folgenden halben Minute zehn weitere Hologramme entstanden, war die Runde vollzählig, und Sargon begann mit seiner Ansprache.

»Kameraden! Ich habe diese Besprechung einberufen lassen, um mich über den Fortschritt unseres Feldzuges gegen die Mohak zu informieren und die Lage im Sol-System zu erörtern, bevor ich mich nach Shangrila begebe. Unser geschätzter Kollege Günther Prien hat mich jedoch ein paar Minuten früher aufgesucht, um mir von seinen Sorgen und Nöten und jenen seiner Mannschaften zu berichten. Ich nehme an, dass er mit seinen Bedenken bezüglich der Methoden, wie unser Feldzug geführt wird, nicht allein steht. Deshalb möchte ich die Gelegenheit nutzen, meinen Standpunkt zu diesem Thema darzulegen.«

Sargon beugte sich vor, wobei seine schulterlangen, hellblonden Haare über seine Wangen fielen. Seine einerseits fein, andererseits scharf geschnittenen Gesichtszüge drückten jenes Charisma aus, dem sich kaum einer der Anwesenden entziehen konnte. Er wiederholte zunächst einmal die Einwände, die Prien zu dem Vernichtungskrieg geäußert hatte, den das Imperium zurzeit gegen die Mohak führte. Anschließend stellte er klar, dass eine Koexistenz mit den Echsen unmöglich sei und zwangsläufig in den Untergang der menschlichen Spezies münden würde.

»Aus diesen Gründen befehle ich die ungebremste Fortführung des Ausrottungskrieges gegen die Mohak. Selbstverständlich kann jeder der hier Anwesenden anderer Meinung sein als ich. Natürlich steht es Ihnen frei, mich für diesen Befehl moralisch zu verurteilen. Es steht Ihnen jedoch nicht frei, die Ausführung dieses Befehls in Frage zu stellen oder auf irgendeine Weise zu behindern. Ich persönlich bin es, der die letztendliche Verantwortung für die Menschheit trägt. Mit dieser Bürde bin ich in mein Amt gewählt worden. Falls wir es zulassen, dass die Mohak wieder erstarken, werde ich es sein, der von unseren Nachkommen zu Recht verflucht wird. Meiner Verantwortung kann ich nur dann gerecht werden, wenn ich mir Entscheidungen, von deren Richtigkeit ich zutiefst überzeugt bin, nicht aus der Hand nehmen lasse.«

Der Imperator ließ seinen Blick in die Runde schweifen. Seine Augen glühten wie von Innen heraus leuchtende Saphire. »Ich bin mir über Ihre Gewissensbisse im Klaren, meine Herren. Doch diese Drecksarbeit muss getan werden, um den Fortbestand unseres Volkes zu sichern. Falls also jemand unter Ihnen ist, der meinen Befehl aus Gewissensgründen nicht oder nur halbherzig ausführen kann, so möge er jetzt vortreten. Ich werde ihn ehrenhaft aus der Flotte entlassen und unverzüglich einen Nachfolger benennen. Von jedem einzelnen von Ihnen, meine Herren, der sich nun jedoch durch sein Schweigen zu meinen Anordnungen bekennt, erwarte ich, dass er ohne weitere Diskussion seine Pflicht tut.«

Für ein paar Sekunden herrschte Schweigen. Niemand erhob sich. Sargon erkannte in den Mienen seiner Marschälle, dass sie zwar nicht begeistert waren, aber die Notwendigkeit einsahen, den Krieg mit unverminderter Härte fortzuführen.

Sargon, der sich nach vorne gebeugt hatte, lehnte sich wieder zurück in den bequemen Sessel. Nachdem sich niemand zu Wort meldete, sagte er: »Ich bitte nun jeden von Ihnen, einen kurzen Bericht über den Fortschritt des Feldzuges in den Ihnen zugeordneten Raumsektoren zu liefern.« Er blickte zu seiner Rechten. Dort hatte das Hologramm Karadons Platz genommen.

Der als alter Draufgänger gleichermaßen bekannte und berüchtigte Raummarschall wirkte müde, als er mit brüchiger Stimme seine Schilderungen begann: »Meine Flotte befindet sich exakt im optimistischen Zeitplan.« Dazu muss man wissen, dass ein Feldzug immer nach einem optimistischen, einem realistischen und einem pessimistischen Szenario geplant wurde. »Der Grund dafür ist einfach: Wir stoßen lediglich auf kleinere Verbände der Mohak, die unseren Schiffen weit unterlegen sind und unseren Vorstoß noch nicht einmal bremsen können.« Ohne es zu wissen, hatte er fast die gleiche Formulierung wie Prien gewählt. »Nachdem die Raumer der Echsen vernichtet sind, bombardieren wir die planetaren Abwehrfestungen aus sicherer Entfernung.« Planetare Abwehrfestungen ohne Flottenunterstützung waren weitgehend chancenlos gegen einen Angreifer, der dem Abwehrfeuer ausweichen konnte – eine Option, die die fest auf Monden und Planeten installierten Forts nicht hatten. »Sobald der gegnerische Widerstand gebrochen ist, beginnen wir mit der umfassenden Bombardierung der betreffenden Wohnwelt. Auf diese Weise entvölkerten wir bereits vollständig die Systeme Gradomak und Volomak. Zurzeit befinden wir uns im Fulrak-System und schalten die Abwehrfestungen aus. Gegnerische Schiffe haben wir hier überhaupt nicht mehr vorgefunden.«

Sargon nickte zufrieden und übergab das Wort an den neben Karadon sitzenden Tomoyuki. Sein Bericht und die der übrigen Marschälle fielen ähnlich aus. Der Gegner war endgültig geschlagen und verfügte noch nicht einmal mehr über die notwendigen Schiffskapazitäten, das eine oder andere System zu evakuieren.

Doch einer der als Hologramm anwesenden höchsten aldebaranischen Offiziere war nicht an dem Feldzug gegen die Mohak beteiligt. Er war gleichzeitig Gouverneur des solaren Systems und sprach als Letzter: »Der Plan General Nungals hat funktioniert«, begann Unaldor seine Ausführungen. Seine Erscheinung überragte die der anderen Marschälle, obwohl alle saßen, um einen halben Kopf. Er war ein Hüne von zwei Meter zwanzig und hatte die Statur eines Kraftsportlers. »Wir konnten die Cassadaren vernichten, was eine wesentliche Voraussetzung für die von Elnan ersonnene List ist, Pentar mit einem Schlage seine Führungsriege zu entreißen und auf unsere Seite zu bringen.«

Er erklärte kurz die Hintergründe und betonte den Punkt, dass alle Offiziere in Pentars Flotte vom Major aufwärts konditioniert worden waren, also niemals einen Befehl Pentars in Frage stellen konnten.

»Elnan hat sich als Überläufer zu erkennen gegeben. So konnte er unauffällig mit Tudalur, dem Oberbefehlshaber der föderalen Flotte, in Kontakt treten. Tudalur steht auf unserer Seite, seit ihn Elnan im Neocapella-System von der Konditionierung befreite. Entsprechend unserer Planung ist eine Siegesfeier im Regierungspalast Neubabylons anberaumt worden. Die ersten föderalen Offiziere treffen soeben ein. Unser Einsatzkommando wartet im zweiten Untergeschoss darauf, dass die föderalen Offiziere vollzählig anwesend sind, um dann loszuschlagen. Dabei ist anzumerken, dass die Piloten der Cassadaren zu Pentars Leibgarde gehörten, die sich auf Befehl Pentars von der regulären Flotte fernzuhalten hatten. Sie hätten also mit der Bombardierung des Mars beginnen können, nachdem unsere Männer losschlugen. Deshalb war das Ausschalten der Cassadaren so wichtig.«

Unaldor räusperte sich kurz, bevor er seine Ausführungen beendete.

»In rund einer Stunde werden wir, wenn alles gut geht, die Offiziere im Regierungszentrum festsetzen und ins zweite Untergeschoss entführen. Dort warten bereits unsere Wissenschaftler, um den Offizieren mithilfe von modifizierten Gehirnstrominduktoren die Konditionierungen zu nehmen.

Ich selbst warte mit meiner Flotte im Asteroidenfeld zwischen Mars und Jupiter. Alles hängt vom Erfolg unserer Aktion im Regierungszentrum ab. Nur durch diesen Plan, der die widerstandslose Besetzung unseres wichtigsten Rüstungsplaneten durch den Gegner vorsah, konnte ein barbarischer Krieg zwischen Menschen verhindert werden. Ein Krieg, der durch die Verbrechen und den Verrat Pentars heraufbeschworen wird, falls unsere Aktion fehlschlägt.«

»Und was heißt es genau für uns, wenn die Befreiungsaktion fehlschlägt?«, fragte Prien mit Blick auf Sargon und fügte hinzu: »Werden wir dann den Mohak-Feldzug abbrechen, um mit geballter Macht die föderale Flotte aus dem Sol-System zu vertreiben?«

Der Imperator zuckte mit den Schultern, und seine Züge nahmen einen geradezu fatalistischen Ausdruck an. »Ich fürchte, in einem solchen Fall wird uns nichts anderes übrigbleiben – mit unabsehbaren Konsequenzen in mehrerlei Hinsicht. Die Mohak bekämen eine Atempause, um Evakuierungen vorzubereiten, während wir uns in einem mörderischen Bruderkrieg aufreiben würden.«

*

Ebenso wie die ONSLAR II schwebte das Flaggschiff Pentars vor der wabernden Dunkelwolke. Man hatte ebenfalls den Aufbau einer Wurmlochverbindung nach Shangrila initiiert, und nun hieß es, die zwei Wochen abzuwarten, bis die Verbindung aufgebaut sein würde.

Beide Seiten hatten noch nicht einmal den Versuch unternommen, den jeweiligen Gegner zu finden. Zu aussichtslos wäre ein solches Unterfangen gewesen, was jedem sofort einleuchtete, der sich die Größenverhältnisse des zu durchsuchenen Gebietes klarmachte: Man hätte die Oberfläche einer vier Lichtwochen durchmessenden Kugel systematisch untersuchen müssen, was, optimistisch geschätzt, mehrere Jahre in Anspruch genommen hätte. Aus diesem Grunde hatten beide Seiten auf ein größeres Flottenaufgebot verzichtet. Es wäre einfach extrem unwahrscheinlich gewesen, dass die Kampfraumer ein gegnerisches Ziel ausgemacht hätten.

Zur gleichen Zeit, als Sargon mit seinen Marschällen konferierte, begab sich Pentar in den Kommunikationsraum seines Flaggschiffes NEOREGULA. Er schickte das diensthabende Personal hinaus und stellte eigenhändig eine Verbindung zur HORAGON, dem Superschlachtschiff Tudalurs, her. Die Datenpakete wanderten über Netzwerkknoten, die die NEOREGULA auf ihrem Flug zur Dunkelwolke ausgestreut hatte, entlang des kosmischen Strings bis zum Sol-System, wo sie direkt an die HORAGON weitergeleitet wurden.

Auf dem Bildschirm unmittelbar vor Pentar entstand das mit Sommersprossen übersäte Gesicht eines jungen Offiziers mit feuerroten Haaren. Überraschung und Nervosität zeichneten sich auf seinen Zügen ab, als er den Präsidenten erkannte. Er sprang auf und salutierte fast übertrieben exakt. Dabei stellte er fest, dass er aus dem Aufnahmebereich der Kamera geraten war, und beeilte sich, erneut vor dem Funkpult Platz zu nehmen.

»Verbinden Sie mich mit General Tudalur«, forderte Pentar mit befehlsgewohnter Stimme.

»Der General befindet sich in Neubabylon, der Hauptstadt des Mars.«

»Was?« Pentar war zutiefst überrascht. Er hatte zwar mit einem Sieg im Sol-System gerechnet – gegen seine Cassadaren war schließlich kein Kraut gewachsen –, doch dass dies so schnell gehen würde, hatte er nicht erwartet.

»Der General hat zu einer Siegesfeier im Regierungszentrum des Planeten eingeladen«, sagte der junge Offizier hastig. »Sie beginnt in einer Stunde.«

»Dann muss mir eben eine reine Audioverbindung reichen. Verbinden Sie mich mit dem persönlichen Agenten Tudalurs.«

Sekunden später hörte er die Stimme seines kommandierenden Generals, das Bild des rothaarigen Funkoffiziers blieb allerdings.

»Präsident! Ich hoffe, Ihre Reise nach Shangrila ist bisher ohne Zwischenfälle verlaufen …«

Pentar unterbrach Tudalur sofort. »Um mich machen Sie sich mal keine Sorgen. Ich habe soeben erfahren, dass der Mars bereits durch unsere Truppen erobert wurde. Wie konnte das geschehen? Haben die Imperialen angesichts unserer Cassadaren bedingungslos kapituliert?« Ein selbstzufriedenes Lächeln zeichnete sich auf den Lippen Pentars ab.

Tudalur überlegte einen kurzen Moment und entschied sich, dem Präsidenten die Vernichtung der Cassadaren zu verheimlichen. Ebenso vermied er es, zu erwähnen, dass Elnan zur Föderation übergelaufen war – ein Umstand, den Pentar nach den Ereignissen im Neocapella-System sicherlich nicht geglaubt und womit er auch richtiggelegen hätte. »Ja, die imperialen Truppen haben kapituliert und uns den Mars kampflos übergeben. Sie wollten unausweichliche Verluste unter der Zivilbevölkerung vermeiden.«

»Was ist mit der imperialen Flotte?«

»Sie befindet sich im Asteroidenfeld zwischen Mars und Jupiter.«

Diese Auskunft seines Generals war für Pentar absolut schlüssig. Um der vollständigen Vernichtung zu entgehen, musste der Gegner auf Abstand zu den Cassadaren bleiben.

»Nun – damit laufen die Dinge besser, als ich erwartet habe«, sagte Pentar. »Lassen sie die Flotte einen Abwehrriegel um den Mars bilden. Falls die Imperialen trotzdem angreifen, werden sie gegen unsere Cassadaren und gegen die nun unter unserer Kontrolle befindlichen Abwehrforts keine Chance haben. Halten Sie einfach die Stellung, bis ich zurück bin. Sobald sich die

Geheimnisse der Blutmeister in meiner Hand befinden, werden wir den Imperator mitsamt seinen Möchtegern-Aristokraten mit einem Schlag aus dem Universum fegen und die Menschheit von dieser Plage befreien.«

Damit unterbrach der Präsident die Verbindung und lehnte sich befriedigt zurück in den fest vor dem Kommunikationspult installierten Sitz.

Mehr als zweitausend Lichtjahre entfernt ließ er seinen kommandierenden General mit den Gedanken darüber zurück, dass es wohl eher gelte, die Menschheit von der Plage des Verrats und somit von Pentar zu befreien.

*

Tief in seinem Unterbewusstsein fühlte Pentar einen großen Respekt vor dem Imperator. Seit seinem Verrat und der sich daran anschließenden Flucht vor einhundertvierundvierzig Jahren war Angst hinzugekommen. Diese Angst kam häufig in seinen Albträumen zum Ausdruck, in denen er von imperialen Truppen gefangen genommen und seinem Erzfeind vorgeführt wurde. Der Traum endete zumeist in jenem Moment, in dem er Sargon Auge in Auge gegenüberstand, wobei er sich seiner eigenen Hilflosigkeit und Unterlegenheit bewusst wurde. Er erwachte schweißgebadet und erfreute sich nach einem kurzen Moment der Verwirrung daran, dass alles nur ein Traum gewesen war.

Sein wenige Wochen andauernder Angriff auf das Imperium wurde von dieser unterschwelligen Furcht, der unterbewussten Unterlegenheit, von Anfang an begleitet. Er erwartete ständig, dass der Imperator irgendein Kaninchen aus dem Hut zaubern würde und die vermeintlich weit überlegene föderale Flotte doch noch durch eine List geschlagen würde.

Sein Gespräch mit Tudalur hatte diese Befürchtungen zunächst zerstreut. Der wichtigste imperiale Rüstungsplanet befand sich nun in seiner Hand – ein Juwel aufgrund seines Rohstoffreichtums und seiner geologischen Struktur.

Mit einem selbstzufriedenen Lächeln erhob sich der Föderationspräsident vom Kommunikationspult. Er befahl seinem persönlichen Agenten, eine Verbindung zu Frank Thomson herzustellen. Mit diesem Mann, der ihm auch äußerlich so ähnlich war, verband ihn eine Art Seelenverwandtschaft, so glaubte Pentar. Erstmalig seit seiner Flucht vor rund eineinhalb Jahrhunderten hatte er einen Menschen gefunden, der wirklich gute Ideen für ein gemeinsames weiteres Vorgehen entwickelte. Außerdem hatte Thomson erheblich mehr Erfahrung als Pentar in der Organisation einer Demokratie. Obwohl er vom technologisch rückständigen Planeten Terra stammte, wusste Thomson ganz genau, wie man es erreichte, dass immer die gleichen Leute an der Macht blieben.

Immerhin war es Thomson und den unter seiner Führung stehenden Familien gelungen, praktisch den gesamten Planeten zu beherrschen, ohne jemals in den Vordergrund getreten zu sein. Pentar wollte mehr über diese Kunst des Regierens im Hintergrund erfahren. Er war nun seit mehr als einem Jahrhundert Föderationspräsident. Deshalb wurden immer wieder Stimmen in der Bevölkerung laut, dass es sich nicht um eine wirkliche Demokratie handeln könnte, wenn immer der gleiche Mann an der Macht war. Ganz Unrecht hatten sie damit schließlich nicht, stellte Pentar mit einem ironischen Lächeln fest, und es würde in Zukunft immer mehr Energie – und vor allem Glaubwürdigkeit – kosten, diese Stimmen verstummen zu lassen.

Im Hochgefühl über den Sieg im Sol-System und im Hinblick auf die zwei Wochen, die sie bis zur Stabilisierung des Wurmloches warten mussten, entschied Pentar, ein weiteres Gespräch mit seinem neuen Partner zu suchen.

»Thomson«, hörte der Präsident aus dem Mikrolautsprecher seines persönlichen Agenten in seinem Gehörgang.

»Pentar hier. Ich würde mich gerne mit dir zu einer Unterredung in meinem Privatgemach treffen. Passt es dir gerade?« Er legte großen Wert darauf, Thomson das Gefühl zu vermitteln, kein Befehlsempfänger, sondern ein Partner zu sein – natürlich nicht auf Augenhöhe, aber doch zumindest in der oberen Hierarchie direkt unterhalb des Föderationspräsidenten. Pentar war sich darüber im Klaren, dass man einen Mann, der selbst sein Leben lang geherrscht hatte und über die Qualitäten Thomsons verfügte, nicht einfach herumkommandieren konnte. Damit hätte er jede aufkeimende Loyalität des Terraners auf der Stelle zerstört.

»Sehr gerne«, sagte der ehemalige Bankier. »Wann soll ich da sein?«

»Ich bin in einem Nebenraum der Kommunikationszentrale. Ich brauche fünf Minuten.«

»Länger brauche ich auch nicht. Bis gleich!«

Als Pentar den Eingang zu seinen Privatgemächern erreichte, wartete Thomson bereits vor der Türe. Die beiden Männer begrüßten sich kurz, dann gab Pentar seinem persönlichen Agenten den Befehl, den Code auszustrahlen, der die Türe öffnen würde. Zischend glitt sie in die Wand des Ganges. Der Präsident ließ dem Terraner den Vortritt. Sie durchschritten den Empfangsbereich mit Garderobe und angrenzenden sanitären Räumlichkeiten für die Gäste. Die Türe aus violettem Milchglas glitt vor ihnen in die Wand und gab den Blick in den Raum frei, den man wohl am ehesten als »Wohnzimmer« bezeichnen konnte.

Der Boden bestand aus einem einzigen Bildschirm, auf dem Pentar Teppichmuster ganz nach seiner Gefühlslage entstehen lassen konnte. Momentan wurde ein zartgelber Hintergrund mit hellgrünen Ornamenten abgebildet. Das Material des Bodenbildschirms war so gewählt worden, dass man tatsächlich den Eindruck hatte, über einen sanft unter den Schritten nachgebenden Teppich zu laufen.

Je nach Stimmung Pentars wechselnde holographische Skulpturen und tatsächlich materiell vorhandene, im barocken Stil gehaltene Möbel vervollständigten die Einrichtung.

Aus einem roten, hölzernen Schrank mit aus Gold gefertigten Verzierungen holte Pentar zunächst einmal eine Flasche seines Lieblingsgetränks und stellte sie zusammen mit zwei kunstvoll verzierten Gläsern auf einen Nierentisch aus violett schimmerndem Kristallglas.

Thomson wunderte sich nicht, als die Gläser den gleichen violetten Ton annahmen, als sie den Tisch berührten. Er wunderte sich auch nicht, als die grüne Flüssigkeit, die Pentar aus der Flasche hineinschüttete, eine tiefblaue Färbung annahm. Mit diesen kleinen Spielereien hatte Pentar ihn bereits bei ihrem ersten Zusammentreffen in seinen Privatgemächern beeindruckt.

An den Wänden entstanden nach den Wünschen Pentars eine Reihe Krieger aus der Zeit der alten, vorindustriellen aldebaranischen Imperien. Sie erinnerten Thomson an japanische Samurai, wobei jedoch die asiatischen Gesichtszüge fehlten. Die antiken Soldaten wirkten wie blonde und rothaarige Wikinger in japanischen Rüstungen.

»Ich habe dir bereits das Amt des solaren Ministerpräsidenten zugesagt«, begann Pentar das Gespräch, nachdem beide einen Schluck genommen hatten. »Wie genau möchtest du deine Regierung organisieren?«

Der Föderationspräsident stellte die Frage weniger aus Interesse an der zukünftigen Gesellschaftsordnung im solaren System, sondern vielmehr, um vom reichen Erfahrungsschatz Thomsons in diesen Dingen zu profitieren.

Der ehemalige Bankier lächelte in dem sicheren Wissen, seinen Gesprächspartner mit der nun folgenden Antwort zu verblüffen. »Ich werde das Amt des Ministerpräsidenten überhaupt nicht antreten. Stattdessen werde ich genau so weitermachen wie vor der Invasion der Echsen: Ich werde die Währung kontrollieren, also den Prozess der Geldschöpfung. Damit bin ich in der Lage, die Medien zu kontrollieren, und bestimme damit, wen das Volk wählt. Du kannst dir nicht vorstellen, wie leicht das Volk zu beeinflussen ist, mein Freund. Zeige ihnen oft genug, dass xy das beste Waschmittel ist, und sie werden es kaufen, unabhängig davon, ob es noch bessere Waschmittel gibt oder nicht. Zeige ihnen oft genug, dass man diese oder jene Politiker wählen kann, gewisse andere jedoch unfähig, populistisch oder radikal sind – ob dies der Wahrheit entspricht, spielt keine Rolle –, so wird das Volk diejenigen wählen, die man ihnen in den Medien eben als seriöse Politiker präsentiert hat, unabhängig davon, ob diese Politiker die Interessen des Volkes vertreten oder nicht.«

Thomson schaute dem Präsidenten tief in die Augen und zeigte ein wissendes Lächeln. »Aus diesem Grunde kommen in einem demokratischen Gesellschaftssystem, in dem die Geldschöpfung privatisiert ist, nur jene Politiker an die Macht, die den Interessen jener Privatiers dienen, die das Geld kontrollieren. Und dabei glaubt das Volk auch noch, der Souverän zu sein und durch Wahlen etwas ändern zu können. Das Perfide daran ist, dass durch Wahlen tatsächlich etwas geändert werden könnte, wenn die Mehrheit nicht aus einfach zu manipulierenden Rindviechern bestehen würde.«

»Du willst also persönlich überhaupt nicht in der öffentlichen Politik in Erscheinung treten?«

»Natürlich nicht! Nur so kann ich auf Dauer meine Macht erhalten. Das Volk wählt zwischen vermeintlichen Alternativen, die aber alle nur meinen Interessen dienen. Deshalb kann das Volk niemals das *System*, also mich, *abwählen.*« Der ehemalige und zukünftige Bankier räusperte sich kurz. »Es könnte schon, doch die Mehrheit ist zu dumm, die Zusammenhänge zu erkennen, und genau die kommen in den von mir kontrollierten Medien auch niemals zur Sprache.«

Pentar betrachtete sein Gegenüber mit einer Mischung aus Nachdenklichkeit und unverhohlener Anerkennung. »Du würdest mir empfehlen, ähnlich vorzugehen, nur eben auf der Ebene der gesamten Föderation?«

»Selbstverständlich. Der Schlüssel zum Erfolg ist eine Zentralbank. Jede einzelne kleine Bank und viele hundert Währungen zu kontrollieren, würde dich wegen der Organisation unwichtiger Details aufreiben. Du musst global denken, dementsprechend nannten wir auf Terra unser Vorgehen ›Globalisierung‹. Das bedeutet: Möglichst wenige unabhängige Nationen, möglichst wenige Währungen und möglichst wenige unabhängige Banken. Nachdem du mir dankenswerter Weise etliche Gehirnstrominduktionen zuteil werden ließest und ich somit bestens über die Verhältnisse innerhalb der Föderation informiert bin, kann ich dir sagen, dass die Dinge denkbar einfach liegen: Gründe eine Zentralbank, die die Währung für alle zur Föderation gehörenden Sonnensysteme herausgibt. Diese Zentralbank sollte Zweigstellen in den einzelnen Systemen haben, die nur ein begrenztes Vielfaches dessen an Geld selbst schöpfen dürfen, was sie als Sicherheit bei der Zentralbank hinterlegt haben. Du verstehst? Damit machst du die lokalen Zweigstellen finanziell von dir abhängig.«

»Mit diesem Vorschlag machst du dich und deine zukünftige solare Zweigstelle aber ebenfalls von mir abhängig …«

»Ich weiß, aber nur so funktioniert das System nachhaltig. Und an dieser Nachhaltigkeit ist mir gelegen. Außerdem wage ich zu hoffen, durch meine Hilfe schon bald zum zweitmächtigsten Mann der Föderation aufzusteigen.«

»Nach der Beendigung dieses Krieges werde ich deinen Vorschlag in die Tat umsetzen«, sagte Pentar. »Ich kann meine mehr als hundertjährige Herrschaft mit den besonderen Umständen begründen. Es klingt glaubhaft, dass meine Aufgabe erfüllt ist, nachdem ich die Föderation durch die Assimilation des Imperiums in eine stabile Zukunft geführt habe. Anschließend werde ich mich als Nationalheld aus der Politik zurückziehen, um mich vorgeblich alleine der Mehrung des allgemeinen Wohlstands zu widmen. Durch diesen Rückzug aus der Politik wird die Masse glauben, ich sei überhaupt nicht an persönlicher Macht interessiert, sondern ich hätte aus altruistischen Motiven gehandelt. Diesen Altruismus wird man mir dann auch bei meinen neuen Aufgaben als Vorsitzender der neuen Zentralbank unterstellen. Diese Bank werde ich natürlich noch vor meinem Ausscheiden als Präsident gründen.«

Thomson lächelte hintergründig. »Wie ich sehe, lernst du sehr schnell. Wer die Währung kontrolliert, kontrolliert den Staat wie ein uneingeschränkter Diktator, wobei der Staat wie eine liberale Demokratie daherkommt. Vor mehr als zweihundert Jahren hat der legendäre Mayer Amschel Rothschild einmal gesagt: ›Gib mir die Kontrolle über die Währung eines Landes, und es ist mir egal, wer die Gesetze macht.‹ Ist das nicht wunderbar?«

»Das ist nicht nur wunderbar, sondern einfach genial.«

Die beiden Verbündeten blickten sich in die Augen. Ihre Züge wurden von einem Lächeln umspielt, das sie noch ähnlicher wirken ließ.

In den folgenden zwei Wochen bis zur Stabilisation des Wurmlochs trafen sie sich täglich ein-, manchmal sogar zweimal in Pentars luxuriösen Privatgemächern. Am Ende dieser Zeit stand der Plan im Detail, wie die Föderation in Zukunft strukturiert und vor allem regiert werden sollte.

Zwischenzeitlich erhielt Pentar die Meldung aus Neubabylon, dass imperiale Truppen versucht hatten, die fünfhundert höchsten föderalen Offiziere als Geiseln zu nehmen, und dass diese letzte Verzweiflungstat der Imperialen gescheitert war. Die föderalen Truppen hatten das Regierungszentrum in einem Sturmangriff zurückerobert, die Offiziere befreit und die überlebenden imperialen Leibgardisten gefangen genommen.

Er hatte geahnt, dass der Gegner eine List anwenden würde, um das Blatt doch noch zu seinen Gunsten zu wenden. Nach der Meldung, dass diese List zu einem Fehlschlag geworden war, konnte sich Pentar umso unbekümmerter auf seine gemeinsamen Pläne mit Thomson konzentrieren. Doch es gab noch eine zweite Ursache dafür, dass Pentar nicht von den sich zweitausend Lichtjahre entfernt abspielenden dramatischen Ereignissen abgelenkt wurde: Kurz nach der Meldung über das Scheitern der List der Imperialen brach die Funkverbindung zur Galaxis ab. Die NEOREGULA empfing keinen Muckser, weder von Sol noch von Neocapella. Es war, als hätte jemand eine unsichtbare Wand zwischen der Dunkelwolke und der Galaxis errichtet, die jedes Funksignal verschluckte.

Kapitel 3: Shangrila

Im Hinblick auf die baldige Ankunft der Nachfahren hatte der Ase seine Arbeit in der zehn Millionen Lichtjahre entfernten Sculptor-Galaxie[7] sofort abgebrochen. Außerdem war seine Anwesenheit dort auch nicht mehr zwingend nötig. Er hatte den Kriegern des Nuntec-Bundes zum Sieg über die Salawaren verholfen, die von den mit den Asen verfeindeten Evolutoren unterstützt wurden.

Soweit kommt es noch, dass wir ein Sklavenvolk der Evolutoren in unmittelbarer Nähe unserer Ursprungsgalaxie mächtig werden lassen, dachte der Ase mit unverhohlener Freude über den schnellen Sieg, den die tapferen Nuntec-Krieger mit seiner Hilfe errungen hatten.

Doch es standen nun wichtigere Dinge an. Die Zeit war gekommen, endlich die Verhältnisse in der Heimatgalaxie zu klären. Leider war dies nicht so einfach wie in Sculptor durch direkte Unterstützung der bevorzugten Partei möglich. Die beiden heimischen rivalisierenden Gruppen stammten direkt von den Asen ab, folglich konnte er, Marduck, nur indirekt tätig werden. Er konnte den Siegern zu einer Macht verhelfen, die mit der der Nuntec-Krieger in Sculptor vergleichbar war. Er konnte jedoch nicht direkt bestimmen, *wer* siegen würde. Dies hätte wegen der direkten Abstammungslinie zu logischen Inkonsistenzen, zu einem kosmischen Zirkelschluss geführt. Folglich durften einzig und allein die Handlungen der beiden Parteien über Sieg und Niederlage entscheiden.

Marduck stand in der Zentrale seines nur fünfzig Meter langen Raumschiffs, das sich mit geringer Geschwindigkeit durch das Heimatsystem der Nuntec bewegte. Als sie erfahren

---

[7] Auch bekannt unter der Bezeichnung NGC 253.

hatten, dass er aufbrechen musste, hatten die treuen Verbündeten mehrere tausend Kriegsschiffe entlang seines Kurses Aufstellung nehmen lassen, die nun ein Feuerwerk des Dankes abbrannten. Detonationen, jede einzelne stark genug, einen Planeten zu erschüttern, begleiteten ihn auf seinem Weg bis zur Bahn der Eiswelt Xinigos. Kurz bevor er den String-Projektor aktivierte, erschien die beeindruckende Gestalt von Hedal, dem Imperator der Nuntec, als Hologramm unmittelbar vor ihm. Hedal ging auf sein rechtes Knie nieder und nickte Marduck ein letztes Mal respektvoll zu. Marduck gab das Nicken anerkennend zurück.

Ein kurzer Gedankenimpuls aktivierte den String-Projektor. Eine Röhre aus einem Gespinst kosmischer Strings höchster Instabilität wurde um das Schiff des Asen erzeugt. Innerhalb dieser Röhre konnte die Lichtgeschwindigkeit praktisch beliebig hohe Werte annehmen, je nachdem, wie hoch die Stringdichte gewählt wurde. Hinter dem Schiff zerfiel die Röhre sofort wieder zu Materie negativer Energiedichte, die mit Lichtgeschwindigkeit auseinanderstob.

Noch in der gleichen Sekunde war die Sculptor-Galaxie als Sternennebel hinter dem Asen-Schiff zu erkennen. Eine weitere Sekunde später war sie nur noch ein verwaschener Lichtfleck.

Marduck ließ sich Zeit. Fünf Minuten, in denen er das Schauspiel der vorbeiziehenden Galaxien genoss, brauchte das Schiff bis zur Milchstraße. Es hatte direkten Kurs auf Shangrila. Marduck ließ das Schiff verzögern. Es drang immer noch mit einer milliardenfach höheren Geschwindigkeit als der des Lichts im flachen Raum in die glühende Dunkelwolke ein. Extreme Gravitationsfelder in unmittelbarer Nähe des Schiffes verhinderten, dass es zu einem Glutorkan innerhalb der Wolke kam. Praktisch im gleichen Moment schwebte das Schiff bewegungslos unmittelbar über Asagadan, dem Stützpunkt der Asen im Zentrum von Shangrila.

»Willkommen daheim!«, entstand als fremder Gedanke in Marducks Kopf. An der Gedankenmelodie erkannte er Fremur und gab den Gruß zurück. Dann fragte er: »Wie lange noch?«

»Die Wurmlöcher beider Parteien werden in drei E2-Plus-Perioden das Innere erreicht haben.«

Eine kindliche Freude durchflutete Marduck. »Dann kann das Spiel ja endlich losgehen!«

*

»Die Temperatur am Wurmlochausgang kühlt sich immer stärker ab. Sie liegt nur noch bei zweihundert Grad Celsius«, sagte Professor Feynman, der sich, wie so oft in den vergangenen zwei Wochen, an Bord jener Vril befand, die die Rechenanlagen zur Steuerung der künstlichen Verzerrung der Raumzeit beherbergte.

»Können Sie aus der bislang gemessenen Temperatur als Funktion der Position des Wurmlochausgangs extrapolieren, wann das lebensfreundliche Innere erreicht sein wird?«, fragte Sargon. Er stand in der Mitte der Zentrale der ONSLAR II und blickte auf den Hauptbildschirm, der das überdimensionierte Antlitz des Professors zeigte.

»Falls die Funktion keinen unerwarteten Verlauf nimmt und sich halbwegs an meine Berechnungen hält, was ich ihr auch raten möchte, denn sonst werde ich ungemütlich« – Feynman lachte in seiner liebenswürdigen Art über seinen eigenen Scherz – »erreicht der Wurmlochausgang Shangrila in zwei bis drei Stunden.«

Sargon fühlte ein Kribbeln in seinen Händen und einen heißen Schauer, der ihm den Rücken herunterrann. Es war also fast soweit. Das ehemalige Reich der Blutmeister, das diesen mutierten Regulanern von den Asen entrissen worden war, würde bald erreichbar sein. Der Imperator hatte in den vergangenen zwei Wochen viele Male versucht, sich dieses phantastische Reich vorzustellen. Er hatte seine Vorstellungskraft kaum bändigen können, wie es dort wohl aussehen mochte und was sie dort erwartete. Würden sie einfach die technologischen Geheimnisse der Blutmeister auf dem Silbertablett präsentiert bekommen, oder mussten sie die Früchte jener fortgeschrittenen Zivilisation gewaltsam diesem phantastischen Reich entreißen? Welche Rolle würden die Eroberer, die Asen, dabei spielen? Würde Pentar schneller sein und vor ihnen in den Besitz der technologischen Reichtümer kommen, die ihm eine praktisch uneingeschränkte Macht verleihen würden? Oder war es ihm, Sargon, bestimmt, das Erbe der Blutmeister unter dem Schutz der Asen anzutreten?

Fragen über Fragen, deren Antworten tief verborgen in einem schier unendlichen Reich aus Myriaden Planeten, Planetoiden und vagabundierenden Gesteinsbrocken im Innern der Dunkelwolke auf sie warteten.

Nungal trat neben den Imperator und richtete seinen Blick ebenfalls auf den Hauptbildschirm, der nicht länger das Antlitz des Professors, sondern das diesseitige Ende des Wurmloches zeigte. Vor wenigen Stunden noch war in seinem Innern ein glühendes Wabern wie in einem aktiven Vulkan zu sehen gewesen. Nun leuchtete es nicht mehr und zeigte stattdessen einen Wirbel aus grauen, weißen und braunen Nebeln.

»Der Zeitpunkt der Entscheidung rückt unaufhaltsam näher«, sagte der Kommandant der imperialen Leibgarde, ohne seinen Blick von den wirbelnden Nebeln zu wenden.

»Ja. Und ich wüsste nur zu gern, was uns dort erwartet und was wir tun müssen, um zu bewirken, dass diese Entscheidung in unserem Sinne verläuft.« Die Stimme Sargons klang seltsam abwesend.

»Ich bin mir sicher, wir werden wissen, was zu tun ist, wenn es soweit ist«, sagte Nungal. Es war ihm deutlich anzumerken, dass er keinen Zweifel an seinen Worten hegte.

»Du scheinst dir dessen sehr sicher zu sein …«

»Du bist der rechtmäßige Vertreter des Imperiums. Die Regulaner und mit ihnen die Blutmeister stammen von unseren Vorfahren ab. Deshalb bist du der legitime Erbe – und mit dir das Imperium.«

»Pentar wird das anders sehen …«

»Die Asen im Allgemeinen und die Isais im Speziellen werden nicht zulassen, dass die Macht, über die Galaxis zu herrschen, in die Hände eines korrupten Verräters fällt.«

»Falls du Recht hättest, würden sie Pentar den Zugang nach Shangrila verwehren.«

»Vielleicht tun sie das sogar. Vielleicht können sie das aber auch nicht tun, um die logische Konsistenz des Universums nicht zu gefährden. Erinnere dich daran, dass die Isais mich in der Goldenen Halle daran hinderte, Pentar zu töten. Das tat sie nicht, weil sie auf Pentars Seite stand, sondern weil die Geschichte des Lebens am Ende der Zeit zu einer Zivilisation führen *muss*, die weit genug fortgeschritten ist, das Universum in jedem Detail zu verstehen. Erst durch dieses Verstehen wird die Existenz von allem aus dem Chaos der Möglichkeiten herausgerissen und damit *Wirklichkeit*. Und es scheint so, dass Pentar in dieser Geschichte des Lebens eine *notwendige* Rolle spielt; eine Rolle, die *wir* aus unserer Perspektive nicht durchschauen können.«

»Dann hoffen wir mal, dass seine Rolle nicht darin besteht, die Blutmeister zu beerben.«

»Wie ich bereits sagte, dieses kosmische Spiel ist aus unserer Perspektive nicht zu durchschauen. Ich *fühle* jedoch, dass der Ausgang dieses Spiels alleine von uns selbst abhängt, dass *wir* die Zukunft bestimmen, nicht irgendeine mystische Vorsehung.«

Der Imperator wandte seinen Blick von dem riesigen Bildschirm ab, der von der kuppelförmigen Zentrale des Superschlachtschiffes hing, und senkte ihn zum braunroten Kunststoffbelag des Bodens. »Die Blutmeister vernichteten das Erste Imperium mithilfe ihrer genetisch geschaffenen Monstren, den

Yx. Wir waren gezwungen, einhundertfünfzig Jahre Krieg gegen die Mohak, ebenfalls eine genetische Schöpfung der Blutmeister, zu führen – einen Krieg, der Milliarden unseres Volkes das Leben kostete und uns mehrfach an den Rand der totalen Niederlage brachte. Doch die Menschheit hat all diese Bedrohungen überstanden. Sie hat ein Recht auf die Errungenschaften ihrer entarteten Kinder, der Blutmeister, als Ausgleich für das unermessliche Leid, das diese Technologien angerichtet haben.«

*

Die grauen und braunen Nebel im Innern des Wurmloches wurden immer heller, bis sie schließlich zu einem strahlenden Gelb wurden. Dann erstarrte plötzlich das Wabern und wurde praktisch übergangslos von einem zerklüfteten Felsen ersetzt, der in goldenem Licht schwebte und von Pflanzen, die an Efeu erinnerten, überwuchert war. Wie langes Haar hingen die Pflanzen auf einer Seite vom frei im Raum schwebenden Brocken herab.

Bei genauerem Hinsehen erkannte Sargon weitere, ebenfalls bewachsene Planetoiden, die in schwer abzuschätzender Entfernung – es fehlte jeder Vergleichsmaßstab – durch das goldene Licht schwebten.

Erneut wechselte das Bild abrupt. Feynmans in einen Raumanzug gehüllter Oberkörper erschien.

»Das Wurmlochende hat das Innere der Wolke erreicht, ich habe es stabilisiert. Temperatur fünfundzwanzig Grad Celsius. Sauerstoff-Stickstoff-Atmosphäre. Druck: ein Bar, Nachkommastellen irrelevant. Wir haben ein Reflektorfeld über das diesseitige Wurmlochende gelegt, um die Luft am Entweichen zu hindern.«

»Ausgezeichnet, Professor!« An den Navigator des imperialen Flaggschiffes gewandt, fügte der Imperator hinzu: »Steuern Sie die ONSLAR durch das Wurmloch.«

Der Hauptbildschirm zeigte wieder den Ausschnitt Shangrilas mit den fremdartig anmutenden Felsen, die langsam größer wurden, je näher das Superschlachtschiff dem diesseitigen Ende des Wurmloches kam. Plötzlich bildete sich ein schwarzer Rand am kreisrunden Ausschnitt Shangrilas, der vor der glühenden, Protuberanzen ins All hinausschießenden Dunkelwolke schwebte. Der schwarze Rand vergrößerte sich rasend schnell. Schon bald war von den schwebenden Felsen nichts mehr zu sehen, bis nur noch ein kleiner, leuchtender Fleck in der Mitte der schwarzen Scheibe vorhanden war, zu der das Wurmloch geworden war.

»Was geht da vor?«, rief Sargon. Er wusste, dass der Professor in seiner Vril ihn nach wie vor hören konnte.

»Ich habe nicht die geringste Ahnung«, entgegnete Feynman. »Es sieht so aus, als habe irgendetwas das Wurmloch verschlossen – aber nicht ganz: Der schwarze Rand, woraus auch immer er bestehen mag, hat sich bis auf eine zwei Meter durchmessende Öffnung zusammengezogen.« Feynman übertrug derweil wie ein Besessener gedachte Befehlsfolgen über seinen persönlichen Agenten an die mit den Steuerungsrechnern verbundenen Messsysteme. Gleichzeitig las er die Ergebnisse der Messungen von den Monitoren auf dem Pult vor sich ab. Die Anwesenden in der Zentrale der ONSLAR bekamen von den Tätigkeiten des Professors jedoch nichts mit, da immer noch das augenscheinlich verengte Wurmloch auf dem Hauptbildschirm gezeigt wurde.

»Was, um alles in der Welt, kann ein Wurmloch dazu bewegen, sich zusammenzuziehen?«, kam die Stimme des Imperators aus dem Helmlautsprecher des Professors. Letzterer überflog noch einmal kurz die in den vergangenen Sekunden eingegangenen Messergebnisse. Dann sagte er mit ruhiger, aber mit unterschwelligem Triumph geschwängerter Stimme: »Ich messe starke Gravitations-Streustrahlung. Die Gravitationsflussdichteverteilung lässt glücklicherweise eine eindeutige Antwort auf Ihre Frage zu, Herr Imperator: Es wird eine ähnliche Technologie eingesetzt, wie wir sie zur Erzeugung unseres Wurmloches verwenden. Mittels starker Gravitationsfelder wird die Raumzeit in gewünschtem Maße verzerrt. Wir erzeugen damit unser Wurmloch, irgendwelche unbekannten Spielverderber überlagern unsere Raumzeitverzerrung ganz gezielt mit einer weiteren – mit dem Ergebnis, dass die superponierenden beziehungsweise überlagernden Felder genau das sozusagen verengte Wurmloch ergeben, das wir sehen.«

»Das bedeutet, diese unbekannten Spielverderber wollen uns den Zugang nach Shangrila verwehren?«, hakte Sargon nach. Seine Stimme drückte Unglauben aus. Schließlich waren sie, ebenso wie Pentar, von dem Blutmeister-Homunkulus in der Goldenen Halle aufgefordert worden, hierherzufliegen, um das Erbe anzutreten. Hatte der nanotechnologisch geschaffene Blutmeister die Unwahrheit erzählt, oder waren seine Angaben inzwischen überholt? Der Imperator hielt diese Optionen für sehr unwahrscheinlich.

Die Antwort des Physikers bestätigte die Vermutung Sargons, dass ihnen der Zugang keinesfalls verwehrt werden sollte, sondern dass lediglich eine Beschränkung erfolgt war, *womit* sie nach Shangrila reisen konnten: »Es ist immerhin ein zwei Meter durchmessender Durchgang geblieben. Wer gezielt derartige Gravitationsfelder erzeugen kann, hätte das Wurmloch auch ganz verschließen können. Offensichtlich gestattet man nur Personen den Eintritt nach Shangrila, ohne ihnen jedoch zu erlauben, Raumschiffe oder schweres Gerät mitzunehmen.«

Gerade, als der Imperator ansetzte, etwas zu sagen, fuhr Feynman in seinen Erläuterungen fort: »Die Streufelder, die von der Strukturverzerrung der Fremden ausgehen, sind kein technisches Artefakt. Sie sind absichtlich erzeugt worden, denn sie tragen eine Botschaft. Und nun halten Sie sich fest,

Herr Imperator. Die Botschaft ist im Hur-II-Code[8] im Klartext verfasst. Sie lautet: ›Nur sieben Mann dürfen hinein. Mindestens einer von ihnen muss königlichen Blutes sein, was ihn für ein ganzes Reich ermächtigt, das Erbe anzutreten. Nach dem Durchgang der sieben Männer verschließt sich das Wurmloch bis zur Entscheidung.‹«

Eindeutiger ging es nicht. Sargon hoffe inständig, dass diese Einschränkung ebenso für Pentar galt, dessen Wurmloch das Innere Shangrilas wahrscheinlich ein paar Stunden früher erreicht hatte. Dann wandte er sich an Nungal: »Die Einsatzgruppe Sondtheim ist dein Favorit für derartige Ausflüge, richtig?«

Der General nickte nur.

»Dann befehle sie auf der Stelle zur Schleuse III-7. Sondtheim und seine vier Kameraden, du und ich werden gehen. Lasse Tarnanzüge und entsprechende Waffen bereitstellen. Einwände?«

Der Kommandeur der imperialen Leibwache schüttelte diesmal mit dem Kopf. Dann folgte er dem Imperator, der bereits im Laufschritt die Zentrale durchquerte. Über seinen persönlichen Agenten informierte er Major Sondtheim. Zusätzlich rief er Hauptmann Ludger an, der das Lager für so genanntes Sonderzubehör verwaltete, und befahl ihm, unverzüglich sieben Tarnanzüge mit Zubehör zur besagten Schleuse bringen zu lassen.

Es dauerte nicht mehr als zwei Minuten, bis sich die sieben Männer auf Ebene III bei Schleuse Nr. 7 eingefunden hatten. Hauptmann Ludger wartete bereits mit einer kleinen Schwebplattform, auf der die Ausrüstungsgegenstände lagen.

Die Männer verloren keine Zeit. Mitten auf dem Gang vor der Schleuse entledigten sie sich ihrer Kleidung bis auf die Unterhose. Sondtheim blickte anerkennend auf die harten Muskelstränge des Imperators, die unter der dünnen, fettfreien Haut

---

[8] Die aldebaranische Version des terranischen ASCII-Codes.

spielten. Dieser Mann sah nicht wie ein Politiker, sondern wie ein Soldat jener Leibgarde aus, die als die härtesten Krieger der bekannten Galaxis galten.

Mit tausendmal geübten Handgriffen stiegen sie in die schwarzen, raumtauglichen Kampfanzüge und ließen per Gedankenbefehl Handschuhe, Stiefel, Helm und Anzug luftdicht zu einer Einheit verschmelzen.

Der Imperator betätigte den Öffnungsmechanismus der Schleuse ebenfalls per Gedankenbefehl, der von seinem persönlichen Agenten in einen Funkimpuls umgewandelt wurde. Geräuschlos glitten die beiden Hälften des Schotts auf. Eine halbe Sekunde später befand sich das Einsatzkommando im Schleusenraum. Lediglich ein leises Summen und die rapide abfallende Druckanzeige, dargestellt auf ihren Helmbildschirmen, zeugte von dem nur wenige Sekunden dauernden Evakuierungsvorgang. Dann glitten die Hälften des äußeren Schotts auf und gaben einen überwältigenden Blick auf das gleißende Sternenband der Galaxie frei. Mit ihren Vril-Triebwerken hoben die Männer ab und schwebten hinaus in den bodenlosen Abgrund. Zu ihrer Rechten breitete sich eine flammende Wand aus, die das gesamte Universum in zwei Hälften zu teilen schien. Sie hatten das Gefühl, Kurs auf die Hölle selbst zu nehmen. Das gigantische Superschlachtschiff, an dessen linker Seite sie entlangflogen, der Stolz menschlicher Ingenieurskunst, war ein Staubkorn im Vergleich zu den entfesselten Naturgewalten, die sich zu beiden Seiten, augenscheinlich nach oben und unten über Lichtwochen erstreckten, über den Durchmesser mehrerer Sternensysteme, über eine Entfernung, die außerhalb der Vorstellungskraft eines Menschen lag.

Vor dieser von braunroten Flecken durchsetzten Glut, die unablässig über Millionen Kilometer rot leuchtende Gasfontänen mit der Masse großer Planeten ins All schleuderte, schwebte, zunächst kaum erkennbar, eine kleine, pechschwarze Scheibe. Die Soldaten hielten mit Höchstbeschleunigung darauf zu. Schnell wuchs der schwarze Kreis und verdeckte immer mehr der Hölle, die hinter ihm waberte. Schließlich füllte die Schwärze ihr gesamtes Gesichtsfeld aus. Lediglich in der Mitte klaffte ein kleines, gelblich leuchtendes Loch, wie mit einem Zirkel in schwarzen Karton gestochen.

Sargon, seine Kameraden hinter sich wissend, hielt genau auf den goldenen Punkt zu, wurde aber von Nungal überholt, dessen Selbstverständnis es nicht zuließ, den Imperator den ersten Schritt in eine unbekannte Welt tun zu lassen, über deren Gefahren nichts bekannt war.

Der goldene Stecknadelkopf wurde zu einer konturlosen Münze und schließlich zu einer von feinen, grauen Linien durchzogenen Scheibe. Erst kurz vor dem Eingang des verengten Wurmloches ließen es die Lichtverhältnisse zu, dass Nungal den im Vordergrund schwebenden Felsen mit dem an ihm herabhängenden efeuartigen Gewächs erkennen konnte.

Der Wurmlochdurchgang verlief ziemlich unspektakulär. Ein leichtes Prickeln lief durch Nungals Körper, als er das Reflektorfeld passierte, dessen elektrische Feldvektoren so ausgerichtet waren, dass sie ein Entweichen der Atmosphäre Shangrilas durch das Wurmloch verhinderten. Vom Weltraum in das Wurmloch vorstoßenden Dingen setzte das Feld jedoch keinen Widerstand entgegen. Es entstand lediglich das besagte leichte Prickeln, verursacht von statischen Aufladungen, die von leichten Unregelmäßigkeiten des Feldes rührten.

Von einer Sekunde auf die nächste wurde das Vakuum des Weltraums durch den Druck einer Atmosphäre ersetzt. Die Messgeräte des Generals stellten ihre Ergebnisse auf dem Bildschirm auf der Innenseite von Nungals Raumhelm dar: 25 Grad Celsius, 78% Stickstoff, 21% Sauerstoff, 0,04% Kohlendioxyd, Spuren von Edelgasen und Methan, keine gefährlichen Keime.

Der Chef der Leibgarde überlegte kurz. Irgendwo hatte er diese Zahlen schon einmal gehört. Er hatte ein sehr gutes Zahlengedächtnis, weshalb er sich sofort an diese Kombination erinnerte, nicht jedoch an den Zusammenhang, in dem er von ihr gehört hatte. War es die Atmosphärenzusammensetzung irgendeiner Welt gewesen? Sumerans Atmosphäre bestand aus 80% Stickstoff und 19% Sauerstoff. Bengalon? Nein, zu sauerstoffreich. Dann fiel es ihm ein: Die Werte stimmten exakt mit denen Terras überein. War das ein Zufall? Möglicherweise nicht, denn Terra, damals Lemur genannt, war eine der ersten Siedlungswelten der Blutmeister nach ihrem Exodus aus dem galaktischen Zentrum gewesen. Auf Lemur lebten Menschen, die den Blutmeistern genetisch nahe genug standen, dass diese das Blut jener, genau genommen deren Erythrozyten[9], als Nahrung nutzen konnten. Die Nachkommen der Regulaner waren durch die Hawking-Strahlung im galaktischen Zentrum mutiert, was ihnen eine ganze Reihe körperlicher und geistiger Vorteile beschert hatte, aber eben auch die Unfähigkeit, Erythrozyten selber zu produzieren.

Hatten die Blutmeister es irgendwie geschafft, die Atmosphärenzusammensetzung Shangrilas exakt an die Terras anzupassen? Falls ja, so wäre dies eine ungeheuerliche technische Leistung, wenn man bedachte, dass die Lebenszone innerhalb der Dunkelwolke zwölf Lichtstunden durchmaß, also die Ausdehnung eines mittleren Sonnensystems besaß – nur dass Shangrila im Gegensatz zu einem Sonnensystem eben nicht hauptsächlich aus Vakuum, sondern aus atembarer Luft bestand.

Der letzte Gedanke gab den Ausschlag, dass Nungal die beiden Hälften des Gesichtsteils seines Helms aufgleiten ließ. Er roch eine angenehm würzige Luft, geschwängert vom Duft fremdartiger Blüten. Die hohe Luftfeuchtigkeit erinnerte jedoch an ein Treibhaus. Seine sechs Kameraden schwebten mittlerweile neben ihm und hatten ebenfalls ihre Raumhelme geöffnet.

---

[9] Rote Blutkörperchen.

»Ich hatte so etwas wie ein Empfangskomitee erwartet«, sagte Major Sondtheim in die seltsame Stille, die lediglich von dem leisen Rauschen des allgegenwärtig erscheinenden Windes untermalt wurde.

»Tja, da dem nicht so ist, fliegen wir am besten den nächsten Felsen an und schau'n, ob wir da einen brauchbaren Hinweis finden, wohin wir uns zu wenden haben«, meinte Frank Green.

»Das halte ich auch für die beste Lösung«, stimmte Sargon zu und machte eine ausholende Bewegung mit dem rechten Arm, um die anderen aufzufordern, ihm zu folgen.

Der Durchmesser des Felsens betrug zwischen zweihundert und fünfhundert Meter. Neben dem Efeu, das einige hundert Meter weit an einer Seite in den Raum ragte, wurde er von Blüten in allen Farben und Größen geschmückt. Langsam schwebten die sieben Männer heran. Als sie sich auf fünf Meter genähert hatten, erlebten sie eine Überraschung. Plötzlich und ohne Vorwarnung setzte eine Schwerkraft von exakt einem g ein. Die Automatiken der Vril-Triebwerke reagierten sofort und verhinderten, dass die Soldaten einfach auf die zerklüftete Oberfläche fielen, was aus fünf Metern Höhe trotz der stabilen Raumanzüge durchaus schmerzhaft hätte sein können.

Mit dem Einsetzen der Schwerkraft gab es plötzlich ein reales Oben und Unten. Einen Moment später standen sie auf dem Felsbrocken so sicher wie auf der Oberfläche eines Planeten.

»Was ist das jetzt wieder für eine Hexerei?«, rief Lars Jörgensen, der über zwei Meter große Hüne mit schwedischen Wurzeln. »Schwerkraft, die ab einer gewissen Höhe einfach endet? Wo gibt's denn so etwas? Das widerspricht allem, was ich über Gravitation weiß.« Der Feldwebel war deshalb so verwirrt, weil ihm bekannt war, dass Schwerkraft normalerweise die Eigenschaft besaß, mit dem Quadrat des Abstandes geringer zu werden, aber niemals von einem bestimmten Wert übergangslos auf Null abzufallen.

»Vergessen Sie nicht, dass die Blutmeister Gravitationsfelder in beliebiger Form erzeugen können«, erklärte Sargon. »Eben weil sie dies können, sind sie in der Lage, Wurmlöcher ohne Projektoren am Ein- und Ausgang herzustellen. Die gleiche Technologie scheinen sie nun zu verwenden, um eine erdähnliche Schwerkraft auf einem Felsen wie diesem zu erzeugen, der aufgrund seiner Masse eigentlich eine um einige Größenordnungen geringere Anziehungskraft haben müsste.«

»Schade, dass wir Professor Feynman nicht dabeihaben«, kommentierte Nungal. »Der könnte uns sicher Genaueres dazu sagen.«

»Ich bin mir ziemlich sicher, mit meiner Vermutung richtig zu liegen«, entgegnete der Imperator, dessen Physikkenntnisse ausgezeichnet waren. Schließlich waren gewisse Entscheidungen ohne dieses Wissen für das Regierungsoberhaupt eines hochtechnisierten Imperiums nicht sinnvoll zu treffen. Sich dabei alleine auf Berater zu verlassen, hätte oftmals nicht ausgereicht, weil das Erkennen der wesentlichen Zusammenhänge ohne eigene naturwissenschaftliche Bildung unmöglich gewesen wäre.

»Untersuchen wir den Felsen«, schlug der Major vor. »Das Vorhandensein der künstlichen Schwerkraft lässt darauf schließen, dass es hier entsprechende Anlagen geben muss. Dort sollten wir einen Hinweis für unser weiteres Vorgehen finden können.«

Als Sargon zustimmend nickte, sagte Sondtheim: »Verteilt euch und schaut, ob ihr einen Hinweis auf Zivilisation beziehungsweise einen Zugang ins Innere des Felsens findet.«

Frank Green, Lars Jörgensen, Holger Schmidt, Wilhelm – genannt Willi – Schulz und Wolfgang Sondtheim selbst hoben ab und schwebten in unterschiedlichen Richtungen über die bunte Landschaft. Sie achteten darauf, sich nicht mehr als fünf Meter von der Oberfläche zu entfernen, weil in jener Höhe die Anziehungskraft des Felsens abrupt aufhörte und der Rückstoß ihrer Triebwerke sie deshalb sofort in den freien, luftgefüllten Raum katapultiert hätte.

Sondtheim folgte einem etwa zwei Meter breiten Riss, der sich unergründlich tief durch die Oberfläche zog. Seine Tiefe war deshalb nicht abzuschätzen, wie sich unterschiedliche Pflanzen an seinen Flanken drängten, die, teilweise ineinander verwoben, die Sicht versperrten. Wolfgang verringerte seine Flughöhe um sechs Meter, sodass er sich nun einen Meter tief in dem Riss befand. Er verschloss seinen Helm per Gedankenbefehl, um unliebsamen Überraschungen durch die hiesige Fauna oder Flora vorzubeugen. Zu beiden Seiten glitten nun die rauen Wände des Risses an ihm vorüber. Er schwebte wenige Zentimeter oberhalb des Pflanzengespinsts und hoffte, auf diese Weise zwischen das weiße, braune und blaue Geäst hindurch in die Tiefe blicken zu können. Doch die grünen Blätter und die teilweise bis zu Esstellern großen Blüten, die stark an Tulpen erinnerten, versperrten weiterhin die Sicht. Plötzlich jedoch entstand eine Lücke in dem Pflanzenbewuchs. Es sah aus, als hätte etwas die Pflanzen von unten her aufgesprengt. Die Stiele und Äste waren allesamt nach oben gebogen, abgerissene Blüten lagen auf dem umgebenden Gespinst.

Endlich hatte Wolfgang freie Sicht nach unten. Er sah einen mindestens fünfzig Meter tiefen Abgrund. Trotz der dort herrschenden Dunkelheit nahm er am Boden des Risses ein metallisches Schimmern wahr. Dann war es wieder verschwunden. Hatte er sich getäuscht?

Plötzlich schoss etwas zu ihm herauf, umklammerte ihn und riss ihn brutal in die Tiefe. Das sofort reagierende Vril-Triebwerk hatte dem Sog nichts entgegenzusetzen. Die Umklammerung wurde nur noch stärker. Der Major konnte gerade noch ein »Hilfe!« krächzen, bevor ihm schwarz vor Augen wurde. Er hörte noch kurz das Rauschen des Blutes in seinen Ohren, dann verlor er das Bewusstsein.

*

Elgad hatte die schwarze Scheibe am Himmel schon eine ganze Zeit beobachtet. Niemals zuvor hatte er etwas Ähnliches gesehen. Sie war pechschwarz, schien alles Licht zu absorbieren, doch aus ihrem Zentrum drang hin und wieder ein zartes, kurzes Funkeln, als befinde sich dahinter eine schwache Lichtquelle, die meistens verdeckt, hin und wieder aber freigegeben wurde.

Der Jäger versuchte eine Regelmäßigkeit in dem kaum wahrnehmbaren Funkeln zu entdecken. Vielleicht enthielt es ja eine Botschaft. Sein Volk kommunizierte schließlich über Lichtsignale von Heimstein zu Heimstein. Möglicherweise war es also ein anderer Sakrikaner, der hinter der Scheibe hockte, festsaß und um Hilfe bat? Doch was war diese seltsame Scheibe, und wie und warum, um alles in der Welt, sollte ein Sakrikaner dorthin gelangt sein? Und was, bei den Blutgeistern, sollte ihn dort gefangen halten? Oder war der Morsende dort gar nicht gefangen? Hatte er etwas Phantastisches entdeckt und wollte seine Freunde darauf aufmerksam machen?

Je länger Elgad das Funkeln analysierte, umso mehr kam er zu dem Schluss, dass es rein statistisch war, also keinen Informationsgehalt trug. Doch dann geschah etwas, das noch interessanter war, als es eine gemorste Botschaft hätte sein können. Aus dem Funkeln im Inneren der pechschwarzen Scheibe löste sich etwas. Bereits wenige Sekunden später erkannte Elgad sieben Punkte, schwarz wie die Scheibe, die sich langsam näherten. Vor dem Hintergrund des blaugrünen Endes der Welt wuchsen die sieben Punkte zu Gestalten heran – mit zwei Armen und zwei Beinen. Handelte es sich um schwarzgekleidete Sakrikaner? Das konnte nicht sein. Die Fremden befanden sich nicht in einem Gleitflug, nein, sie wurden schneller! Das war natürlich ungeheuerlich. Kein Sakrikaner konnte seine Geschwindigkeit im Flug verändern – es sei denn, er saß in einem Boot. Folglich musste es sich um Dämonen handeln. Oder doch nicht? War es möglich, dass die Götter selbst, wie es die uralten Geschichten erzählten, von jenseits des Endes der Welt herabstiegen, um die Blutgeister zu vernichten?

Der Wunsch, es würde sich bei den Fremden um die Götter handeln, wuchs in Elgad ins Unermessliche, er durchflutete ihn in einer riesigen Welle und riss jeden anderen Gedanken mit sich fort. Doch dann ebbte der tosende Gefühlssturm, ein Gemisch aus Euphorie über den göttlichen Beistand und Hass auf die Blutgeister, langsam ab und machte der Ernüchterung Platz, die seinem nächsten Gedanken folgte. Trugen die Götter nicht blaue, glänzende Rüstungen? Wurden ihre Helme nicht zumeist mit Flügeln geschmückt, wie es die alten Legenden berichteten? Doch diese Fremden trugen schwarze Rüstungen, ihre Helme waren glatt, glänzend, ohne Schmuck. Also handelte es sich wahrscheinlich um eine Dämonenart, dic den Sakrikanern bislang unbekannt war.

Elgad rannte über den zerklüfteten Felsen und achtete darauf, nicht mit dem Fuß in den Pflanzen hängenzubleiben. Man brauchte schon viel Übung, um auf einem Heimstein wie diesem schnell voranzukommen. Durch den dichten Bewuchs kletterte er in die Spalte, in der er seine Fogula-Falle versteckt hatte. Vielleicht konnte er sie nutzen, um einen der Dämonen zu fangen. Er war sich schließlich nicht sicher, dass es sich um Dämonen handelte, die so mächtig wie die Blutgeister waren, denn dann wäre sein Versuch von vornherein zum Scheitern verurteilt gewesen.

In seiner Eile scheuerten ihm die knochigen Äste schmerzhaft über die Wangen und die unbedeckten Arme und hinterließen blutrote Striemen. Doch Elgad spürte den Schmerz kaum. Sein Eifer, einen Dämon zu fangen, gepaart mit der Angst vor dem Höllischen, unterdrückte jede andere Empfindung. Immerhin hatte er die begründete Hoffnung, mit dem gefangenen Dämon den übrigen sechs entkommen zu können, denn ihr Flug von der schwarzen Scheibe zu diesem Heimstein war nicht besonders schnell gewesen.

Als er bei der Fogula-Falle ankam, durchfuhr ihn ein eisiger Schreck. Die Falle hatte ihren Zweck bereits erfüllt. In ihren stählernen Klauen hing der leblose Körper eines jener grün und rot gefiederten, eineinhalb Meter langen Flugsaurier, die zwar äußerst wehrhaft waren, aber unter den Sakrikanern als Delikatesse galten.

Elgad blickte nach oben. Im Gewirr des Pflanzendachs klaffte ein Loch, gerissen, als die Falle nach oben geschnellt war, nachdem der Fogula den Köder berührt hatte. Das Loch würde jeden Dämon warnen! Es musste schon ein Wunder geschehen, jetzt noch eine dieser Bestien zu fangen. Oder konnte es sein, dass die Schwarzen nicht von der Fogula-Jagd wussten? Unmöglich! Dämonen wussten alles über die Menschen.

Trotz dieser niederschmetternden Überlegungen betätigte Elgad den Mechanismus, der die Klauen der Falle aufschnappen ließ. Er zerrte den wertvollen Fogula drei Meter weit fort und ließ ihn achtlos liegen. Dann spannte er die Stahlklauen erneut und platzierte die Falle auf der Sprungfeder. Falls es ihm tatsächlich gelang, einen Dämon zu fangen, ob tot oder lebendig, würde er zum Stammesfürsten aufsteigen. Er würde sich die Frauen aussuchen können und wäre nur noch dem König aller Sakrikaner Rechenschaft schuldig – eine Aussicht, für die sich das gewaltige Risiko lohnte, unter diesen widrigen Umständen einen Dämon fangen zu wollen.

Vorsichtig befestigte Elgad die Stange an der Sprungfeder, die normalerweise mit einem Köder verbunden wurde. Doch dieses Mal würde der Jäger die Feder einfach durch einen kurzen Zug an dem Seil auslösen, das er an der Stange befestigt hatte.

Die Zeit schien sich in einen trägen Brei verwandelt zu haben, so langsam floss sie dahin. Mehrfach wischte sich Elgad den Schweiß aus den Augen, der sich durch die Aufregung unaufhörlich auf seiner Stirn bildete und in kleinen Bächen hinabströmte. Dann sah er ihn. Der Dämon war zunächst ein dunkler Schatten, der dicht über dem Pflanzendach schwebte. Wie konnte das sein? Über Heimsteinen dieser Größe konnte man nur ab einer Höhe von fünf Metern schweben. Alles, was sich darunter befand, fiel unweigerlich zu Boden. Nicht dieser Dämon. Er schien den Gesetzen der Götter widerstehen zu können. Für ihn galt die Fünf-Meter-Grenze nicht. Dann schob sich der Oberkörper des Höllischen über den Rand des Loches, das die Falle gerissen hatte. Er hatte kein Gesicht! Lediglich zwei rot funkelnde Augen stierten ausdruckslos aus glatter, schwarz glänzender Haut in die Schlucht herab. Wo sich der Mund befinden sollte, war nichts als eine kleine, schwarze Scheibe, von der aus ein Schlauch zum Rücken des Unheimlichen führte. Als der Schwarze unmittelbar über dem Loch schwebte, zog Elgad an dem Seil. Die Falle wurde nach oben katapultiert. Dabei zog sie eine Kette hinter sich her, die auf eine Spanntrommel gewickelt war. Die Klauen schlossen sich um den Dämon, und die Spanntrommel zog die Falle samt Inhalt nach unten, wobei sich ein Teil der Kraft der Trommel auf die Klauen übertrug. Mit einem dumpfen Geräusch landete die Falle mit dem Dämon unmittelbar vor Elgads Füßen.

Der Jäger prüfte kurz mit einem Tritt gegen den Schwarzen, dass dieser tot oder zumindest bewusstlos war. Als keine Reaktion erfolgte, öffnete er die Stahlklauen. Er fesselte den Dämon, warf ihn sich über die Schulter und rannte mit ihm durch die Schlucht. Sein Ziel war der Heimsteinschweif. Dieser ragte einige hundert Meter über die Fünf-Meter-Grenze hinaus. Über den Schweif konnte man den Fels in Schwerelosigkeit erreichen und ihn auch wieder verlassen. Die meisten Heimsteine hatten einen solchen Schweif oder eine in die Schwerelosigkeit hinausragende Felsspitze. Die Götter hatten sie so geschaffen, um den Menschen die Reise von Heimstein zu Heimstein zu erleichtern.

Elgad hatte sein Boot im Dickicht des in den Raum ragenden Efeus bei seiner Ankunft vertäut. Dort war es vor der Entdeckung durch Piraten oder Sukaner weitgehend sicher. Auch die übrigen sechs Dämonen hatten das Boot aller Wahrscheinlichkeit nach noch nicht entdeckt, was die Erfolgsaussichten seiner bevorstehenden Flucht erheblich vergrößerte. Hätte der Jäger etwas von aldebaranischen Ortungstechniken geahnt, wäre er weit weniger optimistisch gewesen.

*

Nungal hörte den Hilferuf Sondtheims klar und deutlich. Sofort verschloss er per Gedankenbefehl seinen Helm und ließ die aktuelle Position des Majors als roten Punkt auf dem Bildschirm darstellen. Zusätzlich fragte er die Vitalfunktionen Wolfgangs ab. Das Ergebnis war zufriedenstellend: Puls 55, Blutdruck normal.

»Metamaterialien aktivieren!«, sprach er in das Mikrophon, das seine Worte an sein Funkgerät weiterleitete, das auf seinen Befehl hin auf der Kommandofrequenz arbeitete.

Der General hob ab und raste mit Höchstgeschwindigkeit der Position Sondtheims entgegen, wobei er den Planetoiden fast zur Hälfte umrundete. Der rote Punkt führte ihn zu der kleinen Schlucht mit dem Pflanzendach und schließlich zu dem durch die Fogula-Falle gerissenen Loch.

Nungal ließ sich hinabsinken. Er sah gerade noch, wie sich ein blonder, muskulöser Mann den gefesselten Major auf die Schulter legte und dann mit ihm losrannte. Der General befand nicht, dass für den Kameraden unmittelbare Gefahr bestand. Deshalb entschied er, dem in eine Art grünbraun gestreifte Strumpfhose, einen silbernen Brustpanzer und einen schwarzen Lederrock gekleideten Mann zunächst einfach nur zu folgen.

»Nicht eingreifen!«, sagte er über die Kommandofrequenz, während er dem Fremden durch die schmale Schlucht hinterherflog. »Ich möchte zunächst wissen, was der Typ vorhat.«

»Einverstanden!«, hörte er die Stimme des Imperators.

Nach wenigen hundert Metern stieg die Schlucht merklich an, bis das Pflanzendickicht den aufrechten Gang des Blonden nicht länger erlaubte. Er zog ein Schwert und schlug sich den Weg frei. Wenige Sekunden später hatte er die Schlucht verlassen und rannte mit seinem Fang über die zerklüftete Landschaft. Er musste über außergewöhnliche körperliche Kraft verfügen, weil er trotz der schweren Last ein beachtliches Tempo vorlegte.

Plötzlich bremste der Fremde ab und warf den Major von seiner Schulter. Nungal erkannte den Grund für die plötzliche Reaktion des Blonden: Der Major schien zu sich gekommen zu sein. Er versuchte sich aufzurichten. Der Fremde zog sein Schwert. Offensichtlich hatte er sich entschieden, seinen Gefangenen zu töten. Bevor Nungal es verhindern konnte, sauste die Klinge auf Sondtheim herab, der mit aufgerichtetem Oberkörper auf dem Boden saß und sich mit dem rechten Arm hochstemmen wollte. Seine Bewegungen waren träge. Er schien noch benommen. Die Klinge krachte auf seine linke Schulter – und zerbrach. Die Kohlenstoff-Nanoröhren des Kampfanzuges waren um einiges härter als das Metall des Schwertes.

Mit weit aufgerissenen Augen starrte der Blonde auf den kläglichen Überrest der Hiebwaffe in seiner Rechten. Dann verschwand seine Überraschung, und er wollte das gezackte Material in die Brust des Majors rammen. So weit kam er nicht. Nungal war bereits heran und packte das Handgelenk des Fremden. Dabei drückte er mit seinen übermenschlichen Kräften so stark zu, dass sein Gegner das zerbrochene Schwert fallen ließ.

Nackte Angst sprühte aus den Augen des Mannes. Etwas Unsichtbares hatte ihn gepackt und hielt ihn fest wie ein Schraubstock. Dann entstand vor ihm ein weiterer Dämon aus dem Nichts. Sein ehemaliger Gefangener rieb derweil seine Fesseln an den Überresten des Schwertes, bis er schließlich frei war. Fünf weitere Dämonen waren plötzlich um ihn herum. Elgad spürte beim Blick in ihre rot glühenden Augen das nackte Grauen. Er hatte die Dämonen weit unterschätzt. Sie waren unverwundbar, waren stärker als er und konnten aus dem Nichts heraus erscheinen. Was war er nur für ein Narr gewesen, sich mit den Höllenmächten anzulegen. Und das alles nur, um Stammesfürst zu werden. Stattdessen würde er bald tot sein – wenn er Glück hatte. Es konnte auch sein, dass die Dämonen ihn lange unerträgliche Schmerzen erleiden ließen, bevor sie ihn erlösten. Seine Knie wurden weich. Er war ein junger, tapferer Krieger und hatte schon ein halbes Dutzend Sukaner in der Schlacht von Bojahot getötet, aber die Aussicht, den Höllischen nun hilflos ausgeliefert zu sein, war kaum zu ertragen. Von einer Sekunde auf die andere lief ihm der Schweiß in Sturzbächen über den Körper. Dann öffnete sich das ausdruckslose »Gesicht« des Dämons, der ihn festhielt. Darunter kam ein menschliches Antlitz zum Vorschein. Elgad blickte in die stahlblauen Augen seines Gegenübers. Der Mensch in Dämonengestalt hatte eine Narbe auf der linken Wange. Unter ihren Rüstungen waren die Teuflischen also verwundbar. Oder waren es überhaupt keine Dämonen? Immerhin wirkten die Gesichtszüge des Fremden vollkommen menschlich.

Nungal sagte auf Aldebaranisch: »Wir wollen dir kein Leid antun. Wir möchten mit dir über diese Welt reden.«

Elgad verstand kein Wort. »Wer seid ihr?«, entgegnete er in seiner eigenen Sprache. Die verstand Nungal allerdings sehr wohl. Es handelte sich um Altaldebaranisch, der Sprache des Ersten Imperiums. Der General wiederholte seine Worte und wunderte sich darüber, dass der Blonde diese alte Sprache beherrschte. Auch wenn er offensichtlich von den alten Aldebaranern abstammte, so musste sich nach zehntausend Jahren jede lebende Sprache bis zur Unkenntlichkeit weiterentwickelt haben. Doch das hatte sie nicht. Die Worte des Blonden waren klar und ohne jeden Akzent.

»Warum möchtet ihr mit mir über diese Welt reden?« Unverständnis zeichnete sich in den Zügen des Mannes ab.

»Wir kommen von außerhalb, wir kennen diese Welt nicht«, sagte Sargon, der neben Nungal getreten war und, wie alle anderen auch, seinen Helm geöffnet hatte.

»Was wollt ihr hier?«

»Weißt du, was Technologie ist?«, fragte der Imperator zurück.

»Die Kunst Schwerter herzustellen, Rüstungen und Fallen, wie die, mit der ich ...« Elgad hielt mitten im Satz inne, um die Fremden nicht zu verstimmen.

»Technologie kann noch viel mehr, zum Beispiel Rüstungen wie meine bauen. Man kann damit fliegen und sich unsichtbar machen.«

»Das ist keine Magie, sondern so etwas wie fortgeschrittene Schwertschmiedekunst?«

»So kann man es ausdrücken. Wir sind hier, weil wir nach sehr weit fortgeschrittener Technologie suchen. So weit fortgeschritten, dass du sie wahrscheinlich für das Werk von Göttern halten wirst.«

»Du meinst, die Götter sind keine Götter, sie sind mächtig nicht durch göttliche Kraft, sondern durch ihre Technologie?«

»Nicht ganz. Genau genommen *ist* Technologie göttliche Kraft, denn sie funktioniert nach den göttlichen Regeln, den Naturgesetzen. Weißt du, wo wir die Götter finden können?«

»Im verbotenen Bereich!«

»Wo ist das?«

Elgad deutete in die dem blaugrünen Himmel entgegengesetzte Richtung. »Tief im Innern der Welt. Doch die Götter strafen jeden, der in den verbotenen Bereich eindringt. Seit Tausenden von Jahren hat es niemand von uns versucht, in das Reich der Götter zu gelangen. Außerdem ist es unendlich weit weg. Nur die Hohepriester von Rajahot wissen noch, wie man dorthin gelangt.«

»Kannst du uns den Weg nach Rajahot zeigen?«

»Rajahot ist ein heiliger Heimstein. Niemand darf ihn ohne die Erlaubnis des Königs betreten – außer den Hohepriestern. Wenn ich euch dorthin führe, erwartet mich die Todesstrafe.«

»Dann führe uns zum König. Wir fragen ihn um Erlaubnis.«

Plötzlich entstand ein breites Lächeln auf den schmalen Lippen Elgads. Seine blauen Augen funkelten fröhlich. »Das lässt sich einrichten. Der König ist ein vielseitig interessierter Mann. Er wird mich dafür belohnen, Leute wie euch zu ihm geführt zu haben.«

»Gut!« Sargon blickte dem jungen Sakrikaner in die Augen. »Wir sollten keine Zeit verlieren und sofort aufbrechen.«

»Eins noch«, sagte Elgad mit ruhiger Stimme. »Ich bin davon überzeugt, dass der König euch die Erlaubnis erteilen wird, Rajahot aufzusuchen. Doch er wird etwas dafür haben wollen.«

»Was?«

»Er wird von euch fordern, dass ihr nach Morbot geht und die Blutgeister zum Kampf fordert.«

»Blut*geister* erinnert aber verdächtig an Blut*meister*.« Wolfgang sprach aus, was seine Kameraden dachten.

*

Elgad kletterte das Efeu hinauf, während die anderen hinaufschwebten. Die ersten fünf Meter ging dies noch schwerfällig vonstatten. Nach dem Verlassen des Bereichs der Schwerkraft erklomm der Jäger das Pflanzengespinst jedoch mit erstaunlicher Geschwindigkeit. Erst kurz bevor Elgad das hervorragend getarnte Boot erreichte, erkannten es die imperialen Soldaten. Es war zehn Meter lang und hatte eine zylindrische Form mit zwei Metern Durchmesser. Elgad löste geschickt die Knoten, mit denen er das Boot etwa dreißig Meter über dem Boden an dem Efeu vertäut hatte. Dann packte er den hölzernen Zylinder mit der Linken an einem dafür vorgesehenen Griff und zog mit der Rechten an einem der Efeustränge. Dadurch erhielt der

Zylinder eine geringe Fahrt und schwebte langsam aus dem Dickicht hinaus ins Freie. Mit Hilfe von daran befestigten Seilen richtete der Sakrikaner vier dreieckige Segel auf, die jeweils um neunzig Grad versetzt um den Rumpf herum angebracht waren. Dann verschwand er im Innern des Bootes.

Nungal, neugierig wie er war, folgte ihm und beobachtete, wie der Jäger an kompliziert mit Brettern verknoteten Seilen die Stellung der Segel fixierte. Schon bald hatte das schwerelose Boot eine Geschwindigkeit von dreißig Kilometern in der Stunde relativ zu dem Heimstein, den es soeben verlassen hatte, erreicht. Langsam fiel der Fels mit seinem Efeu-Schweif hinter ihnen zurück.

»Wie lange wird die Fahrt zum König dauern?«, fragte Nungal.

Elgad erschrak, denn er hatte niemanden hinter sich vermutet. »Rund zwanzig Stunden. Etwas mehr oder weniger, je nach Stärke des Windes.«

»Wie navigierst du?«

»Ich verstehe nicht …«

»Woher kennst du die Richtung, und wie weißt du, dass du nicht vom Kurs abweichst?«

»Die Heimsteine behalten immer den gleichen Abstand zueinander. Um nach Arolat zu gelangen, dem Sitz des Königs und Hauptheimstein unseres Volkes, muss man lediglich wissen, welche Heimsteine auf dem Weg liegen und in welchem Abstand man sie passieren muss. Schau, vor uns«, Elgad deutete auf den offenen Bug des Zylinders, »da vorne liegt Egolat, und unten rechts, ganz weit hinten, ist Nundor, der Affenheimstein. Egolat muss auf zweihundertsieben liegen, Nundor auf achtundzwanzig.«

Erst jetzt bemerkte Nungal, dass auf der Innenseite des offenen Zylinderrumpfes eine Skala in Form eines Spinnennetzes angebracht war. Was nach irdischem Maß dreihundertsechzig Grad entsprach, war hier in fünfhundert Teile eingeteilt worden.

»Wenn Egolat hinter uns liegt, muss Nundor weiterhin auf achtundzwanzig bleiben, während Hulamat, das bis dahin aufgetaucht sein wird, auf vierhundertsechsunddreißig liegen muss.« Der junge Sakrikaner justierte die Seile ein wenig nach, weil Egolat auf zweihundertacht hinauszuwandern drohte.

»Klappe die Segel wieder ein«, sagte Nungal. »Meine Kameraden und ich werden das Boot schieben, dann kommen wir erheblich schneller voran.«

Elgad schaute den General fragend an. Er konnte nicht glauben, dass diese Aufforderung ernst gemeint gewesen war. Doch als Nungal seine Worte mit einem auffordernden Nicken unterstrich, begab sich der Jäger durch eine Luke auf die Schiffshülle und legte die Segel flach an den Rumpf. Die sechs Gefährten Nungals lehnten sich an das Heck und beschleunigten das kleine Luftschiff auf einhundertfünfzig Stundenkilometer. Im Innern entstand ein regelrechter Orkan, der Elgad in ernsthafte Sorge um sein Gefährt versetzte. Er wickelte hastig ein Seil um das Regal mit den Navigationsbüchern, die die Positionen der bekannten Heimsteine detailliert auflisteten, um zu verhindern, dass die wertvollen Schriften davongewirbelt wurden.

Ein Schwarm Flugsaurier mit grün glänzender Haut und furchterregenden Mäulern zog unter ihnen hinweg.

»Fogula«, kommentierte Elgad. »Ihretwegen bin ich in dieser Gegend. Ihr Fleisch wird auf Arolat und den anderen Heimsteinen des Reiches sehr hoch gehandelt. Die Saurier sind ziemlich gefährlich und schwierig zu fangen, schmecken aber köstlich!« Der junge Mann fuhr sich genießerisch mit der Zunge über die breit grinsenden Lippen.

Bald darauf zog Egolat unter ihnen hinweg. Der dreißig Kilometer durchmessende Heimstein war mit Holzhütten zwischen den schroffen Felsen bebaut. Auf einer grünen Ebene weideten Tiere, die an Kühe erinnerten.

Erneut spielte Elgad den Fremdenführer. »Egolat ist einer der Außenposten des Reiches. Dort wird Viehzucht betrieben

– hauptsächlich zur Versorgung der örtlichen Garnison, die das Reich gegen Piraten oder einen Angriff der Sukaner verteidigt.«

»Wer sind die Sukaner? Ein verfeindetes Volk?«, fragte Sargon, der kurz zuvor ins Innere des Bootes gestiegen war und die Unterhaltung verfolgt hatte.

»Die Sukaner sind Entartete«, Elgad machte ein Gesicht, als habe er auf eine Zitrone gebissen. »Es sind schmutzige, verkommene Wesen, deren Blut selbst von den Blutgeistern verschmäht wird. Deshalb sind sie auch mit den Furchtbaren verbündet. Manchmal rauben sie Sakrikaner aus unseren Dörfern und opfern sie den Blutgeistern. Was sie sich davon versprechen, wissen wir allerdings nicht.«

Nungal stemmte sich derweil gegen die Innenwand des Bootes, um eine leichte Kurskorrektur mithilfe des Vril-Triebwerks seines Anzuges zu bewirken.

»Ich habe euch bereits einiges über uns Sakrikaner erzählt«, sagte Elgad. »Nun erzählt mir von euch. Woher kommt ihr, und was genau wollt ihr hier?«

»Wir kommen von außerhalb dieser Welt«, begann Sargon vorsichtig. »Hinter dem Himmel gibt es eine weitere Welt, die diese hier umschließt und unendlich viel größer ist. Dort bewohnen wir ein Reich, das viele Sternensysteme umfasst.«

»Was ist ein Sternensystem?«

»Eine heiße Kugel aus Gas, deren Licht den sie umkreisenden Heimsteinen Leben spenden kann.«

»Warum ist dazu eine heiße Kugel nötig? Dazu gibt es doch den Himmel.«

Sargon sah die Schwierigkeiten ein, die es zwangsläufig mit sich bringen musste, jemandem von den Verhältnissen außerhalb der Dunkelwolke zu berichten, der noch niemals in seinem Leben einen Stern gesehen hatte. »Da draußen«, der Imperator deutete auf den Himmel, »ist vieles anders als hier in deiner Welt, die wir Shangrila nennen. Bei uns ist es viel schwieriger, von Heimstein zu Heimstein zu reisen. Wir verwenden dafür eine weit fortgeschrittene Technologie. Unsere Vorfahren gelangten vor langer Zeit mit noch viel weiter entwickelter Technologie hierher. Wir sind nun hier, um das Erbe dieser Vorfahren anzutreten.«

»Dann sind die Götter eure Vorfahren?«

»Ja«, log Sargon ganz einfach, um die fruchtlose Diskussion zu beenden. Er vermutete, Monate zu brauchen, um dem Sakrikaner die tatsächlichen Zusammenhänge zu erklären – zumindest so weit, wie sie ihm selbst bekannt waren. Schließlich kannte er die Antwort auf einige wichtige Fragen selbst noch nicht: Wer waren die Asen, die wie Menschen aussehen, aber noch viel mächtiger sind, als die Blutmeister zu ihrer Blütezeit waren? Woher kamen sie? Was waren und sind ihre Ziele?

»Wenn das so ist, solltet ihr tatsächlich in der Lage sein, die Blutgeister zu vernichten.«

»Wer sind diese Blutgeister?«

Die Antwort Elgads bestätigte die Vermutungen der Aldebaraner. »Sie sehen aus wie Menschen, sind aber viel stärker, sie sind sehr blass, haben rot unterlaufene Augen und furchtbare Fangzähne. Sie ernähren sich vom Blut der Menschen.«

Die Blutgeister waren also tatsächlich mit den Blutmeistern identisch. Oder etwa doch nicht?

»Verwenden die Blutgeister hochstehende Technologie, die dir vielleicht wie Magie vorkommt?«, fragte Sargon.

»Nein. Sie reisen mit Schiffen wie wir Sakrikaner auch. Sie kämpfen mit Schwertern, Speeren und Armbrüsten wie wir auch.«

Der Imperator blickte dem General seiner Leibgarde nachdenklich in die Augen, als erwartete er eine Erklärung seines Freundes, eine Vermutung, eine Idee.

Die kam dann auch prompt mit bestechender Logik: »Vergiss' nicht, dass die Asen die Blutmeister zwar vollständig besiegten. Das heißt aber noch nicht, dass sie ihren Feind hier in

Shangrila vollständig ausrotteten. Wahrscheinlich haben die Asen sich einfach nicht die Mühe gemacht, jeden der Myriaden Heimsteine nach versteckten Blutmeistern zu durchsuchen. Sobald aber fortgeschrittene Technologie verwendet werden würde, besonders solche, die den Blutmeistern die Flucht aus Shangrila ermöglichen würde, hätten die Asen das sicherlich gemerkt und eingegriffen. Folglich gibt es hier noch Blutmeister, allerdings müssen sie auf den Einsatz von Technologie verzichten und haben ihr altes Wissen darum wahrscheinlich längst verloren.«

»Tja, aber was ist dann mit dem technologischen Erbe, das wir anzutreten beabsichtigen? Wenn es noch existiert, warum versuchen die überlebenden Blutmeister nicht, in seinen Besitz zu gelangen?«

»Weil es ihnen nicht erlaubt ist. Elgad sprach von einem so genannten verbotenen Bereich. Ich verwette meine Stiefel darauf, dass dieser Bereich auch für die Blutmeister verboten ist.«

Sie hatten die kurze Diskussion auf Altaldebaranisch geführt, weshalb der junge Sakrikaner ihr hatte folgen können und sich nun einmischte: »Das ist wahr. Die alten Legenden berichten, der verbotene Bereich ist nur für die Götter zugänglich. Blutgeister und andere Dämonen haben keinen Zutritt.« Nach seinen Worten machte Elgad Nungal darauf aufmerksam, dass der Kurs ein wenig zu korrigieren sei. Von schräg unten, sofern diese Angabe in der Schwerelosigkeit überhaupt Sinn machte, näherte sich ein riesiges Boot.

Es war zylinderförmig, aus Holz gefertigt, etwa zweihundert Meter lang und dreißig Meter durchmessend. Seine vier Segel ragten jeweils fünfzig Meter in den Raum hinaus.

»Eines unserer Kriegsschiffe«, erklärte der Jäger. »Sie patrouillieren häufig in dieser Gegend wegen der Piraten und Sukaner, die immer wieder ins Reich eindringen, um Beute zu machen.«

»Und was ist mit den Blutgeistern?«, fragte Sargon. »Bieten eure Kriegsschiffe nicht auch Schutz vor ihnen?«

»Nein. Sobald ein Boot der Blutgeister gesehen wird, ziehen sich unsere Schiffe zurück. Das geschieht nicht aus Feigheit, sondern weil es absolut sicher ist, dass keiner unserer Krieger einen Kampf gegen die Blutgeister überleben würde. Wann immer die Teuflischen kommen, dringen sie ungehindert tief in unser Reich ein und nehmen sich, was sie wollen – meist junge Männer und Frauen, die sie in ihr dunkles Reich verschleppen.«

»Ihr könnt absolut nichts gegen sie ausrichten?«

»Um euch ein klareres Bild von der Macht der Blutgeister zu verschaffen: Wenn ich statt einem von euch einen Blutgeist in meiner Fogula-Falle gefangen hätte, so hätte er die Stahlklauen einfach verbogen und mich zerfleischt, wenn er gerade *nicht* hungrig gewesen wäre. Hätte er allerdings schon längere Zeit kein Blut mehr getrunken, so hätte er mich bis auf den letzten Tropfen ausgesaugt. Deshalb habe ich auch Zweifel, dass ihr gegen die Blutgeister bestehen könnt, selbst wenn es wahr ist, dass ihr die Kinder der Götter seid.«

»Wir werden sehen«, entgegnete Sargon nachdenklich, während das mächtige Kriegsschiff wenige hundert Meter unter ihnen vorbeischwebte.

*

Die nächste halbe Stunde des Fluges verging relativ ereignislos. Die Schwarzuniformierten betrachteten fasziniert die vorbeiziehenden Heimsteine, einige wild von Pflanzen bewachsen, andere mit landwirtschaftlichen Flächen und primitiven Hütten, wieder andere mit steinernen Burgen bebaut, die dem irdischen Mittelalter hätten entstammen können.

Dann wurden sie Zeugen einer »Raumschlacht«, wie man sie sich vor der Reise nach Shangrila nicht hätte vorstellen können. Ein zweihundert Meter langes Kriegsschiff ähnlich dem, das sie eine halbe Stunde zuvor passiert hatten, befand sich im Kampf mit fünf schwarzen, nur jeweils fünfzig Meter langen Booten.

»Piraten!«, rief Elgad, um das Tosen des Fahrtwindes zu übertönen und die etwas abseits schwebenden Schwarzuniformierten überhaupt zu erreichen.

Das Sakrikaner-Kriegsschiff hatte mehrere Dutzend Luken geöffnet. Aus ihnen hatten sich Pfähle mit Metallspitzen geschoben. Direkt unter den Spitzen schien man die Pfähle mit einer pechartigen Substanz eingeschmiert zu haben. Man war soeben dabei, das Pech zu entzünden.

In den Rümpfen der Piratenschiffe öffneten sich ähnliche Luken, jedoch von deutlich geringerer Zahl. Schon schossen die ersten Pfähle aus dem Kriegsschiff, schwarze Rauchfahnen hinter sich herziehend, auf die Piraten zu. Noch ehe sich die ersten Metallspitzen in die schwarzen Schiffe bohren konnten, verließ die erste Salve der Freibeuter die offenbar hinter den Luken befindlichen Katapulte. Es dauerte keine zwei Minuten, da brannten alle sechs an der Schlacht beteiligten Schiffe an mehreren Stellen. Auf beiden Seiten erschienen Soldaten auf den Außenhüllen und begannen, mit Schläuchen Wasser auf die Brände zu versprühen.

Die Piraten sahen ganz anders aus, als Major Sondtheim erwartet hatte. Mit den irdischen Freibeutern des Mittelalters hatten sie wenig gemein. Es handelte sich um gedrungene Gestalten, ausnahmslos glatzköpfig und in braune Roben gekleidet, die um die Taille mit einer Kordel zusammengehalten wurden.

Wolfgang verschloss seinen Helm und schaltete seinen Helmbildschirm gedanklich auf Vergrößerung. Nun sah er die Piraten aus der Nähe. Ihre Häupter waren schmutzig und zumeist von mehreren Narben entstellt. Ihre Gesichter drückten grimmige Entschlossenheit aus, diesen Gegner, der ihren Raubzug jäh unterbrochen hatte, zu den Göttern zu schicken.

Durch die Vergrößerung sah der Major zusätzlich, dass die Hüllen der Schiffe beider Seiten von meterlangen Scharten durchzogen wurden. In der nächsten Sekunde verstand er ihren Zweck. Hunderte Pfeile jagten zwischen den Schiffen hin und her, um die Löschmannschaften des Gegners an ihrem Tun zu hindern. Der Großteil der Pfeile bohrte sich zwar wirkungslos in die Holzplanken, doch trotzdem fielen die Menschen wie die Fliegen.

»Fielen« ist vielleicht nicht das richtige Wort, denn sie trugen Stiefel, die sie trotz der Schwerelosigkeit auf den Planken der Schiffshüllen hielten. Ein Getroffener schaukelte im allgegenwärtigen Wind hin und her, und sein Blut entfernte sich in Form von roten Kugeln in alle Richtungen. Nicht selten wurden die »Gefallenen« von weiteren Pfeilen gespickt, wobei sie von ihren Kameraden als Deckung genutzt wurden.

Beide Seiten schafften metallene Schilde herbei, die den Löschmannschaften zusätzliche Deckung bieten sollten, doch das Zielen in der Schwerelosigkeit schien deutlich einfacher als auf einer Planetenoberfläche zu sein, denn die Pfeile fanden mit ziemlicher Treffsicherheit die Lücken zwischen den Schilden und den toten Körpern, um sich in die bislang unverletzten Soldaten und Piraten zu bohren.

»Sie könnten sicherlich ein paar Pluspunkte beim König sammeln, wenn Sie unserem Schiff zur Seite stehen würden.« Elgad hatte sich an Sargon gewandt, von dem er spürte, dass er der Anführer der Männer in den schwarzen Rüstungen war.

Der Imperator nickte kaum merklich. »Ich denke, das wird auch notwendig sein, denn die Soldaten des Königs werden unterliegen.« Die nun an mehreren Stellen des Kriegsschiffes immer intensiver lodernden Flammen schienen ihm Recht zu geben. Dort war man kaum noch in der Lage, weitere Löschmannschaften an Deck zu bringen. Sobald ein Soldat das Innere des Schiffs verließ, wurde er von mehreren Pfeilen gleichzeitig getroffen. Bald würde es für die Besatzung des Kriegsschiffes nur noch die Wahl geben, bei lebendigem Leibe zu verbrennen oder von den Pfeilen der Piraten gespickt zu werden.

Die imperialen Soldaten waren zwar nicht gekommen, um sich in die inneren Angelegenheiten der Völker Shangrilas einzumischen, doch es war ihrem Ziel, den so genannten verbotenen Bereich zu erreichen, sicherlich förderlich, wenn sie den Soldaten des Königs halfen. Außerdem standen sie moralisch auf der Seite der regulären Soldaten, die ihr Land gegen Diebe und Plünderer verteidigten.

»Wir greifen an!«, befahl Sargon über Helmfunk. »Nungal und ich geben Deckung. Der Rest nimmt sich je ein Piratenschiff mit einer Vril-Granate vor.«

Das Unheil löste sich in Form von sieben schwarzen Punkten von dem kleinen Boot des Jägers. Mit hoher Beschleunigung rasten die Schwarzuniformierten heran. Nungal und Sargon machten in zweihundert Metern vor dem Kampfgeschehen Halt und legten ihre Magnetfeldgewehre auf die schwarzen Schiffe an.

Blauglühende Geschossbahnen tasteten über die Hüllen und rissen Kaskaden von Holzsplittern in den freien Raum. Währenddessen waren die fünf Soldaten des Einsatzkommandos auf wenige Meter an ihre Ziele herangekommen. Sie näherten sich den vorderen Öffnungen der schwarzen Zylinder. Fast gleichzeitig warfen sie ihre Granaten, die auf eine Sprengkraft von wenigen Kilogramm TNT eingestellt waren.

Die Pfeile der Piraten prasselten gegen die Raumanzüge der imperialen Soldaten und prallten ab, ohne Schaden anzurichten. Nachdem ihre Granaten im Innern der Piratenschiffe verschwunden waren, beschleunigten die fünf Soldaten mit höchsten Werten in umgekehrter Richtung. Hinter ihnen verwandelten sich die schwarzen Schiffe in kugelförmige Wolken aus dunklem Qualm und brennenden Holzfetzen, die sich langsam nach allen Seiten gleichmäßig ausbreiteten und schon bald das Kriegsschiff des Königs einschlossen.

Als sich der Rauch verdünnte, sahen die sieben Schwarzuniformierten, die ziemlich genau zwischen Elgads Boot und dem Kriegsschiff schwebten, mehrere Dutzend königliche Soldaten, die sich nun gefahrlos an Deck begaben, um die Brände zu löschen.

Langsam, um die Soldaten des Königs nicht zu erschrecken, schwebte das Einsatzkommando zum Kriegsschiff hinüber. Einer der Soldaten war in eine prächtige Uniform aus roten Pluderhosen und gelbem Gehrock gehüllt. Er stand auf der Hülle des Schiffes, ohne sich an den Löscharbeiten zu beteiligen. Neugierig blickte er zu den schwarzen, sich nähernden Gestalten herüber. Dabei rückte er seinen schwarzen, zylinderförmigen Hut auf seiner schulterlangen, blonden Mähne zurecht und richtete sich kerzengerade auf. Natürlich hatte er, wie die meisten Mitglieder seiner Mannschaft auch, das Tun der Unheimlichen in den schwarzen Rüstungen beobachtet. Deshalb war sich der Kommandant ohne jeden Zweifel darüber im Klaren, dass er sein Leben den schwarzen Fremden verdankte, die offensichtlich über ungeheure Kräfte verfügten.

Unmittelbar vor Ogalerd gingen die Schwarzen nieder. Obwohl sich der Kommandant fest vorgenommen hatte, keine Angst vor den Mächtigen zu zeigen, bekam er weiche Knie, als er in die rot glühenden Augen der konturlosen, schwarzglänzenden Gesichter blickte. Die Fremden wirkten wie Dämonen der Hölle, wobei sich der Kommandant allerdings darüber klar war, dass Dämonen keine Menschen vor Raub, Mord und Plünderung zu bewahren pflegten.

Plötzlich öffneten sich die »Gesichter« der Unheimlichen. Zum Vorschein kamen die Züge von Männern, die durchaus Sakrikaner hätten sein können. Sie lächelten freundlich, während einer von ihnen näher an Ogalerd heranschwebte.

»Ich nehme an, Sie sind der Kommandant dieses Schiffes«, hörte der Sakrikaner die angenehm klingende Stimme des

Fremden. »Mein Name ist Sargon. Ich führe diese kleine Einsatzgruppe an.«

»Ja, ich bin Kapitän Ogalerd. Ich möchte mich, auch im Namen meiner Mannschaft, bei Ihnen bedanken, dass Sie uns aus dieser misslichen Lage befreit haben.«

»Es war uns ein Vergnügen«, gab der Imperator zurück.

Dann kam natürlich die Frage des Kapitäns, woher die Retter kämen und was sie ins Reich der Sakrikaner geführt habe. Sargon erklärte ihm, was er auch schon Elgad gesagt hatte, und endete, wobei er auf die teilweise verbrannten Segel des Kriegsschiffes blickte, mit den Worten: »Wir beabsichtigen den König aufzusuchen, um die Erlaubnis zu erhalten, die Hohepriester auf Rajahot nach dem Weg zum verbotenen Bereich zu befragen. Dabei wäre es sicher hilfreich, wenn einer ihrer Offiziere uns begleiten würde, um den König von unseren freundschaftlichen Absichten zu überzeugen.«

»Nach dem, was Sie für uns getan haben, ist das doch selbstverständlich«, sagte der Kapitän und verbeugte sich. Dann rief er: »Ulgerd! Komm her!«

Es näherte sich ein Soldat, ebenfalls in rote Pumphosen und gelben Gehrock gekleidet, jedoch mit einer Mütze statt des Zylinders auf dem Kopf, die zumindest die fünf Terraner an eine Baskenmütze erinnerte. Ogalerd stellte den knapp zwei Meter großen, breitschultrigen Mann, dessen blonde Mähne bis fast auf seine Hüften reichte, als den Ersten Offizier des Kriegsschiffes LOVAMAR vor. Anschließend informierte er seinen Stellvertreter über das Gespräch mit Sargon.

»Es ist mir eine Freude, Sie zum König zu begleiten und ihm von den Wundern zu berichten, die Sie vollbracht haben, um unser Leben zu retten«, sagte Ulgerd mit außergewöhnlich tiefer Stimme. Die Züge des Offiziers waren von den Narben unzähliger Kämpfe übersät. Seine ganze Erscheinung ließ keinen Zweifel darüber aufkommen, dass er ein tapferer, unerbittlicher Krieger war.

»Es ist uns daran gelegen, keine Zeit zu verlieren«, erklärte Sargon. »Deshalb möchte ich Sie bitten, uns sofort zu begleiten.«

»Natürlich!«

»Mein Kamerad und ich«, der Imperator deutete auf Nungal, »werden Sie einfach zwischen uns nehmen und Sie auf diese Weise mit zum Boot des Jägers Elgad nehmen.«

Der Erste Offizier nickte nur. Sargon verabschiedete sich von Ogalerd, dann nahmen er und der Kommandant seiner Leibwache Ulgerd unter die Achseln und hoben ab. Es gab ein schmatzendes Geräusch, als sich die Stiefel des Sakrikaners von den Planken der LOVAMAR lösten.

Mit ihrem Begleiter in der Mitte beschleunigten die beiden Schwarzuniformierten moderat und erreichten mit dem Kommando Sondtheim im Gefolge das Boot Elgads eine halbe Minute später.

Nach weiteren drei Stunden Flug – die Heimsteine standen in diesem Gebiet immer dichter – erreichten sie schließlich Arolat, den zentralen Heimstein des Reiches der Sakrikaner. Es handelte sich um einen Kleinplaneten mit rund fünfhundert Kilometer Durchmesser. Seine Oberfläche war fast vollständig gerodet worden, lediglich vereinzelte Baumgruppen zwischen Ackerflächen, Städten und Dörfern deuteten auf ursprünglich ausgedehnte, grüne Wälder.

Das Boot Elgads glitt in zwei Kilometern Höhe über die Oberfläche Arolats hinweg. Getreidefelder wechselten sich mit Weiden ab, auf denen wie Rinder aussehende Tiere grasten. Die Menschen in den vorbeiziehenden Dörfern beachteten das kleine Luftschiff Elgads kaum. Am Horizont kam schließlich eine prachtvolle Stadt zum Vorschein, die in den Hang eines zweitausend Meter hohen Berges gebaut worden war. An der oberen Hälfte des Hanges war eine Vielzahl von Schiffen aller Größen – von Booten wie dem Elgads bis hin zu mehreren der zweihundert Meter langen Kriegsschiffe – an langen, von der Felswand wegführenden Holzstegen vertäut.

»Die Schwerkraft hört auf Heimsteinen von der Größe Arolats erst in einem Kilometer Höhe auf«, erklärte der Jäger und deutete auf den Gebirgshang. »Vor uns sehen Sie Sakrikalan, die Hauptstadt des Reiches und Sitz des Königs. Der Berg, an dessen Hängen die Stadt erbaut wurde, reicht über die Schwerkraftgrenze hinaus und ist deshalb eine Heimsteinspitze.«

Beim Näherkommen erkannte Sargon eine Vielzahl von Türmen, Erkern und bewehrten Mauern. Die engen Gassen der Stadt waren voller Menschen. Auf einem weiten, in den Hang gehauenen Platz fand ein Markt statt, der von mindestens fünftausend Sakrikanern besucht wurde. Unmittelbar dahinter ragte ein Schloss mit einem guten Dutzend Türmen in die Höhe, dessen Hauptturm deutlich über die Schwerkraftgrenze hinausragte. Hoch oben befand sich ein gewölbtes Tor mit angrenzendem Steg, an dem ein prunkvolles Luftschiff festgemacht war.

»Die Yacht des Königs«, kommentierte Elgad, der dem Blick Sargons gefolgt war.

Sie ließen die aus weißem Stein gemauerte Stadt unter sich zurück, bis sie einen der Stege der Heimsteinspitze erreichten. Der Jäger klemmte sich ein Seil unter den Arm, dessen eines Ende am Boot befestigt war, und stieß sich in wenigen Metern Entfernung ab. Mit schlafwandlerischer Sicherheit erreichte er das Geländer des Stegs, hielt sich daran fest und zog das Boot heran, bis es schließlich längsseits am Steg lag. Dann wickelte er das andere Ende des Seils um einen der gut fünfzig Zentimeter durchmessenden Holzbalken, die dem Steg Stabilität verliehen.

»Da wären wir!«, sagte Elgad mit einem triumphierenden Lächeln. »Von mir aus können wir gleich zum König aufbrechen. Unser Weg dorthin wird sicher genug Aufsehen erregen, sodass wir wohl sofort zu Hunsgad, so heißt unser König, vorgelassen werden. Es wäre vielleicht keine schlechte Idee, wenn Sie die Helme wieder verschließen würden. Dann wird dem König noch vor Ihrer Ankunft berichtet, dass Sie keine Menschen seien, was sein Interesse weiter steigern dürfte. Schließlich glaubt kein Sakrikaner daran, dass Menschen mit den Blutgeistern fertig werden könnten.«

»Na, dann los«, entgegnete Sargon und ließ die beiden Hälften des Gesichtsteils seines Helms ausfahren. Seine Kameraden taten es ihm gleich.

Sie gingen über den Steg bis zum Hang, in den eine breite Treppe eingearbeitet war, die sich in einem Dutzend Absätzen nach unten wand. Zunächst hangelten sie sich am Geländer entlang, dann setzte die Schwerkraft ein und sie konnten die Treppe auf ganz konventionelle Weise hinabsteigen. Sakrikaner, die ihnen entgegenkamen, wichen respektvoll zur Seite, als sie die Unheimlichen in den schwarzen Rüstungen und mit den rot glühenden Augen erblickten – bis auf einen, der sofort kehrtmachte und die Treppe hinabstürmte, als sei der Teufel persönlich hinter ihm her.

»Ein Informant des Königs«, meinte Elgad, wobei seine feste Stimme verriet, dass er nicht davon ausging, eine bloße Vermutung geäußert zu haben.

Am Fuße der Treppe gelangten sie in eine schmale Gasse. Auf der linken Seite befanden sich Gebäude mit bis zu drei Stockwerken, deren Rückseiten mit dem Hang abschlossen. Rechts standen Reihenhäuser unterschiedlicher Größe, die von der der Gasse abgewandten Seite eine phantastische Sicht über die sich den Berg hinab ausbreitende Stadt erlauben mussten. Auch auf dem Weg durch die Gasse machten ihnen die Menschen sofort Platz, sie drängten sich mit dem Rücken ängstlich gegen die Häuserwände.

Zwischen zwei Gebäuden auf der rechten Seite ging es über eine weitere Treppe auf die tiefer gelegenen Ebenen der Stadt. Immer wieder löste sich ein Mann aus der Menge, die von Elgad geteilt wurde wie das Meer von Moses, und rannte eiligst davon.

»Mittlerweile sollte Hunsgad über unser Eintreffen informiert sein«, sagte der Jäger. »Es kommt schließlich nicht alle Tage vor, dass übernatürliche Wesen, für die man Sie zweifellos hält, Sakrikalan besuchen.« Er marschierte neben Sargon hocherhobenen Hauptes, während in der nächsten Reihe Ulgerd neben Nungal ging. Beide blickten finster und, wie Sargon fand, wichtigtuerisch auf ihre Volksgenossen herab, als hätten sie übernatürliche Verbündete zur Rettung des Königreiches gewonnen und würden diese jetzt zum König begleiten.

Sie stiegen eine weitere Steintreppe hinab, die zu einem Platz von der Größe von vier Fußballfeldern führte. Es handelte sich um den Platz, den sie bereits aus der Luft gesehen hatten und auf dem ein Markt abgehalten wurde. Tausende Sakrikaner drängten sich zwischen den Ständen. Die Schreie feilbietender Händler mischten sich in das Raunen der Masse und das Zwitschern, Dröhnen und Kreischen fremdartiger Tiere, die darauf warteten, ihren Besitzer zu wechseln. Rauch stieg von einigen Ständen empor. Auf den wenigen freien Flächen zwischen den dichtgedrängten Menschen versuchten Zauberkünstler, Schwertschlucker und Flammenspucker ihr Publikum zu begeistern.

Die zwei Sakrikaner und die sieben Schwarzuniformierten hatten ihren Abstieg gerade erst begonnen, als sich die Blicke der Menschen fast synchron in ihre Richtung wandten. Für einen Moment herrschte eine seltsame Stille. Selbst die Tiere schienen verwirrt und stellten ihren Lärm ein. Die Schritte der die Stufen Hinabsteigenden waren zu hören und hallten hohl über den Platz. Am Fuße der Treppe wichen die Sakrikaner schweigend zur Seite. Es bildete sich eine Gasse, durch die Elgad und seine Verbündeten auf die andere Seite des Platzes gelangten. Dort war ein zwanzig Meter hohes Tor aus dunkelbraunem Holz in eine noch einmal zehn Meter höhere Mauer eingelassen worden, die aus den in Sakrikalan üblichen grauweißen Steinen errichtet worden war.

Ungehindert gelangte die kleine Gruppe zu den beiden in Pluderhosen und Spitzhüten gekleideten Wachen, die mit langen Speeren und an den Gürteln baumelnden Schwertern den Eingang zum Regierungspalast sicherten.

»Ich, Elgad der Jäger, bringe diese schwarzen Krieger zum König.« Dabei deutete er mit einer ausholenden Bewegung auf das Einsatzkommando. »Sie sind sehr mächtig und werden uns helfen, die Blutgeister zu vertreiben.«

Die beiden Torwächter waren mustergültig diszipliniert. Ihre Mienen hatten keinerlei Emotionen ausgedrückt, als sich die schwarzen Krieger mit den glühenden, roten Augen zusammen mit den beiden Sakrikanern vor ihnen aufgebaut hatten.

Ohne eine Entgegnung drehte sich der rechte der Beiden um und schritt würdevoll zum riesigen Portal, in dem er eine kleine, metallene Klappe öffnete. »Die Fremden sind angekommen!«, rief er ins Innere.

»Sehen Sie, der König wurde bereits von seinen Informanten unterrichtet und erwartet uns schon«, sagte Elgad mit einer nicht unbeträchtlichen Portion Triumph in der Stimme.

Ein Grollen, Rasseln und Klappern war zu hören, als sich die beiden Hälften des Tores weit genug öffneten, um die Männer durchzulassen. Sargon trat als Erster auf den Vorplatz zum Schloss. Rund zweihundert Soldaten des Königs bildeten ein Spalier, das über das Kopfsteinpflaster und über in fünfzig Meter beginnenden Stufen bis in den Eingang des Königspalastes hineinreichte. Hinter den Soldaten befanden sich auf beiden Seiten zu Rechtecken aufgestellte Verbände in Regimentsstärke.

Sargon schritt neben Elgad durch die Gasse. Er beobachtete die Gesichter der Soldaten. Einige blickten ausdruckslos geradeaus, andere hatten Schweißperlen auf der Stirn, wieder andere blinzelten, weil ihnen der Schweiß von der Stirn in die Augen rann.

Die Krieger des Königs trugen blaue Uniformen, die aus einem Metallhelm mit Federbusch, einem Brustpanzer, Rock, enganliegenden Beinkleidern, die an Strumpfhosen erinnerten, und schwarzen, geschnürten Stiefeln bestanden. Bewaffnet waren sie, wie die Wachen des Tores, mit Speeren und Schwertern.

Das Innere des Palastes erinnerte Sargon an die »Kuppel der Imperatoren« auf Sumeran, seinen eigenen Regierungssitz. Säulen aus grünlichem Marmor stützten eine gewölbte Decke mit scharfen, goldverzierten Kanten. Der Boden schien ebenfalls aus Marmor zu bestehen. Er glänzte gelblich und war mit goldenen und grauen Fasern durchsetzt.

Vom Eingangsbereich führten drei Stufen in den Thronsaal, in den sich das Spalier fortsetzte. Trocken hallten die Schritte der Schwarzuniformierten durch die Halle. Unmittelbar vor einer über weitere drei Stufen erreichbaren Plattform machte der Imperator halt. Er blickte auf einen goldenen, reich verzierten Thron, auf dem ein alter Mann mit bis auf die Hüften reichenden grauen Haaren saß und ihm neugierig aus hellgrünen Augen entgegenblickte.

Der Alte trug einen hellblauen Umhang und hielt einen goldenen Speer in der Linken mit dem Schaft auf dem Boden.

»Seid willkommen, Fremde!«, hallte seine Stimme wie ein Grollen durch den Thronsaal. Hinter dem Spalier stehende Untertanen in edler Kleidung nahmen seine Worte zum Anlass, niederzuknien. Das Gesicht des Königs verzog sich zu einer zerfurchten Grimasse, die wohl ein Lächeln darstellen sollte.

Sargon war von dem Monarchen beeindruckt. Er fühlte, dass dieser König zu Recht herrschte. Dieser Sakrikaner, dessen Volk immer wieder von weit überlegenen, den vorwissenschaftlich denkenden Menschen als Dämonen erscheinenden Blutgeistern heimgesucht wurde, empfing Fremde, die sensiblen Gemütern ebenfalls wie aus der Hölle entstiegen vorkommen mussten, als sei es das Selbstverständlichste der Welt, als habe er jeden Tag Gäste, die einer übernatürlichen Welt zu entstammen scheinen.

Elgad und Ulgerd knieten ebenfalls, seit der König seine Begrüßung gesprochen hatte. Sargon ließ die beiden Hälften des Gesichtsteils seines Helms zurückgleiten. Er sah den Monarchen nun mit seinen eigenen Augen, und der Monarch blickte in die aristokratischen und vor allem menschlichen Züge seines Gegenübers. Hunsgad ließ dabei nicht die Spur einer Überraschung erkennen.

»Ich bedanke mich für den freundlichen Empfang, König der Sakrikaner«, begann der Imperator. »Mein Name ist Sargon, ich bin der Herrscher über mein Volk. Ich bin hier, um eine Gefälligkeit zu erbitten.«

»Sprich, Sargon, lass mich dein Anliegen hören.« Der König der Sakrikaner war zunächst einmal nicht an der Herkunft der Fremden interessiert, sondern an dem Geschäft, das er zugunsten seines Volkes mit ihnen schließen könnte.

»Wir wünschen die Hohepriester auf Rajahot aufzusuchen, um den Zugang zum verbotenen Bereich der Götter zu finden.«

Überraschenderweise lachte Hunsgad schallend. »Ihr wollt in den verbotenen Bereich, der nur den Göttern vorbehalten ist?« Ein erneuter Lachanfall schüttelte den König. »Wenn ich euch dies gewähre, werden mich die Götter mitsamt meinem Volk in Asche verwandeln. Die Logik ist ziemlich einfach: Der verbotene Bereich ist allein den Göttern vorbehalten – sonst wäre er ja schließlich nicht verboten.« Der König wurde von einem erneuten Lachanfall durchgeschüttelt. »Wer diese einfache Regel nicht befolgt oder anderen hilft, gegen diese Regel zu verstoßen, dürfte nicht unbedingt ein Günstling der Götter sein.« Der abschließende Ausbruch zweifelhaften Humors hallte durch den Thronsaal, als wolle er die Marmorsäulen erschüttern.

»Wir sind auf Einladung der Götter hier«, sprach Sargon mit erhobener Stimme in das Gelächter, das sofort verstummte.

Ungläubig und verwirrt starrte der König sein Gegenüber an. »Beweise diese Behauptung!«

»Ich kann meine Behauptung nicht beweisen, weil Ihnen, Majestät, dafür Fakten bekannt sein müssten, die die Kenntnis meiner Welt voraussetzten.«

»Kann es sein, dass ich es mit gewöhnlichen Halsabschneidern zu tun habe, die sich hier mit einem billigen Mummenschanz aufspielen wollen, um ihr Spiel mit mir zu treiben? Ich sage dir, Prolet[10], ich bin beeindruckt von deinem schwarz glänzenden Firlefanz, und ich bin begierig darauf, zu erfahren, wie du den Trick mit den rot glühenden Augen hinbekommen hast. Doch jetzt ist Schluss! Ich sorge dafür, dass du in die königliche Theatergruppe aufgenommen wirst, und jetzt freue dich darüber, dass ich dich nicht hinrichten lasse.« Hunsgad wandte sich mit einer gelangweilten Geste ab zu seinen hinter ihm stehenden Beratern. »Kenntnis seiner Welt – was für ein Schwachsinn.«

Nungal drängte sich durch die Reihen der königlichen Soldaten, bis er vor einer der marmornen Säulen stand, die den Durchmesser des Oberkörpers eines Mannes hatten.

»König!« rief der Isais-Krieger, wobei seine gewaltige Stimme mehrfach durch den Thronsaal hin- und herhallte. »Hältst du dies für den Firlefanz von Betrügern?« Nach seinen Worten hieb er mit der Faust gegen die Säule. Die volle Wucht seiner von der Isais verliehenen Kraft erzeugte einen Splitterregen edlen Gesteins. Der untere Teil der Säule brach weg, woraufhin der obere krachend herabstürzte. Die Decke quittierte den Verlust der stützenden Säule mit einem chaotischen Muster von Rissen im grauweißen Gewölbe. Es bestand kein Zweifel daran, dass eine ähnliche Behandlung einer weiteren Säule den weißen, goldverzierten Himmel den Anwesenden auf den Kopf stürzen lassen würde.

Im Lärm dieser Demonstration meldete sich Ulgerd zu Wort. »Fünf Piratenschiffe hatten uns umkreist; wir hatten keine

---

10 Treffendste Übersetzung des untersten gesellschaftlichen Standes der Sakrikaner.

Chance, wir waren erledigt. Dann kamen diese schwarzen Krieger und verwandelten die Piratenschiffe innerhalb einer Sekunde in Feuerbälle und dunklen Rauch. Oh, König! Diese wie Menschen aussehenden …«

»Es reicht! Ich glaube Euch, Sargon«, rief der König mit seiner tiefen Bassstimme, in der eine gewisse Furcht mitzuschwingen schien. Die kleine Machtdemonstration von Nungal hatte ihren Zweck offenbar erfüllt.

Der Monarch erhob sich und ging würdevoll auf den Imperator zu. Sein langer, hellblauer Mantel schleifte dabei über den Boden, das mächtige Schwert an seiner Seite nur unzureichend verbergend. »Ich gewähre Ihnen den Zugang zu Rajahot und möchte mich für meinen Ausbruch entschuldigen. Ich bitte um Ihr Verständnis, schließlich habe ich es fast täglich mit Betrügern zu tun. Ich konnte nicht ahnen, dass Sie …«

»Ist schon in Ordnung!«, entgegnete Sargon und legte dem König die Linke auf die Schulter. Er blickte Hunsgad in die hellgrünen Augen und entdeckte ein Funkeln, das ihn einen Moment verunsicherte.

»Ich möchte Sie im Gegenzug um einen Gefallen bitten!«, presste der König hervor.

Aha, jetzt, wo er weiß, dass wir mächtig sind, will er als Gegenleistung für seine Kooperation, dass wir uns mit den Blutmeistern beschäftigen, schlussfolgerte der Imperator. Die nächsten Worte des Königs sollten seine Überlegungen bestätigen.

»Solange unsere Geschichtsschreibung zurückreicht, wird das Reich von einer furchtbaren Plage heimgesucht. Heimtückische, mächtige Dämonen rauben regelmäßig unsere Töchter und Söhne, aber immer nur so viele, dass wir an Zahl nicht abnehmen. Unsere stärksten Krieger haben sich den Furchtbaren in den Weg gestellt, doch keiner von ihnen hat je einen Kampf mit einem Blutgeist überlebt. Ich bitte Sie, ich flehe Sie an« – der König sank auf sein rechtes Knie und ergriff mit beiden

Händen die Linke Sargons – »weisen Sie das Dämonengezücht in seine Schranken und befreien Sie uns von diesem schrecklichen Übel.«

»Wir sind hier, weil wir das Erbe der Götter antreten wollen«, sagte der Imperator mit belegter Stimme. Der flehende König tat ihm leid, und niemand wusste besser als er selbst, was es bedeutete, in ständiger Angst um die Kinder des eigenen Volkes zu leben. Schließlich hatte er in den vergangenen eineinhalb Jahrhunderten eine ähnliche Furcht vor der Auslöschung seines Volkes durch die Mohak ertragen müssen. »Es gibt noch eine zweite Gruppe, die jedoch mit uns verfeindet ist und ebenfalls das Erbe antreten will. Wir müssen ihnen zuvorkommen und dürfen daher keine Zeit verlieren.«

»Ich flehe Euch an«, ließ der immer noch kniende König nicht locker. »Ein großer Teil unserer Kinder, kaum dass sie ausgewachsen sind, wird von den Grausamen entführt, um ihnen in dämonischen Ritualen das Blut auszusaugen. Ihr als Halbgötter könnt diesem Schrecken nicht tatenlos zusehen. Falls ihr den Samen der Götter in Euch tragt, so gebietet es die Ehre, gegen die Mächte der Finsternis vorzugehen.«

Für einen kurzen Moment war Sargon versucht, dem König zu versprechen, sich des Problems der Blutmeister anzunehmen, *nachdem* er das Erbe der Götter angetreten hatte. Doch würde er dieses Versprechen halten können? Er spürte instinktiv, dass es keine Frage der Schnelligkeit war, einen Vorteil in diesem Rennen um das Erbe der Asen zu erlangen. Vielleicht würde es sogar bei dem Zusammentreffen mit den Göttern von Vorteil sein, zu wissen, welche Rolle die Blutmeister in Shangrila immer noch spielten. Außerdem hatte der König Recht: Sargon konnte es nicht mit seiner Ehre vereinbaren, den systematischen Mord an jungen Männern und Frauen zuzulassen. Davon abgesehen empfand er einen tiefen Hass auf die Blutmeister. Schließlich waren sie für den milliardenfachen Tod im Ersten Imperium verantwortlich und hatten die Mohak geschaffen, die nicht weniger Menschen im neuzeitlichen Imperium das Leben gekostet hatten.

»Einverstanden!«, sagte der Imperator einfach und griff dem knienden König mit der Rechten unter die linke Achselhöhle, um ihm aufzuhelfen. »Wo finden wir die Blutgeister?«

»Gepriesen seid Ihr, Edler! – Sie hausen auf einem Heimstein unmittelbar hinter der Grenze des Reiches in Richtung des Zentrums unserer Welt.«

Sargon wunderte sich kurz, dass die Sakrikaner wussten, wo das Zentrum Shangrilas lag. Doch dann erklärte er sich diese Tatsache damit, dass sie herausgefunden hatten, dass sich die Heimsteine auf Kreis- beziehungsweise Ellipsenbahnen bewegten, deren Mittelpunkt das Zentrum ihrer Welt sein musste. Je näher man dem Zentrum kam, umso kürzer war die Umlaufzeit, weshalb sich die Positionen der Heimsteine allmählich gegeneinander verschoben und so einen Anhaltspunkt boten.

Ohne nachzuhaken fragte er, auf das eigentliche Thema zurückkommend: »Wie viele Blutgeister sind dort?«

»Das wissen wir nicht genau. Mindestens mehrere Hundert, aber höchstens wenige Tausend.«

»Gut! Führt uns hin.«

Das Gesicht des Königs zeigte eine Mischung aus Erleichterung und Dankbarkeit. »Ich selbst werde Euch begleiten. Diesen Krieg mit Euch zu führen, ist meine Pflicht als König.«

»Ihr würdet uns keine Hilfe, aber wahrscheinlich eine Last sein«, entgegnete Sargon, obwohl er wusste, dass seine Worte den Monarchen beleidigen würden. Doch ein gewöhnlicher Mensch, ohne die technologischen Hilfsmittel der Aldebaraner, würde in dem bevorstehenden Kampf in höchstem Maße gefährdet sein und entsprechend geschützt werden müssen.

Doch Hunsgad schien nicht vor den Kopf gestoßen zu sein. Im Gegenteil – er lächelte verständnisvoll. »Es ehrt Euch, dass Ihr Euch Sorgen um mich macht. Doch das ist nicht notwendig. Ich bin sehr wohl in der Lage, auf mich selbst aufzupassen.

Und falls mir etwas zustößt, so ist dies der Wille der Götter, und niemand wird es wagen, Euch mein Schicksal zum Vorwurf zu machen.«

Sargon schaute hilfesuchend zu Nungal, doch der zuckte nur mit den Schultern.

»Also gut!«, sagte der Imperator. »Wir sollten gleich aufbrechen.«

»Folgen Sie mir!« Der König schritt würdevoll zu seinem Thron und legte seinen langen, hellblauen Umhang darauf. Seine Rüstung glänzte wie poliertes Chrom. Zwei junge Frauen, in hellrosa Gewänder gehüllt, traten hinter ihn und flochten mit unglaublicher Geschwindigkeit seine grauen, bis auf die Hüften reichenden Haare zu einem Zopf. Ein Knappe brachte ihm einen runden, ebenfalls chromglänzenden Schild mit einem rot auflackierten Flugsaurier, dessen ausgebreitete Schwingen bis an den Rand des Schildes reichten. Der König steckte seinen linken Arm durch die auf der Innenseite aufgenieteten Bänder und begab sich ohne weiteren Kommentar zu einer marmornen Treppe, die seitlich aus dem Thronsaal hinaus nach oben führte.

*

Merged hatte genug gehört. Er war der Fürst eines kleinen Stammes, der einen Heimstein nahe der Grenze des Reiches bewohnte. Die Blutmeister machten sich nicht die Mühe, überraschend anzugreifen. Sie überfielen einen Heimstein nach dem anderen, immer in der gleichen Reihenfolge. Schon bald würden sie wieder über Mergeds Stamm herfallen. Deshalb hatte er den König aufgesucht. Er wollte sich nicht damit abfinden, einen Teil der jungen Frauen und Männer zu verlieren – möglicherweise würden seine eigenen Kinder darunter sein. Er hatte beabsichtigt, den König um die Entsendung einer Streitmacht zu bitten, die sich zusammen mit seinen eigenen

Kriegern den Furchtbaren entgegenstellen sollte. Besser im Kampf zu sterben, als mit anzusehen, wie die eigenen Kinder ein qualvolles Ende fanden.

Doch der König hatte abgelehnt. Noch niemals hatten die Sakrikaner eine erfolgreiche Schlacht gegen die Blutgeister geschlagen. Der König war davon überzeugt, dass sich dies auch in Zukunft nicht ändern würde, falls kein Wunder geschähe.

Das Protokoll verbot es, den Thronsaal zu verlassen, bevor die anderen Fürsten ihre Anliegen vorgebracht hatten. So wurde Merged Zeuge des Wunders, das im Laufe der Sitzung geschah: Die Schwarzuniformierten, die sich Aldebaraner nannten, erschienen in Begleitung eines Jägers und eines Offiziers und änderten die Meinung des Königs bezüglich der Blutgeister innerhalb von Minuten.

Nachdem der Monarch mit den Fremden einig geworden war und den Saal verlassen hatte, machte Merged sich ebenfalls auf den Weg. Er schlug jedes Gespräch mit einem der anderen Fürsten aus, obwohl er sie allesamt gut kannte, und hastete aus dem Palast.

Auf dem Weg zum Markt ertastete er das Säckchen voll Goldstaub unter seiner Bluse, mit dem er die Meinung des Königs zu beeinflussen gedacht hätte, wenn dieser grundsätzlich mit sich hätte reden lassen. Merged beabsichtigte das Gold nun zu einem anderen Zweck einzusetzen. Er zwängte sich durch die Menschenmassen bis zu einem Stand, auf dem Eliox verkauft wurden. Die stolzen Vögel, die einen Terraner an große Adler erinnert hätten, konnten sich auch innerhalb der Reichweite der Schwerkraft eines Heimsteins in die Lüfte erheben. Um einen Menschen über die Schwerkraftgrenze hinauszutragen, reichten ihre Kräfte jedoch nicht aus. Wenn man einen dressierten Eliox allerdings mit auf eine Heimsteinspitze nahm, so war der kräftige Vogel von dort aus mit Leichtigkeit in der Lage, einen Menschen mit beachtlicher Geschwindigkeit durch die Schwerelosigkeit zu ziehen.

Eines jener stolzen, gelehrigen Tiere würde rund die Hälfte seines Goldes kosten, wusste der Fürst. Als er jedoch mit dem Inhaber des Verkaufsstandes um den Preis des größten der Eliox zu verhandeln begann, spürte der erfahrene Geschäftsmann deutlich, dass der Fürst in Eile war. Dieser Umstand trieb den Preis in die Höhe, weshalb Merged seine gesamten Goldreserven für den Vogel opfern musste.

Der Ärger über die unfairen Geschäftsmethoden des Händlers verflog jedoch schnell, als er sich mit dem Tier auf den Weg zur nächsten Heimsteinspitze machte – der Gipfel jenes Berges, an dessen Hang Hauptstadt und Schloss errichtet worden waren. Der Eliox saß völlig ruhig auf einem kleinen Karren, den Merged hinter sich herzog. Das Tier war sogar sehr zutraulich und hätte nach Meinung seines neuen Besitzers auch ohne die Bänder, die seinen Schnabel hielten, niemandem etwas zuleide getan. Trotzdem wichen die Passanten respektvoll zur Seite, denn der fünfzig Kilogramm schwere Eliox erreichte in der für Vögel typischen hockenden Position eine Größe von immerhin einem Meter fünfzig.

Mit seinem Karren konnte der Fürst die zahlreichen Treppen nicht nutzen, also nahm er einen Pfad, der in Serpentinen den Berg hinaufführte. Auf diese Weise brauchte er immerhin eine knappe Stunde, um die Schwerkraftgrenze zu erreichen.

Merged entfernte die Bänder, die den Schnabel des Eliox hielten. Der Vogel ließ es ohne Widerstand über sich ergehen, dass ihm ein Geschirr angelegt wurde. Anschließend löste Merged die Fesseln, mit denen die Beine des Tieres an dem Karren fixiert worden waren.

Eine halbe Minute später entfernte sich das ungleiche Paar bereits von Arolat. Mit seinen vier Metern Spannweite beschleunigte der Eliox, seinen Herrn hinter sich herziehend, auf knapp einhundert Stundenkilometer. Damit, so wusste Merged, würde er Morbat, den Heimstein der Blutgeister, auf jeden Fall vor dem König erreichen, der sicherlich in Begleitung der Fremden und eines Teils seiner Leibgarde auf seiner Yacht reisen würde. Der Fürst war sich sicher, dass es ihm als dem ersten Sakrikaner überhaupt gelingen würde, ein Übereinkommen mit den Blutgeistern zu treffen – ein Übereinkommen, das nach Meinung des Fürsten Dutzenden jungen Frauen und Männern seines Stammes das Leben retten würde.

*

Der König stieg die Stufen mit einer erstaunlichen Geschwindigkeit hinauf, wenn man das Gewicht der Rüstung, des Schwertes und des Schildes bedachte. Es handelte sich um eine Wendeltreppe in einem der zahlreichen Türme des Schlosses. In regelmäßigen Abständen erlaubten Sprossenfenster einen wundervollen Blick über die weiße Stadt. Bereits nach rund sechzig überwundenen Höhenmetern verschwand die Schwerkraft schlagartig. Sargon spürte ein leichtes Kribbeln in der Magengegend, das aber nach wenigen Sekunden verschwand.

Die Stufen endeten. Der König stieß sich einfach vom Boden ab und schwebte innerhalb des Turms weiter nach oben, bis er eine Plattform wenige Meter unterhalb der Decke erreichte. Die sieben Schwarzuniformierten folgten ihm und gelangten durch einen Rundbogen auf einen hölzernen Steg, an dem ein prachtvolles Luftschiff festgemacht war – die Yacht des Königs. Unter ihnen schmiegte sich die Hauptstadt des Reiches an den Gebirgshang. Noch weiter unten, in einem ausgedehnten Tal, weideten friedlich einige hundert Tiere auf einer grünen, mit Baumgruppen durchsetzten Ebene.

Das Holz der knapp fünfzig Meter langen, zylinderförmigen Yacht war in einem hellen Blauton gestrichen und mit goldenen Ornamenten verziert worden. Vor dem Einstieg wachten zwei Soldaten in grauen Rüstungen. Die Sohlen ihrer Stiefel schienen eine flachsähnliche Beschichtung aufzuweisen, die Sargon zum ersten Mal bei Ulgerd gesehen hatte. Dieses Material schien die Eigenschaft zu besitzen, auf Holz einen sicheren Halt zu bieten. Wahrscheinlich verkrallten sich die Fasern des »Flachses« in dem Holz, denn die beiden Rüstungsträger standen trotz der Schwerelosigkeit sicher auf dem Steg und verloren ihren Halt nicht, als sie sich beim Anblick des Königs ruckartig kerzengerade aufrichteten.

»Anspannen!«, rief ihnen der Monarch entgegen. Sie wiederholten das Kommando im Chor.

Auf der Yacht erschien ein weiterer Soldat in grauer Rüstung, der ein Horn an einem roten Band über der Schulter trug. Er nahm es ab und blies dreimal kräftig hinein. Das relativ kleine Blasinstrument erzeugte einen markerschütternden Lärm, der von den Hängen des Gebirges widerhallte.

Hunsgad betrat derweil die Yacht. Sargon und seine sechs Kameraden folgten. Im Innern warteten zwei Dutzend Soldaten, allesamt in graue Rüstungen gekleidet.

»Diese Männer gehören zu meiner Leibgarde, den besten Kriegern des Reiches«, sagte der König nicht ohne Stolz. »Sie sind gleichzeitig die Besatzung dieses Luftschiffes und werden uns begleiten.«

»Beabsichtigen Sie, diese Soldaten in den Kampf gegen die Blutgeister zu schicken?«, fragte der Imperator und blickte Hunsgad ernst in die Augen.

»Ja, diese Besten unseres Volkes werden selbst für Sie eine wertvolle Verstärkung sein.« Der König sprach seine Worte in einem Tonfall, der keinen Widerspruch duldete.

Sargon ließ sich nicht beeindrucken. »Es ist uns vielleicht noch nicht einmal möglich, Sie, König, zu beschützen. Ich habe nur unter Vorbehalten zugestimmt, dass Sie uns begleiten. Doch auf mehr als zwanzig Mann aufzupassen, übersteigt mit Sicherheit unsere Möglichkeiten. Ich will Sie nicht beleidigen, König, aber …«

»Sie beleidigen mich nicht, Sargon. Sie müssen nur verstehen, dass es unserer Auffassung von Ehre widerspricht,

Fremde ohne unseren Beistand für uns in den Krieg ziehen zu lassen.«

»Ich entbinde Sie hiermit von Ihrer Pflicht. Unsere Chancen stehen besser, wenn wir nur zu siebt gehen.«

»Wir besprechen das abschließend, wenn wir bei Morbat, dem Heimstein der Blutgeister, angekommen sind«, sagte Hunsgad mit immer lauter werdender Stimme, um das helle Surren zu übertönen, das immer mehr anschwoll.

»Was ist das?«, fragte Nungal.

»Isgalis. Unsere Zugtiere.«

Die Schwarzuniformierten blickten aus dem offenen Bug des Zylinders und sahen vier Wesen, die an Libellen erinnerten, jedoch fast zwanzig Meter lang waren. Jedes der Tiere hatte vier schwarze Flügel, einen dünnen, dunkelblauen Leib, der mit schwarzen Punkten übersät war, und einen zwei Meter durchmessenden Kopf mit acht dunkelblau glitzernden Facettenaugen, jedes so groß wie eine Medizinballhälfte.

Auf dem Rücken der Tiere saß je ein Soldat in der grauen Rüstung der Leibgarde. Sie dirigierten die Tiere an langen Zügeln bis vor die Yacht und schwebten dann mit Seilen herüber, um die Isgalis festzumachen. Anschließend salutierten sie vor ihrem König, wobei sie verstohlene Blicke auf die sieben Schwarzuniformierten warfen. Wie die anderen Männer der Besatzung auch waren sie bislang noch nicht über die Natur und Absichten der seltsamen Besucher informiert worden. Genau dies holte der König nun nach, als die Besatzung mit den vier Isgalis-Reitern vollzählig war. Gespannt lauschten die Elitesoldaten den Worten ihres Herrschers. Keiner ließ Furcht erkennen, als der König erklärte, dass die Reise nach Morbat ging und dass er beabsichtigte, dort die Blutgeister anzugreifen.

Nachdem Hunsgad seine Erläuterungen beendet hatte, begaben sich die vier Reiter auf eine Bank unmittelbar vor dem offenen Bug der Yacht. Jeder von ihnen nahm einen aus vier

Lederbändern bestehenden Zügel, und auf ein Kommando ihres Anführers trieben sie die Isgalis an. Das tiefe Surren war von einem Moment auf den anderen wieder da und schwoll zu einer Lautstärke an, die eine Unterhaltung nur mit erhobener Stimme erlaubte. Die Yacht ruckte an und erreichte bereits nach wenigen Sekunden eine beachtliche Geschwindigkeit, die Sargon auf achtzig Kilometer in der Stunde schätzte.

Hunsgad deutete auf zwölf bequem aussehende, hellgrüne Sessel mit einem ovalen, reich verzierten Holztisch in ihrer Mitte. Die Sitzgruppe war von einer kreisrunden, gläsernen Wand umgeben. Als der König die ebenfalls aus Glas bestehende Türe hinter sich und seinen sieben Gästen verschloss, wurde das laute Sirren des Flügelschlags der Isgalis zu einem leisen Summen.

»Hier können wir uns ungestört weiter unterhalten«, sagte der König und deutete freundlich lächelnd auf die bequemen Sitzmöbel. Der Boden bestand ebenfalls aus Glas, ebenso wie der darunter liegende gekrümmte Teil der Wandung der Yacht.

Unter ihnen zogen die blühenden Landschaften Arolats vorbei. Das Luftschiff entfernte sich immer weiter vom Hauptheimstein des Reiches. Schon bald kam der freie Raum sozusagen unter ihnen in Sicht mit seinen unzähligen, mehr oder weniger großen Welten.

Nach einer halben Stunde zogen acht Heimsteine vorbei, keiner größer als fünf Kilometer. Der Abstand zueinander betrug jeweils nur wenige hundert Meter. Aus Holz gefertigte Gerüste verbanden die Planetoiden und ermöglichten den Sakrikanern so, schwere Lasten von einer Welt zur anderen zu befördern, ohne sie zunächst auf außerhalb des Schwerefeldes reichende Heimsteinspitzen und dann über Luftschiffe transportieren zu müssen.

»Wie lange noch?«, fragte Sargon nach bisher sechsstündigem Flug, auf dem der König allerlei Fragen zur Welt außerhalb seiner eigenen gestellt hatte. Die Antworten Sargons hatte der Monarch ohne jede Regung hingenommen, weshalb lediglich an seinen Folgefragen ablesbar war, ob er die vorherigen Erläuterungen verstanden hatte.

Hunsgad antwortete: »Wie brauchen ungefähr die gleiche Zeit wie bislang noch einmal.« Nach kurzer Pause fügte er hinzu: »Die Strecke ist zwar nur noch ein Viertel so lang. Wir müssen allerdings drei Stunden Pause machen, um den Isgalis Gelegenheit zu geben, neue Kräfte zu sammeln. In wenigen Minuten Entfernung liegt die Poststation 3/7/13, dort gibt es auch eine Futterstelle für unsere Zugtiere.«

Auf Nachfrage erfuhr der Imperator, dass die Sakrikaner ihr dreidimensionales Reich in Würfel eingeteilt hatten und dass das Zahlentripel der Poststation den Raumsektor bezeichnete, in dem sie sich befand.

Ein kartoffelförmiger Felsen wuchs in Flugrichtung auf einen fünfhundert Meter durchmessenden Brocken an, der schon bald das Blickfeld aus dem offenen Bug komplett ausfüllte. Er war übersät von steinernen, maximal dreistöckigen Gebäuden, die durch Holzgerüste miteinander verbunden waren. Von Pflanzenbewuchs war nichts zu erkennen. Dafür ragten zwischen den Gebäuden Luftschiffe aller Größen auf. Menschen schwebten an Seilen gesichert an den Wandungen der Schiffe und verrichteten unterschiedliche Tätigkeiten. Beschädigungen wurden geflickt und Anstriche erneuert.

»Einer der wenigen Heimsteine, die keine Anziehungskraft besitzen«, erläuterte Hunsgad. »Deshalb können die Luftschiffe überhaupt ›landen‹, und deshalb ist es möglich, hier unsere Isgalis zu füttern. Die Tiere können in einem Schwerefeld nicht existieren. Dazu sind sie zu filigran gebaut. Ihr eigenes Gewicht würde sie erdrücken.«

Die vier Kutscher dirigierten die Yacht auf einen freien Platz, der von dreistöckigen Häuserreihen eingerahmt wurde. Die Gebäude waren aus dem braungrauen Material des Heimsteins gefertigt worden und wirkten dementsprechend trist. Die Sakrikaner in der Umgebung, die mit den Arbeiten an den Schiffen, dem Be- oder Entladen beschäftigt waren, hatten ihre Arbeiten eingestellt und blickten neugierig zu jener prunkvollen Yacht herüber, die überall im Reich als die des Königs bekannt war.

Die Isgalis wurden ausgespannt. Mit surrenden Flügeln hoben sie mit ihren Reitern auf dem Rücken ab und wurden zur Futterstelle dirigiert, die irgendwo außer Sichtweite lag.

Nungal war bereits auf ihrer Reise mit Elgad nach Arolat und nun auch auf ihrem Flug zur Poststation aufgefallen, dass keines der ihren Kurs kreuzenden Schiffe über Zugtiere verfügte. Stattdessen bewegten sie sich alle mithilfe von Segeln fort.

»Sind die Isgalis alleine dem König vorbehalten?«, fragte er, während er sich zusammen mit den anderen erhob, um auszusteigen.

»Nein. Die Tiere sind nur äußerst selten und entsprechend teuer. Außerdem sind sie sehr schwer zu dressieren. Es gibt zurzeit im Reich nur fünf Schiffe, die von Isgalis gezogen werden.« Der König wandte sich ab und öffnete die gläserne Türe. »Folgt mir, Freunde. Auch wir sollten uns nun ein wenig stärken.« Dann trat er nach draußen und rief: »Freigang für alle, bis auf die Wachmannschaft. In zweieinhalb Stunden hat jeder wieder auf seinem Posten zu sein.«

Kraftvoll stieß sich Hunsgad ab, schwebte quer durch seine Yacht und traf zielsicher den Hauptausgang, der bereits von zwei Soldaten seiner Leibgarde geöffnet worden war. Er hielt sich an einem der beiden Ränder fest und bremste seinen Flug, um sich kurz umzuschauen, ob seine sieben neuen Freunde ihm folgten. Befriedigt wandte er sich wieder nach vorne und hangelte sich geschickt an dem Holzsteg entlang, an dem die Yacht festgemacht hatte, bis er ein Gerüst mit quadratischem Querschnitt erreichte, das zwischen einer Häuserreihe hindurchführte.

Hunsgad stieß sich immer wieder an den Querverstrebungen ab, während ihm die sieben Aldebaraner und Terraner außerhalb des Gerüstes mit Leichtigkeit folgten. Sie nutzten die Vril-Triebwerke ihrer Kampfanzüge, was wiederum für beträchtliches Aufsehen unter den Sakrikanern sorgte. Männer in schwarzen Rüstungen, die ihre Richtung und Geschwindigkeit im freien Raum, ohne erkennbare Hilfsmittel, ändern konnten, waren selbst für diese in einer phantastischen Welt aufgewachsenen Menschen etwas Ungewöhnliches.

Der König verließ das Gerüst in unmittelbarer Nähe eines Gebäudes, dessen unterstes Stockwerk die doppelte Grundfläche des mittleren und die vierfache des obersten hatte. Hätte man die rauen Steine, aus denen es gemauert worden war, nicht rosa angestrichen, hätte es wie die verkleinerte Version einer Stufenpyramide der Azteken gewirkt. Doch die Soldaten des Imperators sollten schon bald erfahren, dass es sich keineswegs um ein religiöses Bauwerk handelte – im Gegenteil.

Der Eingang wurde von einer roten Holztüre verschlossen, vor der sich zwei abenteuerlich gekleidete Männer an Haltegriffen auf dem Boden hielten. Zusätzlich waren sie durch Ketten gesichert, die an der Gebäudewand befestigt und um ihre Bäuche gewickelt waren. Sie trugen schwarzweiß karierte Pluderhosen, rote, enge Jacken und schwarze Hüte, die an mexikanische Sombreros erinnerten. Ihre vernarbten Gesichter und die Augenklappe des linken der beiden Türsteher verrieten, dass die Männer den Kampf nicht scheuten.

Hunsgad schwebte in Begleitung von vier Leibgardisten, die hastig zu ihm aufgeschlossen hatten, auf die beiden zwielichtigen Gestalten zu. Die Wächter verbeugten sich tief, ohne jedoch die Haltegriffe loszulassen. Hunsgad stieß die beiden Flügel der roten Türe auf und schwebte achtlos an den beiden vorbei ins Innere des Gebäudes. Seine vier Leibgardisten folgten ihm. Erst als Sargon mit seinen sechs Kameraden folgen wollte, wurden die zwei Halsabschneider munter. Sie zückten, diesem Eindruck alle Ehre machend, jeweils ein Kurzschwert und hielten es Sargon, der an der Spitze seiner Männer herbeischwebte, vor die Brust.

»Sieben Kossar Eintritt!«, rasselte der mit der Augenklappe.

»Die Männer in den schwarzen Rüstungen gehören zu mir«, grollte die tiefe Stimme des Königs aus dem Innern des Gebäudes.

Die Schwerter verschwanden in versteckt in die Pluderhosen eingearbeiteten, völlig unauffälligen Scheiden. Diesmal verbeugten sich die Wächter jedoch nicht. Sie traten einfach zur Seite und sandten den seltsamen Fremden, die einfach so beim Schweben ihre Richtung ändern konnten, argwöhnische Blicke hinterher.

Zwischen den Stockwerken existierten keine Decken. Die Stufenpyramide war ein einziger, großer Raum, wenn man von drei Türen im Erdgeschoss absah, die zu den Toiletten für beide Geschlechter und zur Küche führten. In der Mitte des Raumes schwebte ein zehn Meter durchmessendes, kugelförmiges Gebilde, das an ein Wespennest erinnerte. Aus dem Innern wurden durch wie Waben anmutende Öffnungen Getränke in Flaschen an die das Nest umlagernden Frauen und Männer gereicht.

Eine Gruppe Musiker mit Pauken sowie Blas-, Streich- und Zupfinstrumenten spielten eine Mischung aus Hardrock und Jazz, die durchaus melodisch klang und zu ausgelassenem Feiern animierte – wovon die Besucher dieses Etablissements auch ausgiebig Gebrauch machten. Männer und Frauen befummelten sich, während sie durch den Raum schwebten, zwei Kerle prügelten sich, es wurde gegrölt, gelacht, geschimpft, geflucht und jede Menge getrunken.

*

Merged erreichte Morbat in etwa zur gleichen Zeit, als die königliche Yacht in der Poststation eintraf. Der Heimstein der Blutgeister sah aus wie eine gigantische, runzelige, hässlichbraune Knolle. Die Heimat der Schrecklichen wurde von tiefen, dunklen Schluchten durchzogen, in deren Tiefen das

Grauen lauerte. Wie fast alle anderen Heimsteine besaß auch Morbat eine Heimsteinspitze, die wie eine einsame Knollenwurzel in den Raum ragte. Merged dirigierte seinen Eliox genau darauf zu.

Er landete auf einem fünfzig Meter durchmessenden, zerklüfteten Plateau und band die Zügel um einen Felsen, um sicherzugehen, dass der Eliox noch da war, wenn er zurückkam.

Merged hangelte sich an einem Felsen vorbei in Richtung des Randes des Plateaus. Kräftig stieß er sich ab, um den nächsten Gesteinsbrocken zu erreichen – und flog einem Blutgeist direkt in die Arme, der hinter dem Gestein hervorgeschnellt kam.

Obwohl es schließlich sein Plan gewesen war, mit den Schrecklichen zu verhandeln, schoss ihm das Adrenalin wie Myriaden Eiskristalle in die Adern. Er roch den fauligen Atem des Glatzköpfigen, der in eine schwarze Robe gekleidet war.

»Diese Welt ist ein Paradies«, sagte der Blutgeist und hielt sein Opfer fest umklammert. »Hier fliegt einem das Futter direkt ins Maul.« Es folgte ein schrilles Kreischen, das wohl ein Lachen sein sollte und zum Schrecken Mergeds die langen Fangzähne entblößte.

Doch der Fürst riss sich zusammen. Mit dem Höchstmaß an Selbstbeherrschung, zu dem er fähig war, sagte er: »Ich bin nicht hier, um dir als Futter zu dienen, sondern um euch einen Handel vorzuschlagen. Ich verfüge über wertvolle Informationen, die ich bereit bin, unter gewissen Umständen mit euch zu teilen.«

»Was könntest du schon für Informationen haben, die für uns interessant wären?«

»Ich weiß von einem bevorstehenden Angriff auf Morbat – und zwar durch sehr mächtige Verbündete, die der König für sich gewonnen hat. Bringe mich zu eurem Herrscher, und ich werde ihm die Einzelheiten nennen.«

»Und was wirst du dafür verlangen?«

»Dass ihr meinen Heimstein in Zukunft verschont.«

Der Blutgeist lachte erneut schrill, bis es Merged in den Ohren schmerzte. »Ich mache dir einen anderen Vorschlag. Du erzählst mir alles und zwar hier und jetzt.«

»Nein. Ich verlange das Ehrenwort eures Herrschers, dass ihr …« Merged schrie seinen Schmerz heraus, als ihm der Blutgeist die Zähne durch den Schulterpanzer ins Fleisch bohrte. Es fühlte sich an, als handele es sich um glühende Nadeln. Der Furchtbare drehte ihm dabei einen Arm auf den Rücken und zog ihn hoch, bis er aus dem Schultergelenk sprang. Merged wurde kurz bewusstlos vor Schmerzen. Als er wieder zu sich kam, packte die Bestie den anderen Arm und sagte: »Diesen werde ich dir nicht auskugeln, sondern ausreißen, wenn du mir nicht sagst, was ich wissen will. Falls du jedoch vernünftig bist, lasse ich dich gehen und du kannst deinen Eliox mit einem gesunden Arm nach Hause steuern.«

Merged sah sein eigenes Blut von den Fangzähnen des Blutgeistes tropfen. »Ich werde nur mit eurem Herrscher …«

Der Schreckliche wuchtete sein Opfer gegen einen Felsen und brach ihm mit einem Tritt das Schienbein. Erneut verlor der Fürst kurz das Bewusstsein. Geduldig wartete der Peiniger, bis das Häufchen Elend erwachte. »Wenn du es so willst, kann ich so weitermachen, bis du keinen heilen Knochen mehr im Körper hast.« Dabei verstärkte er den Druck auf Mergeds Handgelenk, bis dieser wieder einmal seine Schmerzen hinausschrie.

»Ich sage alles, was du wissen willst.« Merged hatte aufgegeben. Es war ihm gleich, ob ihn der Blutgeist gehen lassen würde oder ob er ihn tötete. Nur diese schrecklichen Schmerzen mussten endlich aufhören. Er berichtete von den mächtigen Schwarzuniformierten und über die geheimnisvollen Kräfte, über die sie verfügten. Er vergaß auch nicht zu erwähnen, dass diese neuen Verbündeten zusammen mit dem König und einem Teil seiner Leibgarde auf dem Weg nach Morbat waren.

Nachdem der Blutgeist sicher war, alles erfahren zu haben, was der schwächliche Mensch wusste, biss er ihm in den Hals und saugte ihn aus – um seinen Hunger zu stillen und um sein Opfer, zum Dank für die Auskünfte, mit einem schnellen Tod zu belohnen. Er beeilte sich, die Heimsteinspitze hinabzusteigen und den Herrscher zu informieren. Sicherlich würde König Hunsgad auf der Poststation haltmachen – eine ideale Gelegenheit, einem Angriff zuvorzukommen.

Das Lob des Herrschers und die damit verbundenen Vergünstigungen würden ihm sicher sein.

*

Hunsgad schwebte mit seinen vier Leibgardisten hinauf zum Wespennest, wo ihm die übrige Kundschaft unter Beifallsbekundungen Platz machte. Die Musikgruppe brach das Stück, das sie gerade spielte, abrupt ab und stimmte eine andere Melodie an, von der Sargon später erfuhr, dass es sich um die Hymne des Reiches der Sakrikaner handelte.

Die Beifallsbekundungen wurden durch die patriotische Musik nochmals gesteigert, während der König mit seinen Leibwächtern, bepackt mit zwölf dunkelbraunen Flaschen, zu seinen sieben Gästen hinabschwebte. Nachdem die Getränke verteilt waren, machte Hunsgad eine energische Handbewegung mit der Rechten, worauf die Musik verstummte. Er rief:

»Hoch leben unsere aldebaranischen Verbündeten! Tod den Blutgeistern!«

Erneut schwoll der Beifall an, und mehrere Dutzend Frauen und Männer prosteten den Schwarzuniformierten zu, indem sie die Flaschen über ihre Köpfe hielten, dann den Korken entfernten und tranken.

Sargon und seine Gefährten taten es ihnen gleich. Nachdem sie getrunken hatten, stopften sie den Korken wieder in den Flaschenhals, um zu verhindern, dass sich die Flüssigkeit in der Schwerelosigkeit verselbständigte.

Der Geschmack des Getränks war am ehesten mit Honigwein zu vergleichen, fand Sondtheim. Der als trinkfest geltende Major versuchte den Alkoholgehalt des Getränkes zu schätzen, das sich in diesem von ihm gedanklich als 3D-Kneipe bezeichneten Etablissement ähnlicher Beliebtheit erfreute wie Bier in Deutschland. Plötzlich wurden die beiden Flügel der Eingangstüre aufgestoßen. Der Wächter mit der Augenklappe wurde sichtbar. Sein Schrei übertönte die Musik, drang bis in die letzten Ecken der Kneipe und enthielt nur ein einziges Wort:

»Blutgeister!«

Das Magnetfeldgewehr flog praktisch von seinem Rücken in seine Hände. Die Tausende Male geübte Bewegung Wolfgangs erfolgte unbewusst. Gleichzeitig flog er, gefolgt von seinen Kameraden, auf den Wächter zu, der ihnen mit seinem einen schreckensgeweiteten Auge entgegenstarrte. Die beiden Halsabschneider waren dem Major vorgekommen, als würden sie weder Tod noch Teufel fürchten (immerhin hatten sie auch keinen Respekt vor den Schwarzuniformierten gezeigt, die sich durch unerklärliche Kräfte frei im Raum bewegen konnten), doch die Blutgeister schienen zumindest den mit der Augenklappe in helle Panik zu versetzen.

Wolfgang blickte durch die offene Türe und sah ein schwarzes, fünfzig Meter langes Schiff, das von einem einzigen, ebenso langen Flugsaurier gezogen wurde. Dolchartige Zähne ragten aus den beiden Kiefern des spitzen Mauls. Jeder Flügelschlag der Bestie wurde von einem Wedeln ihres Schwanzes begleitet, der ebenfalls über Flughäute verfügte und wie bei einem Hai für Vortrieb sorgte.

Weinrote Gestalten lösten sich von dem mit zahlreichen Aufbauten versehenen, bedrohlich wirkenden Schiff und rasten mit irrwitziger Geschwindigkeit auf die Stufenpyramide zu.

»Wir sind verraten worden«, rief Hunsgad, der die Eingangstüre nun ebenfalls erreicht hatte. »Jemand hat den Blutgeistern verraten, dass ich einen Angriff plane. Ihnen war klar, dass wir hier rasten würden und dass wir uns die Zeit in diesem Gasthaus, dem besten der Poststation, vertreiben würden.«

»Und nun wollen uns diese Blutsauger zuvorkommen«, presste Nungal zwischen den Zähnen hervor.

Dann schlugen die Gestalten wie Kanonenkugeln ein. Unfähig, im Flug ihre Richtung ändern zu können, hatten sich die Blutgeister mit ihren übermenschlichen Kräften von ihrem Schiff abgestoßen und krachten nun durch die Wände und Sprossenfenster der Stufenpyramide. Gesteinsbrocken flogen hoch, ohne von einer Schwerkraft zur Umkehr gezwungen zu werden.

Im Innern des Gebäudes brach das reinste Chaos aus. Die Blutgeister in ihren weinroten Rüstungen mit geschlossenen Visieren hatten ihre Schwerter gezogen und hieben auf jedermann in ihrer Reichweite ein. Selbst die Frauen wurden nicht von ihnen verschont. Die Furchtbaren stießen sich immer wieder von den Wänden ab, rasten mit irrwitziger Geschwindigkeit durch den Raum und hinterließen abgetrennte Gliedmaßen, zerstückelte Körper und in roten Kugeln unterschiedlicher Größe davonschwebendes Blut. Ihre Rüstungen wirkten, als ob sie aus dünnen, weinroten Röhrchen geformt worden wären und man anschließend die Röhren zur Form eines menschlichen Körpers zusammengeschweißt hätte. Die geschlossenen Visiere wirkten wie die leicht nach unten gebogene Nase eines Bullterriers, über der zwei rote Augen durch die Sehschlitze funkelten.

Nungal schoss als Erster. Die Garbe seiner Magnetfeldgeschosse hieb als blauglühender Strahl in die Rüstung eines Blutgeistes. Bruchstücke des weinroten Materials, Blut und Fleischfetzen wurden in die Vergnügungsstätte gerissen und mischten sich in einem makabren Tanz mit den Leichenteilen der Opfer. Der Blutgeist krümmte sich zusammen, krachte gegen eine Wand, prallte ab und trieb danach leblos durch den Raum.

»Na, immerhin brauchen wir keine geweihten Silberkugeln oder Holzpflöcke«, kam die Stimme Sondtheims aus den Helmlautsprechern seiner Kameraden.

Frank Green lachte schrill, während seine Geschosse einem Blutgeist von links unten nach rechts oben durch die Brust stanzten und den linken Arm des Grausamen abtrennten.

Es herrschte ein unbeschreibliches Chaos aus Menschen, die sich durch den Ausgang in Sicherheit bringen wollten, umherfliegenden Körperteilen und Blut, ihre Schmerzen hinausbrüllenden Verstümmelten und den blauen Strahlen des Einsatzkommandos, die einen Blutgeist nach dem anderen zu seinen Ahnen schickten.

Doch die Unholde hatten ihren Feind erkannt. Sie ließen von den übrigen Kneipenbesuchern ab und stürzten sich todesverachtend, mit einem Gebrüll, das die Wände erzittern ließ, zu einem Dutzend auf die kontrolliert und sehr effektiv feuernden Elitesoldaten. Sechs von ihnen überlebten den Ansturm auf die Schwarzuniformierten nicht. Doch die zweite Hälfte der kleinen Streitmacht erreichte den, wie sie meinten, schwarzen Tod, der über eine ihnen bislang unbekannte Magie zu gebieten schien.

Sargon schob mit der Linken den König hinter sich und parierte einen Schwerthieb mit seinem Magnetfeldgewehr. Das Material der modernen Waffe war erheblich härter als das primitive Schwert des Angreifers. Letzteres zerbrach ungefähr in der Mitte. Noch in der gleichen Sekunde rammte der Blutgeist die zerfetzte Hieb- und Stichwaffe dorthin, wo er das Herz seines Gegners vermutete. Das gezackte Metall vermochte die Kohlenstoff-Nanoröhren des Kampfanzugs zwar nicht zu durchdringen, doch der Imperator wurde mit solcher Wucht gegen die Wand hinter ihm geschleudert, dass ihm schwarz vor Augen wurde.

Frank Green sah das Unheil kommen und zog mit der Rechten seine Magnetfeldpistole, während er den ersten Hieb eines

Blutgeistes mit dem Gewehr in der Linken parierte. Die Wucht des Schlages riss ihm die Waffe aus der Hand. Dann jagte er dem Gegner, der zum zweiten, tödlichen Schlag ausholen wollte, ein Dutzend Kugeln in die Brust. Der Körper des Blutgeistes wurde zurückgerissen, weshalb sein Hieb Green um Haaresbreite verfehlte. Trotz der schweren Treffer stieß sich der Nachkomme der Regulaner von einer hinter ihm schwebenden Leiche ab und flog mit dem über dem Kopf erhobenen Schwert erneut auf den Feldwebel zu. Diesmal feuerte ihm der Soldat der imperialen Leibgarde einen einzigen Schuss genau zwischen die rot glühenden Sehschlitze. Der Kopf des Unholds wurde nach hinten gerissen, und das Schwert entglitt den kraftlos gewordenen Händen. Green beugte sich zur Seite, damit der Körper des toten Gegners ihn nicht mitriss, sondern stattdessen gegen die Wand hinter ihm krachte.

Green folgte dem an ihm vorbeischießenden Körper mit seinen Blicken und sah den Imperator bewegungslos an der Wand kleben. Davor ein Blutgeist, der gerade ein abgebrochenes Schwert zum Schlag hob. Der Feldwebel jagte ihm eine Kugel in die Schläfe, was die Gefahr für Sargon erst einmal beseitigte.

Nungal tauchte unter dem ersten Schwertstreich seines Gegners hinweg. Die Isais hatte vor fast einhundertfünfzig Jahren seinen Körper verändert. Er verfügte über blitzschnelle Reflexe und eine ungeheure Körperkraft. Ob er sich in dieser Hinsicht mit einem Blutmeister würde messen können, würde sich jetzt zeigen. Kaum war das Schwert über ihn hinweggefegt, ging der Isais-Krieger zum Angriff über. Er packte die Waffenhand des Gegners und hieb ihm seine Faust gegen die Bullterrier-Nase. Das Material des Visiers zersplitterte. Das Schwert entglitt dem Angreifer. Nungal ließ seinen Gegner los und packte mit der Linken den Schwertgriff. Im gleichen Bewegungsablauf trennte er den Kopf des Blutmeisters ab. Aus den Augenwinkeln sah er eine weitere der martialisch wirkenden Rüstungen auf sich zufliegen. Ein blauer Strahl stanzte in ihre Seite und riss sie aus ihrer Flugbahn. Nungal vollendete das Werk Sondtheims, der mit seiner Pistole geschossen hatte, indem er dem an ihm vorbeirasenden Blutmeister mit einem Hieb seines Schwertes das Rückgrat durchtrennte und tief in den Körper vordrang.

Die übrigen beiden Blutmeister wurden das Opfer von Jörgensen, Schmidt und Schulz, wobei Schmidt einen schweren Treffer am Kopf hinnehmen musste, der ihn ins Reich der Träume schickte und erst nach einer halben Stunde mit fürchterlichen Kopfschmerzen wieder aufwachen ließ. Deshalb wurde ihm nicht das zweifelhafte Vergnügen zuteil, der zweiten Phase des Kampfes beizuwohnen.

Plötzlich stürzte die Decke ein, wobei »Hineindrücken ins Innere« vor dem Hintergrund der Schwerelosigkeit die bessere Umschreibung sein mag.

Zum Vorschein kam ein gewaltiges langgezogenes Maul mit dolchartigen Zähnen. Es schnappte mit unglaublicher Geschwindigkeit nach den umherfliegenden Leichen und schlang alles in sich hinein, dessen es habhaft werden konnte. Gelbe, senkrecht geschlitzte Augen wurden sichtbar, als die oberen beiden Stockwerke durch das Wüten des Biestes praktisch zu existieren aufgehört hatten.

Sondtheim hatte als Erster reagiert. Praktisch im gleichen Moment, als das an einen überdimensionalen Alligator erinnernde Maul die Decke durchstoßen hatte, hatte er eine Vril-Granate aus seinem Waffengürtel gelöst. Er stellte sie auf eine geringe Sprengkraft und eine Detonationsverzögerung von einer Sekunde ein. Er warf sie gezielt nach dem hässlichen, gigantischen Schädel. Seine Kameraden reagierten sofort und strömten, den König vor sich hertreibend, durch den Ausgang. Das Urvieh schnappte nach der Granate, was dem Major ein Lächeln abrang, während er das Gesichtsteil seines Helms verschloss. Die nun folgende Explosion nahm er nur noch gedämpft wahr. Trotzdem hatte er ein Klingeln in den Ohren, als auseinanderspritzende Fleisch- und Knochenfetzen wie Geschosse gegen seinen Anzug hämmerten und ihn gegen die Wand schmetterten.

Draußen ertönte das Surren von Magnetfeldgewehren, die den beiden Blutmeistern ein Ende bereiteten, die den Flugsaurier, der ihr Schiff gezogen hatte, zum Angriff auf die Stufenpyramide dirigiert hatten.

Dann war der Spuk vorbei. Wie in Zeitlupe trieb der kopflose Körper des Flugsauriers fort, gefolgt vom Schutt der Pyramide und den unappetitlichen organischen Überresten des Kampfes, zu denen nun noch zwei weitere erschossene Blutgeister gehörten.

Trotz der Grausamkeit der Schlacht strahlte der König über das ganze Gesicht. »So, wie Sie mit den Schrecklichen fertig geworden sind, werden wir auch auf Morbat siegreich sein! Und diesmal wird uns der Angriffsbonus gehören. Die Blutgeister sind durch den Verrat zwar alarmiert, aber sie rechnen sicher mit der Rückkehr ihrer Angriffstruppe und nicht damit, dass wir sie geschlagen haben und nun unsererseits angreifen. Schließlich haben die Furchtbaren noch niemals eine Schlacht verloren. Dies hier war ihre erste Niederlage.«

Der euphorische Wortschwall Hunsgads wurde erst dadurch unterbrochen, dass sich die Schwarzuniformierten auf den Weg zurück in die Überreste des Vergnügungstempels machten. Immerhin hatte es erstens der Major nicht geschafft, vor der Detonation des Sauriers mit nach draußen zu stürmen, und zweitens waren dort möglicherweise noch Verletzte zu bergen, die ihrer Hilfe bedurften.

»Passen Sie bitte auf den Feldwebel auf«, sagte Sargon zum König und deutete auf den knapp über dem Vorplatz der ehemaligen Stufenpyramide schwebenden, immer noch bewusstlosen Schmidt. Dann folgte er den anderen durch den Eingang, dessen rote Türhälften aus den Angeln geflogen waren.

Drinnen präsentierte sich ihnen das erwartete Bild der Zerstörung. Die kläglichen Überreste der Wände waren rot von Blut. Fleisch klebte daran. In unmittelbarer Nähe des Eingangs stand Sondtheim an die Wand gelehnt. Er säuberte gerade seinen Kampfanzug notdürftig von Dreck, Blut und Saurierfleisch. Er hatte das Gesichtsteil seines Helmes wieder geöffnet, was seinen Kameraden ein vor Ekel verzogenes Gesicht offenbarte.

»Wir bekommen definitiv zu wenig Sold für diese Drecksarbeit«, kommentierte der Major seine unappetitliche Tätigkeit. Anschließend schloss er sich seinen fünf Kameraden an und durchsuchte die Trümmer nach Überlebenden. Sie fanden keinen.

Nungal knöpfte sich einen der toten Blutmeister vor. Er untersuchte den Helm, bis er den Öffnungsmechanismus gefunden hatte, und nahm ihn ab. Der Nachfahre der Regulaner war glatzköpfig und blass wie eine Kalkwand. Seine blutunterlaufenen Augen mit roten Pupillen stierten aus einem schmalen Gesicht mit spitzer Nase und hoher Stirn ins Leere. Sein Mund mit dünnen, blutleeren Lippen war halb geöffnet und offenbarte vier jeweils drei Zentimeter lange, spitze Eckzähne.

»Verdammte Scheiße, ich dachte, so etwas gäbe es nur in Horrorfilmen«, sagte der hinzugetretene Sondtheim.

»Stell' dich nicht so an, wir haben doch schon einen von diesen Blutsaugern gesehen, und zwar in der Goldenen Halle«, meinte Jörgensen und legte seinem Vorgesetzten die Linke auf die Schulter.

»Ja, aber der war in ein Kapuze gehüllt, nach eigenen Angaben ein nanotechnologisch geschaffener Homunkulus und ziemlich friedfertig. Kein Vergleich mit diesen Monstren hier, die mit ihren Schwertern in ein paar Sekunden Dutzende dieser armen Schweine zerstückelt haben.« Wolfgang deutete auf eine übel zugerichtete Leiche, die hinter ihm schwebte.

»Kommt, Leute, wir brechen auf«, befahl Nungal.

Die sechs Kameraden begaben sich zurück zum König. Zusammen mit zwei seiner Leibgardisten, die den Angriff der Blutmeister überlebt hatten, kümmerte er sich um Schmidt, der sich allerdings immer noch nicht anschickte, aus dem Reich der Träume zurückzukehren. Sondtheim gab dem Verwundeten eine kreislaufstabilisierende Spritze und band sich den Kameraden auf den Rücken.

»Kann losgehen«, meldete er.

»Zurück zur Yacht!«, befahl Sargon. »König, sorgen Sie dafür, dass die Isgalis wieder angespannt werden.«

Um die Schwarzuniformierten und den König hatte sich mittlerweile eine Menschentraube gebildet. Respektvoll, ängstlich, aber auch hoffnungsvoll betrachteten sie die Aldebaraner, die mehr als ein Dutzend Blutgeister getötet hatten, wobei nur ein einziger von ihnen verwundet worden war. Die Fremden waren in den Augen der Sakrikaner also mächtiger als die bis zu jenem Zeitpunkt unbesiegbar geglaubten Blutgeister.

Die Menschen wichen zurück und bildeten eine Gasse, als sich der König mit seinen beiden Begleitern durch das Gerüst und die sieben Aldebaraner im freien Raum zum Landeplatz der Yacht zurückbewegten. Dort angekommen, befahl der König einem der Leibgardisten, die Isgalis zu rufen. Der brutal schmetternde Ton seines Blasinstruments hallte über die Poststation. Wenige Minuten später erschienen die vier Reiter auf den Rücken der Riesenlibellen und spannten die Tiere in großer Eile an.

Zehn Minuten nach der Ankunft des Königs und seiner Begleiter befand sich die Yacht wieder in der Luft. Hunsgad bat seine Gäste erneut in den weitgehend schallisolierten Raum. Seine euphorische Stimmung über den Sieg war der Trauer über dreizehn Leibgardisten gewichen, die bei den Kämpfen in der Stufenpyramide gefallen waren.

Sargon vermutete, dass dem König erst jetzt die Gefahr für sich und seine Männer klar wurde – eine Lebensgefahr, vor der die Krieger in den Wirren des Kampfes auch von den Schwarzuniformierten nicht hatten beschützt werden können. Seine tapferen Soldaten würden auch in der bevorstehenden Schlacht fallen wie die Fliegen, und möglicherweise würde der König selbst einer der Toten sein.

Sargon prüfte, ob er mit seiner Vermutung bezüglich der Überlegungen des Königs richtig lag:

»Wie Sie gesehen haben, können wir die Blutgeister schlagen, wenn es nicht zu viele sind, aber wir können nicht sicherstellen, dass Sie und Ihre Soldaten die bevorstehende Schlacht überleben. Deshalb gehen Sie vor Morbat in Warteposition. Sobald der Heimstein in Sichtweite ist, fliegen meine Kameraden und ich alleine weiter und statten den Blutgeistern einen Besuch ab.«

Unter ihnen zog ein mit bunten Blüten in allen Farben übersäter Heimstein vorbei. Über seinen zerklüfteten Felsen stürzte ein Fluss in eine tiefe Schlucht. Die Gischt zerlegte das allgegenwärtige Licht der Dunkelwolke in alle Regenbogenfarben. Das farbenfrohe Bild passte überhaupt nicht zur düsteren Stimmung des Königs.

»Ganz so machen wir es nicht«, widersprach Hunsgad. »Die Yacht und meine Leibgarde werden zurückbleiben, doch ich werden Sie nach Morbat begleiten.«

»König, Sie wären uns nur eine Last …«

»Dann werde ich sterben. Doch ich soll verdammt sein, Fremde alleine für mich in den Krieg ziehen zu lassen. Nehmen Sie mir nicht meine Selbstachtung, Sargon!«

Der Imperator schüttelte resignierend den Kopf. »Also gut! Sie werden uns begleiten, Hunsgad. Es ist ja schon einmal etwas gewonnen, dass Sie Ihre besten Soldaten nicht sinnlos in den Tod schicken wollen. Mit meinen Worten möchte ich die Qualität Ihrer Krieger keinesfalls schmälern. Sie verfügen nur eben nicht über die Mittel, über die wir verfügen.«

Der König der Sakrikaner nickte. »Ich denke, dies ist ein Kompromiss, mit dem wir beide leben können. Ob ich ihn allerdings *über*leben werde, ist eine andere Frage.« Hunsgad lachte dröhnend mit seiner Bassstimme, wie man es sich bei einem alten, verwegenen Wikingerkönig vorstellen würde. Sein bis auf die Hüften reichender grauer Zopf führte dabei einen wilden Tanz auf.

*

Die Reise durch die phantastische Welt war voller neuer Eindrücke. Sie begegneten einem Schwarm sechzig Meter langer Wesen, die wie eine Mischung aus Papagei und Flugsaurier aussahen. Ihr grünes Gefieder wurde von roten, gelben und blauen Flecken am Hals, am Kopf und an den Schwanzfedern durchsetzt. Ihre gebogenen, orangenen Schnäbel trugen sie halb geöffnet vor sich her und offenbarten so eine rosa Zunge, die alleine das Gewicht von fünf Männern haben musste.

»Wären das keine idealen Zugtiere für eure Schiffe?«, fragte Green und grinste in seiner offenen Art über sein sommersprossiges Gesicht.

»Es ist noch niemandem gelungen, einen Ulax zu zähmen«, entgegnete der König. »Es handelt sich zwar um harmlose Pflanzenfresser – noch niemals haben sie eines unserer Schiffe angegriffen –, doch so ungefährlich sie auch sind, so störrisch sind sie auch. Vor fünf Großperioden, ich war noch ein Kind, versuchte ein besonders hartnäckiger Isgalis-Ausbilder, einen Ulax zu zähmen. Das Tier ließ ihn gewähren, bis er offensichtlich zu lästig geworden war. Es versetzte ihm einfach mit dem Schnabel einen Hieb, der ihn auf der Stelle tötete. Anschließend pickte das Vieh, als wäre nichts geschehen, weiter Beeren von den Agula-Bäumen auf der Heimsteinspitze von Soth.«

Ein leichter Ruck ging durch das Schiff und kündigte einen Kurswechsel an. Hunsgad wandte seinen Blick auf den offenen Bug. »Seht, das Netz der Magala!«

Sargon konzentrierte seinen Blick auf die Flugrichtung und erkannte schemenhaft ein feines Gespinst zwischen fünf Heimsteinen, die in nur wenigen hundert Metern Entfernung zueinander durch die Unendlichkeit dieser unwirklich erscheinenden Welt schwebten.

Nungal sah jedoch mit seinen von der Isais verbesserten Augen jedes Detail. Das Netz erinnerte an das einer irdischen Kreuzspinne, nur dass es auf das Millionenfache vergrößert war.

»Die Magala sind nicht größer als fünf Zentimeter«, erklärte Hunsgad. »Sic haben sechs Beine, ein dichtes, graues Fell und rasiermesserscharfe Zähne in ihren kleinen, spitzen Mäulern. Sie leben in Gemeinschaften zu mehreren Millionen Exemplaren und errichten gemeinsam zwischen nah beieinanderstehenden Heimsteinen Netze, um Vögel und Saurier zu fangen. Alles, was kleiner als ein Ulax ist, fällt ihnen zum Opfer, wenn es sich in einem Magala-Netz verfängt. Sie brauchen nur wenige Sekunden, um einen Menschen bis auf die Knochen abzunagen.«

»Nette Tierchen«, sagte Jörgensen mit breitem Grinsen.

»Das finden die Sukaner auch«, entgegnete Hunsgad ungerührt. »Sie pflegen zum Tode Verurteilte einfach in ein Magala-Netz zu werfen. Nicht jedoch ohne zuvor im Raum schwebende Tribünen aufgebaut zu haben, auf denen Tausende das blutige Spektakel beobachten können.«

Doch auch Jörgensen ließ sich in seiner Ironie nicht beirren. »Sehr liebenswürdige Menschen, diese Sukaner.«

»Ich muss schon sagen, Fremder, Sie haben einen seltsamen Humor. Die Sukaner sind verkommene, degenerierte Bestien, die sogar mit den Blutgeistern paktieren. Sie sind grausam, und es fehlt ihnen jeder Sinn für Anstand, Ehre und Gerechtigkeit.«

»Befindet sich das Reich mit ihnen im Krieg?«, wollte Nungal wissen.

»Krieg würde ich das nicht nennen, weil eine solche Einschätzung diese Ratten nur aufwerten würde. Die Sukaner überfallen gelegentlich einen schwach befestigten Heimstein, plündern ihn aus und töten die Alten und die Kinder. Die jungen Frauen und Männer nehmen sie mit, um sie an die Blutgeister zu verkaufen. Im Gegenzug töten wir sie, wo immer wir sie antreffen, und rösten auch gelegentlich einen der Heimsteine, auf denen sie sich verkrochen haben.«

»Gibt es keine Möglichkeit, mit ihnen Frieden zu schließen?«, fragte Willi Schulz.

»Es gibt keinen Frieden mit Tiermenschen, mit Bestien«, war alles, was Hunsgad dazu zu sagen hatte.

Es entstand ein Schweigen, in dem die Zeit zu zähflüssiger Lava geworden zu sein schien, die einen flachen Abhang hinunterfloss. Erst ein lauter, gedehnter Ruf, der trotz der Schallisolierung deutlich zu hören war, verwandelte den Zeitfluss wieder in einen sprudelnden Bach:

»Mor-bat!«

Im Gewirr der Heimsteine erkannte Sargon im Mittelpunkt des offenen Bugs einen braunen Punkt, der langsam zu einem braunschwarzen Fleck heranwuchs, wie von einem Riesenvogel auf das blaugrün strahlende Himmelszelt geschissen.

»Geben Sie den Befehl, die Yacht anzuhalten«, bestand der Imperator auf dem mit Hunsgad ausgehandelten Kompromiss.

»Folgen Sie mir«, sagte der König und begab sich aus dem gläsernen Besprechungsraum unmittelbar vor den offenen Bug, der ihn von den nach allen Seiten unendlich erscheinenden Abgründen trennte. Er übertönte das Surren der Isgalis mit seinem knappen Befehl an die vor ihm die Zügel haltenden vier Leibgardisten: »Anhalten!«

Die Kutscher gaben das Kommando über die Lederriemen an die riesigen Libellen weiter. Ihr Flügelschlag erstarb, und das Surren der Schwingen wich dem sanften Rauschen des Fahrtwindes, das allmählich abschwoll, je mehr der Luftwiderstand die Geschwindigkeit der Yacht verringerte.

Dann herrschte Ruhe. Aber nur kurz. Der König brüllte ein paar Befehle, die bis nach Morbat zu hören sein mochten. Er wies seine Leibgardisten an, hier auf ihn zu warten. Ein missmutiges Gemurmel der Elitesoldaten war zu hören, die fest damit gerechnet hatten, ihren Monarchen auf diesem Feldzug zu begleiten.

»Von mir aus kann's losgehen«, meinte Hunsgad, setzte den chromglänzenden Helm auf und steckte seine Linke zwischen die Bänder seines Schildes, den ihm ein Leibgardist reichte.

Schulz und Schmidt, dessen Kopfschmerz unter dem Einfluss der Spritze abgeklungen war, wurde die Aufgabe zuteil, den König in ihre Mitte zu nehmen. Sie hakten sich unter den Achselhöhlen des Monarchen ein und folgten den fünf Kameraden, die bereits aus dem offenen Bug hinausschwebten.

*

An den Isgalis vorbei nahm die Gruppe in einem weiten Bogen Kurs auf Morbat, wobei sie bis auf zweihundert Kilometer in der Stunde beschleunigten.

Der Heimstein war eine braune Wüste mit tiefen, dunklen Schluchten. Keine Pflanze zierte seine Oberfläche. Es war der erste Felsen, den die Soldaten des Einsatzkommandos seit ihrer Ankunft in Shangrila gesehen hatten, der vollkommen steril wirkte. Die Blutmeister schienen das Leben zu meiden.

In einem Kilometer Höhe befand sich die Schwerkraftgrenze. Die acht Männer spürten deutlich den Zug der Gravitation, als sie tiefer sanken. Unter ihnen klaffte eine bodenlose Schlucht wie das Maul einer steinernen Bestie.

»Die Eingänge zu den Höhlen der Blutgeister befinden sich in der Dunkelheit«, sagte Hunsgad und deutete auf die unergründliche, schwarze Tiefe.

Langsam ließen sich die Soldaten hinabsinken. Als sie in die Schlucht eindrangen, glitten zu beiden Seiten karge, tote Felswände an ihnen vorüber. Im Licht des allgegenwärtigen Himmels warfen die zahlreichen Vorsprünge bizarre Schatten. Manchmal glaubte Sargon eine Bewegung in dem Schattenspiel zu erkennen. Wurden sie bereits beobachtet?

»Warum siedeln die Blutgeister nicht an der Oberfläche?«, fragte Nungal, obwohl er die Antwort anhand der Ausführungen des Homunkulus in der Goldenen Halle bereits zu kennen glaubte.

Der König bestätigte seine Überlegungen: »Die Furchtbaren vertragen kein Himmelslicht. Es tötet sie nicht, ist ihnen aber unangenehm in den Augen und es brennt auf ihrer Haut.«

»Woher wissen Sie das eigentlich?«, fragte Frank Green, während sie tiefer in die Schwärze vordrangen.

»Von mehreren gefangenen Sukanern, die wir verhört haben. Wie gesagt, die Tiermenschen verhandeln mit den Blutgeistern und wissen daher einiges über sie.«

Sargon verzichtete darauf, zu fragen, ob die Sukaner das Verhör überlebt hatten. Die Antwort stand Hunsgad ins grimmige Gesicht geschrieben, der sein Visier nach oben geklappt hatte, um in der Dunkelheit überhaupt noch etwas erkennen zu können.

Die sieben Aldebaraner sahen auf den Innenseiten ihrer Helmbildschirme jedoch wie am Tage. Doch wenn sie nach unten blickten, war der Boden der Schlucht noch immer nicht zu erkennen. Selbst als Sargon die Optiken auf Vergrößerung schaltete, erhielt er kein Ergebnis, da sich der Spalt in einem weiten Bogen nach unten fortsetzte, der den Grund verdeckte.

»Kameraden!«, hallte die Stimme Sargons von den Wänden der Schlucht wider. »Erinnert euch daran, welches Unheil die Blutmeister über das Erste Imperium brachten. Vergesst nicht, dass sie auch für die Mohak verantwortlich sind, die uns beinahe ausgerottet hätten. Hier und jetzt leben immer noch welche von ihnen – und zwar vom Blut von Menschen. Auch heute noch bedeutet ihre Existenz für unseresgleichen nur Tod und Elend.« Der Imperator ordnete kurz seine Gefühle, bevor er fortfuhr: »Ihr wisst, dass ich niemals den Befehl gab, intelligentes Leben zu töten, es sei denn in Notwehr. Dieser Fall ist hier gegeben. Ich weiß nicht, warum die Asen diese Plage nicht gänzlich auslöschten, warum sie die in Shangrila lebenden Menschen nicht von diesem Schrecken befreiten. Vielleicht wissen sie auch nicht, dass einige ihrer einstigen Feinde hier überlebten. Wir wissen jedoch davon, und wir dürfen nicht zulassen, dass diese aus unseren Vorfahren hervorgegangene Spezies erneut zur Gefahr für die Galaxis wird. Deshalb, Kameraden, haltet euch nicht zurück. Übt keine Gnade, auch wenn euch dieser Befehl unmenschlich erscheinen mag. Doch wir kämpfen nicht gegen Menschen, sondern gegen unseren schlimmsten Feind.«

Die Leibgardisten schwiegen. Sie wussten, dass Sargon Recht hatte, waren jedoch nicht begeistert davon, als Schlächter hierhergekommen zu sein.

Erst in einer Tiefe von zwei Kilometern war unter ihnen ein schwacher, goldener Lichtschein zu sehen. Als Quelle des Leuchtens entpuppten sich zwei Reihen Fackeln. Sie bildeten einen Weg auf dem Boden der Schlucht, der zu einem zehn Meter hohen und halb so breiten Portal führte. Davor standen zwei Wärter. Um Blutmeister konnte es sich nicht handeln. Es waren fünf Meter hohe Riesen mit fliehenden Stirnen und nach vorne gewölbten Mäulern. Sie stützten sich auf Holzkeulen mit eingeschlagenen Metallspitzen. Jeder von ihnen mochte eine halbe Tonne wiegen. Gekleidet waren die Riesen in Kettenhemden, die ihre baumdicken Arme frei ließen, und einen Rock aus dem gleichen Material, unter dem sich die gigantischen Muskeln der Beine wölbten.

»Tholaren!«, presste der König hervor. »Ich wusste nicht, dass diese Wesen aus alten Legenden im Dienst der Blutgeister stehen. Es wird behauptet, sie könnten mit dem Schlag ihrer Keule einen Heimstein entzweien.«

»Immer schön locker bleiben, König«, sagte Frank, eine terranische Phrase benutzend, die im Altaldebaranischen ziemlich holprig klang. »Gegen unsere Waffen helfen den Riesen ihre Muskelberge überhaupt nichts.«

Die Eindringlinge landeten unmittelbar auf dem durch die Fackeln umrahmten Weg in fünfzig Metern Entfernung vor dem Portal mit den monströsen Bewachern. Die Riesen wurden erst jetzt aufmerksam. Sie stießen ein Grunzen aus, das mehr ein Donnern war. Staub und kleinere Steine rieselten von den Hängen.

Die acht Menschen, Nungal voran, ließen sich nicht beeindrucken und schritten auf die Giganten zu. Erst als die Unholde ihre Keulen hoben, flogen die Magnetfeldgewehre in die Hände des Imperators und der Soldaten seiner Leibgarde.

Die Tholaren stürmten los. Der Boden wurde von einem Zittern erschüttert, wie es eine Herde Elefantenbullen nicht hätte hervorrufen können. Das Zischen der Magnetfeldgewehre ging in dem Geräuschorkan vollkommen unter. Doch das Licht der blauglühenden Geschossbahnen tauchte den Grund der Schlucht in hellen Schein.

Der kurze Kampf endete vollkommen unspektakulär. Dutzende Geschosse rissen die Riesen von den Beinen, dröhnend schlugen ihre Körper auf den Boden. Ihr Blut vermischte sich zu einem kleinen See.

Jörgensen ließ eine Vril-Granate auf das Portal zurollen. Begleitet von einem grellen Blitz verwandelte sie das Holz in ein Gemisch aus Splittern, Feuer und Qualm. Die sieben Schwarzuniformierten stürmten vor. Hunsgad folgte, so gut er konnte.

Hinter den Trümmern des Tores breitete sich eine wahrscheinlich natürlich entstandene Höhle aus, die sich nach drei Seiten unübersehbar weit erstreckte. Vom Boden bis zur zwanzig Meter hohen Decke reichten Gebilde, die an Stalagmiten irdischer

Höhlen erinnerten. In diese natürlichen Säulen waren Nischen geschlagen worden, in denen jeweils eine Fackel brannte.

Im gelbroten Schein der Flammen flüchteten Dutzende hellhäutige, glatzköpfige Gestalten in langen, schwarzen Gewändern ins Innere der Höhle.

Sargon und seine Kameraden eröffneten das Feuer und rasten den Fliehenden auf den Neutrinostrahlen der Triebwerke ihrer Kampfanzüge hinterher. Von Nungal einmal abgesehen, wäre es keinem von ihnen möglich gewesen, den Blutgeistern zu Fuß zu folgen. Die übermenschlichen Kräfte der Blutsauger verliehen ihnen eine Schnelligkeit, die einen Gepard zur Verzweiflung gebracht hätte.

Die Blutmeister fielen dennoch wie die Fliegen. Immer tiefer drangen die sieben Elitesoldaten in die Höhle ein. Plötzlich tauchten vor ihnen drei Meter hohe hölzerne Kreuze auf. Menschen waren daran festgenagelt worden.

»Jesus Christus!«, rief Willi Schulz in treffender Weise.

Unter ihren Wunden in den Hand- und Fußgelenken waren Gefäße angebracht worden, die das Blut auffingen – eine Szene, die Nungal sofort an die Gravur auf der Pforte der Goldenen Halle erinnerte. Die Köpfe von einigen der Unglücklichen hingen auf der Brust, sie waren tot oder bewusstlos. Doch die Mehrzahl von ihnen starrte dem siebenfachen schwarzen Tod entgegen, der über ihre Peiniger hereinbrach.

Sargon und seine Gefährten brauchten nur eine halbe Minute, um jeden Blutmeister in der Nähe der rund zwanzig Kreuze zu töten. Nungal machte sich in Windeseile daran, die Nägel zuerst aus den Füßen, dann aus den Händen der Opfer zu ziehen und sie auf den Boden zu betten, wo sie von den anderen mit kreislaufstabilisierenden Mitteln versorgt wurden.

»Weiter ausschwärmen«, befahl Sargon. »Wir dürfen den Blutmeistern keine Zeit geben, sich zu organisieren.«

»Schauen Sie her, Imperator«, rief Schmidt, der den Oberkörper eines getöteten Blutmeisters mit der linken Armbeuge stützte. Deutlich waren Brüste unter dem langen, schwarzen, blutgetränkten Gewand zu erkennen. Auch die Gesichtszüge waren feiner geschnitten als die des Blutmeisters, den Nungal in der Stufenpyramide untersucht hatte.

»Das hier ist auch eine Frau!«, meldete Green, über eine andere Leiche gebeugt.

»Weiter!«, befahl Sargon erneut. Natürlich widerstrebte es ihm zutiefst, Frauen zu töten, doch in diesem Fall hatte es wohl so sein müssen.

Sie drangen im Flug tiefer in die Höhle ein, die Stalagmiten geschickt umkurvend, bis schließlich eine braunschwarze Felswand im allgegenwärtigen Schein der Fackeln auftauchte. Unmittelbar davor war eine Stadt aus Stein errichtet worden, die aus dem irdischen Mittelalter hierher hätte entführt sein können. Eine mehr als zehn Meter hohe Mauer mit den typischen Aussparungen für Bogenschützen und Speerwerfer umgab die Gebäude, in deren Zentrum eine Burg mit vier dreißig Meter hohen Zinnen erbaut worden war.

Durch ein großes Tor in der Stadtmauer strebten Hunderte Flüchtlinge, alle in schwarze Kutten gehüllt, in das Innere der Stadt. Die sieben Aldebaraner eröffneten im Anflug das Feuer. Die blauglühenden Geschossbahnen fraßen sich in die Menge der fliehenden Blutgeister, die zu Dutzenden fielen. Dann erklang das Signal eines an ein Jagdhorn erinnernden Instruments. Dutzende Soldaten in weinroten Rüstungen erschienen plötzlich auf der Stadtmauer und feuerten praktisch im gleichen Moment eine Salve Pfeile ab.

Die Wucht der Geschosse ging weit darüber hinaus, was ein Mensch durch Spannen eines Bogens hätte erreichen können. Nungal spürte, wie er vom mehrfachen Aufprall herumgewirbelt wurde. Schmerzen schossen wie Glutbahnen durch seine Brust, seine Arme und Beine. Die nächste Salve demolierte seinen Rückentornister mit dem Vril-Triebwerk. Die Höhle drehte sich um ihn, während er haltlos zu Boden stürzte. Der

Isais-Krieger schlug hart auf, kam dank seiner übermenschlichen Kräfte aber sofort wieder auf die Beine. Seine Kameraden hatte ein ähnliches Schicksal ereilt, nur dass ihre menschliche Konstitution den Belastungen nicht hatte standhalten können; sie lagen bewusstlos oder tot am Boden.

In der Menge der in die Stadt Fliehenden bildete sich eine Gasse. Mit irrwitziger Geschwindigkeit stürmten Krieger in den weinroten Rüstungen daraus hervor. Gleichzeitig sprangen die Bogenschützen auf der Mauer in die Tiefe und rannten ebenfalls auf die Schwarzuniformierten zu.

Nungal schaltete auf Einzelschuss, um keine Munition zu verschwenden. Mit der von der Isais verliehenen Geschwindigkeit erwischte er einen Blutmeister nach dem anderen. Sie fielen zu Dutzenden. Doch dann waren sie heran. Mit ungeheurer Wucht schlugen sie mit den Schwertern auf ihn ein. Sein Kampfanzug hielt zunächst stand, doch die schiere Kraft der Angreifer brachte ihn zu Fall. Die Gefahr hatte sein Reaktionsvermögen vervielfacht; er sah noch im Fallen mehrere Gruppen von Blutgeistern, die wie besessen auf die am Boden liegenden Kameraden einschlugen.

Bevor er den felsigen Grund berührte, umfasste er die Schwerthand eines Blutmeisters, der soeben nach ihm geschlagen hatte, und wirbelte ihn über sich hinweg auf einen zweiten Gegner. Der Aufprall verletzte beide schwer, und die Schwerter entglitten ihren Händen. Nungal packte die Waffen auf dem Rücken liegend, während die Klingen eines runden Dutzends weiterer Blutmeister auf ihn niederprasselten. Feine Risse zogen sich bereits durch die Nanoröhren-Panzerung seiner Brust, seiner Arme und Beine.

Doch nun konnte der General die Schläge zumindest zum Teil, immer noch auf dem Rücken liegend, mit seinen beiden Schwertern parieren, was ihm ein wenig Luft verschaffte. Er hieb nach den Beinen seiner über ihm stehenden Gegner. Rüstungen barsten, schwarzes Blut spritzte, Knochen splitterten und Unterschenkel wurden abgetrennt. Als die ersten vier Blutmeister gleichzeitig fielen, wichen die anderen, den Sieg bereits sicher geglaubt, überrascht für den Bruchteil einer Sekunde zurück. Dieser Augenblick genügte dem Isais-Krieger, um wieder auf die Beine zu kommen. Seine beiden Schwerter wirbelten wie die Messer eines Häckslers. Er tötete einen Gegner nach dem anderen, konnte aber nicht verhindern, dass die überall um ihn herumstehenden Feinde immer wieder Treffer anbrachten. Dann war es soweit: Der Streich eines Blutmeisters drang durch einen hinreichend vergrößerten Riss in seinem Kampfanzug und stach in Nungals Seite. Es fühlte sich an, als bestünde das Schwert des Grausamen aus flüssigem Metall. Der Isais-Krieger taumelte kurz. Weitere Schwerthiebe trafen ihn voll auf der Brust, am Hals, an den Armen und Beinen. Wie besessen schlug er um sich. Das Material seines Anzuges ermüdete immer mehr. Ein Stich fuhr ihm in den Rücken. Er fiel vornüber, sofort trommelten die Schwerter zahlreich auf ihn ein. In einem letzten Befreiungsversuch schlug er erneut nach den Beinen der Gegner und schaffte es unter Einsatz aller Kraftreserven, wie er sie seit der Begegnung mit dem Netze spinnenden Tausendfüßler auf dem verbotenen Planeten nicht mehr hatte mobilisieren müssen, erneut auf die Beine zu kommen. Doch ihm war auch klar, dass er dem Ansturm der Blutmeister nicht länger widerstehen konnte. Er hatte die Wahl, den Rückzug anzutreten oder zu sterben.

Mit einem gewaltigen Satz sprang er zehn Meter hoch und dreimal so weit. Im Flug sah er sechs Gruppen von je zwanzig bis dreißig Blutmeistern, die auf etwas am Boden Liegendes einschlugen. Er meinte Blut zu sehen, das unter den Schlägen aufspritzte. Sein Herz verkrampfte sich. Tiefe Verzweiflung machte sich in ihm breit. Seine Kameraden waren tot, ohne dass er es hatte verhindern können.

Der beste Imperator, der je regiert hatte, war tot. Alles, woran Nungal geglaubt hatte, das Imperium, die durch Taten, nicht durch Geburt erlangte Aristokratie, der Orden, Ehrenhaftigkeit, Tapferkeit, die Bestimmung des aristokratischen Menschen – all dies lag nun in Scherben. Niemals wieder würde er seinen besten Freund, Sargon, dabei unterstützen können, die Menschheit vor dem Untergang zu bewahren. Niemals wieder würde er ihm helfen können, die Menschheit zu immer neuen Höhen zu führen. Niemals wieder würde der Major mit seinen tapferen Kameraden in tollkühne Einsätze gehen. Und warum? Weil sie dem Hass auf die Blutmeister nachgegeben hatten und es mit ihrem Gewissen nicht hatten vereinbaren können, dass sich diese grausame Spezies weiterhin von menschlichem Blut ernährte. Der Preis für diesen Hass und für ein reines Gewissen war der Tod – ein Tod, der wahrscheinlich über die Zukunft der Galaxis entscheiden würde.

Eine unbeschreibliche Leere erfüllte den Isais-Krieger, während er, seinem Reaktionsvermögen entsprechend, wie in Zeitlupe landete und zum nächsten Sprung in Richtung Höhlenausgang ansetzte.

Er bewegte sich auf diese Weise ungefähr so schnell wie mit dem Vril-Triebwerk. Die Blutmeister, obwohl für einen Menschen irrsinnig schnell, waren weit davon entfernt, bei seinem Tempo mithalten zu können.

Bei den Kreuzen fand er Hunsgad. Nungal landete unmittelbar neben ihm, nahm ihn kommentarlos wie ein Bündel unter den Arm und sprang weiter zum zerstörten Portal, vor dem immer noch die Leichen der Tholaren lagen. Die verletzten Sakrikaner, die er von den Kreuzen geholt hatte, musste er zurücklassen – doch was war dieses Versagen schon im Vergleich zu seiner Unfähigkeit, seine Kameraden und den Imperator retten zu können?

Nungal sprang mit dem heftig fluchenden König von einer Wand der Schlucht zur gegenüberliegenden und gelangte so im Zickzack hinauf. Ihn trieb nur die eine vage Möglichkeit: die Reise nach Rajahot fortzusetzen, um von dort in den verbotenen Bereich der Götter einzudringen und so vielleicht doch noch das Vermächtnis der Asen für das Imperium antreten zu können.

*

Kein Wort war Nungal über die Lippen gekommen, seit sie wieder an Bord der Yacht waren. Der König hatte ihn gedrängt, über die Schlacht zu berichten, doch der Isais-Krieger hatte es nicht gekonnt. Hunsgad hatte an ihm gerüttelt, ihn schließlich mit Flüchen belegt, doch Nungal war stumm geblieben. Als der Monarch sich schließlich frustriert abwenden wollte, flüsterte Nungal ein einziges Wort – ein Wort, das keinen Widerspruch duldete, einen Befehl, den nicht zu befolgen außerhalb jeder Diskussion stand. Das Flüstern hatte beinahe eine hypnotische Wirkung. Er sagte nur:

»Rajahot!«

»Was ist mit Sargon und den anderen?«

»Rajahot!«

Hunsgad wiederholte die grausame Frage nicht, kannte er doch die Antwort. Er nickte stumm und ging zu den Isgalis-Lenkern, um ihnen den neuen Kurs zu befehlen.

Niemals zuvor hatte sich Nungal derart einsam gefühlt. Er dachte an seine Frau, an seine Kinder und seine Enkel. Sein ganzes Leben hatte er gekämpft, Seite an Seite mit Sargon, eineinhalb Jahrhunderte gegen die Mohak, dann gegen die Blutmeister, die Schöpfer der grünen Pest.

Doch es gab eine höhere Macht, die den Blutmeistern Einhalt geboten hatte. Wie hatte der Homunkulus in der Goldenen Halle noch gesagt? Sie landeten mit kleinen, unzerstörbaren Raumschiffen und wateten in ihren blauen Rüstungen durch die Glut nuklearer Explosionen. Sie gaben den besiegten Blutmeistern die Technologie, sich in eine virtuelle Realität zurückzuziehen. Nungal dachte an die Isais, jene schönste aller vorstellbaren

Frauen, die eine Fürstin dieser allmächtig erscheinenden Asen war. Das Erbe einer solchen Zivilisation anzutreten, wäre Sargon würdig gewesen, nicht jedoch seiner, des Generals der Leibgarde, eines Soldaten, eines ausführenden Organs, keines Lenkers der Geschichte, wie Sargon es war, unerreicht von allen Vorgängern.

Nungal hatte keinen Blick mehr für diese phantastische Welt, mit ihren Heimsteinen, teils mit Hunderte Meter in den Raum ragendem Pflanzenbewuchs, mit Blüten in allen Farben, kleinen Dörfern, unwirklich anmutenden Städten und exotischen Tieren. Einen Schwarm buntgefiederter Flugsaurier beachtete er kaum, als die Tiere mit trägem Flügelschlag in nur wenigen hundert Metern an der Yacht vorbeizogen. Seine Gedanken waren bei Sargon und den tapferen Soldaten des Einsatzkommandos. Nungal trauerte, als habe er einen nahen Familienangehörigen verloren – vielleicht schlimmer noch, denn die Zukunft des Imperiums war zu eng mit der Person des Imperators verbunden. Der General sah es als seine Pflicht an, den eingeschlagenen Weg weiterzuverfolgen, doch er hatte starke Zweifel, dass er der Mann sein könnte, dem die Asen ihr Vermächtnis überlassen würden.

*

Kaum zwei Heimsteine waren ähnlich beschaffen, doch Rajahot glich einem anderen noch nicht einmal im Entferntesten. Er war ein fünfzig Kilometer durchmessender roter Felsen, der wie ein Bruchstück des Mars gewirkt hätte, wäre er nicht von funkelnden grünen und blauen Schlieren durchzogen worden, die offensichtlich mineralischen und nicht organischen Ursprungs waren. Der Fels war völlig kahl, kein Grashalm verzierte die schroffe Landschaft.

Langsam glitt die königliche Yacht über die Oberfläche Rajahots, wobei die vier Isgalis-Lenker peinlich darauf achteteten, nicht unter die magische Grenze von einem Kilometer zu gelangen, was unter Einfluss des dort abrupt beginnenden Schwerefeldes unweigerlich zum Absturz geführt hätte.

Am stark gekrümmten Horizont tauchte ein kegelförmiger Berg auf, der sich immer weiter in den grünblauen Himmel erstreckte, bis auch sein Fuß in der zerklüfteten Landschaft sichtbar wurde.

Nungal schätzte, dass der Berg bis knapp an die Schwerkraftgrenze reichte. Aus diesem Grunde waren auf seinem Gipfel Gebäude errichtet worden, die an ein mittelalterliches Kloster erinnerten. In ihrer Mitte befand sich ein ausgedehnter Platz, auf dem man einen schlanken Turm errichtet hatte, an dessen Spitze die üblichen Stege Schiffe außerhalb der Schwerkraftgrenze zum Anlegen einluden.

Nachdem die Soldaten in den grauen Rüstungen die Yacht festgemacht hatten, verließ der König, unmittelbar gefolgt von Nungal, als Erster das Luftschiff. Sie hangelten sich einen schmalen Steg entlang bis ins Innere des Turms. Eine beachtliche Glocke, wie sie der Turm unter dem Einfluss der Gravitation niemals getragen hätte, war dort an einer Holzkonstruktion aufgehängt worden. Ein Seil hing bis auf eine Plattform zwanzig Meter tiefer herab, wo es um ein Rad gewickelt war und von dort weiter hinabführte.

Hunsgad ließ sich an dem armdicken Seil bis auf die Plattform hinabgleiten. Kurz bevor er sie erreichte, streckte er seine Beine aus, um den Fall in der im letzten Meter einsetzenden Schwerkraft abfedern zu können. Nungal tat es ihm gleich.

Eine Wendeltreppe führte an der Innenwand des Turms weitere zwanzig Meter nach unten. Dort erlaubte ein Rundbogen den Zutritt zum zentralen Platz des Klosters.

Elf kahlrasierte Sakrikaner hatten sich dort eingefunden, um ihren König zu begrüßen. Zehn von ihnen trugen rote Kutten aus einem samtähnlichen Stoff. Der elfte war in ein violettes

Gewand gehüllt und trat vor. Dann verbeugten sich die Priester. Hunsgad gestattete ihnen, sich wieder aufzurichten.

»Willkommen auf Rajahot, mein König«, sagte der Träger der violetten Kutte. »Ich bin der Negolor des Tores der Götter. Mein Name ist Jundad.«

Der Monarch nickte wohlwollend.

»Was verschafft uns die Ehre Eures Besuches, Majestät?«

Hunsgad deutete auf den Schwarzuniformierten an seiner Seite. »Das ist Nungal, Krieger eines Volkes, der ›Kinder der Götter‹. Ich habe mit eigenen Augen gesehen, wie Nungal dutzende Blutgeister getötet hat, was seine Behauptung nur untermauert, Nachkomme der Götter zu sein. Er ist hier, um zu seinen Ahnen zurückzukehren und ihr Erbe anzutreten. Führe uns zum Tor!«

Blankes Entsetzen spiegelte sich auf den Zügen des Negolors. »Seit Ewigkeiten durchschritt niemand das Tor zum verbotenen Bereich der Götter. Es ist uns nicht gestattet. Ihr Zorn wird uns vernichten, wenn wir es trotzdem wagen.«

»Deshalb werden nicht *wir* das Tor durchschreiten, sondern nur Nungal und ich. Seine Kameraden haben im Kampf gegen die Blutgeister ihr Leben gelassen. Sie sind gestorben, um uns von dieser schrecklichen Plage zu befreien. Deshalb bin ich es ihm schuldig, seinen Wunsch zu erfüllen. Falls mich die Götter strafen wollen, weil ich mich ehrenvoll verhalte, so möge es sein.« Hunsgad ließ seinen Worten ein grollendes Lachen folgen, das auf den Priester wie blanke Blasphemie wirken musste, denn er wurde blass wie ein Leichentuch.

»Die Götter werden uns alle töten …«

Hunsgad schien nicht viel Verständnis für religiöse Voraussagen zu haben. Seine tiefe Stimme rollte wie eine Flutwelle über den Platz. »Du kannst nicht sicher wissen, ob die Götter uns bestrafen. Du kannst aber sicher sein, dass *ich* dich auf der Stelle töten werde, sollte ich noch ein einziges Wort des Widerspruchs von dir vernehmen.«

Fatalismus machte sich auf den Zügen Jundads wie auch auf denen seiner Glaubensbrüder breit. Sein Flüstern klang wie das Säuseln des allgegenwärtigen Windes. »Folgt mir, Majestät!«

Der religiöse Würdenträger wandte sich ab. Nungal und Hunsgad schlossen sich ihm an, erst dann folgten die zehn Priester in zwei Reihen.

Der Negolor steuerte auf das größte der den Platz umrahmenden Gebäude zu. Weiße Farbe blätterte von den roten Steinen Rajahots, mit denen der Bau errichtet worden war.

Die gusseisernen Scharniere eines Flügels des drei Meter hohen Tores quietschten aufdringlich, als Jundad eintrat. Drinnen wurden sie von einem Dämmerlicht empfangen, das durch pittoreske Scheiben drang, die Krieger in blauen Rüstungen im Kampf gegen Blutgeister zeigten.

Eine steinerne Treppe führte in das Kellergewölbe. Der flackernde Schein von Fackeln beleuchtete die rauen Wände. Am Fuße der Treppe befand sich ein Holztor, das, von Spinnenweben und Staub bedeckt, den Eindruck machte, seit Jahrhunderten nicht geöffnet worden zu sein. Jundad holte einen Schlüssel unter seiner Robe hervor, den er an einem Lederband um den Hals getragen hatte. Er steckte ihn in das Schloss des Tores und versuchte ihn zu drehen. Nichts passierte.

»Verrostet«, kommentierte der Negolor seine vergeblichen Bemühungen mit einer Erleichterung, die er nicht zu verbergen in der Lage war.

Nungal trat vor und versetzte dem Tor einen kräftigen Tritt. Das Holz barst, und die Scharniere wurden aus der Wand gerissen. Die Bruchstücke krachten auf den Boden des dahinterliegenden Raumes und verursachten ein mehrfaches, nur langsam leiser werdendes Echo. Die Ursache für den Widerhall war die Größe des sich vor ihnen erstreckenden Gewölbes. Es handelte sich um eine fünfhundert Meter im Quadrat messende Höhle, deren Boden etwa dreißig Meter tiefer lag.

Eine steinerne Treppe führte von einer schmalen Galerie hinab. Mitten in der Halle schwebte ein zwanzig Meter durchmessender metallener Ring. Seine Unterseite befand sich wenige Zentimeter über dem Boden. Sein Inneres schien leer zu sein. Erst als Nungal von der Galerie auf den Boden sprang und auf den Ring zuging, erkannte er, dass zwischen dem Kreis aus Metall ein riesiger Spiegel angebracht zu sein schien, in dem er sich selbst und hinter sich den König sah. Letzterer war allerdings noch gut fünfzig Meter entfernt und stieg soeben die Treppe von der Galerie auf den Boden der Höhle hinab.

Unmittelbar vor dem riesigen Spiegel blieb Nungal stehen. Der König hatte ihn hierher begleitet, also hatte der Monarch es verdient, dass er auf ihn wartete. Wenige Sekunden später stand Hunsgad an der Seite des Schwarzuniformierten.

»Und nun?«, fragte Nungal. »Sollen wir nun einfach in den Spiegel treten?«

Der König nickte statt einer Antwort. Er streckte seine geballte Rechte aus, bis seine Knöchel die Oberfläche des seltsamen Gebildes berührten. Dann streckte er seinen Arm weiter vor. Seine Faust verschwand einfach in der spiegelnden Oberfläche, die sich in keinster Weise dabei verformte.

»Überhaupt kein Widerstand«, sagte Hunsgad.

»Also gut, gehen wir!« Nungal machte einen beherzten Schritt nach vorne und verschwand einfach. Einen Augenblick später folgte der König.

Kapitel 4: Die Erben der Macht

»Wie lange noch?«, fragte Pentar, der in den vergangenen zwei Wochen fieberhaft auf den Moment gewartet hatte, endlich über das Wurmloch das Innere Shangrilas betreten zu können. Er war beunruhigt, dass kurz nach ihrer Ankunft bei der Dunkelwolke jeglicher Funkverkehr mit seiner Flotte im solaren System abgebrochen war. Noch mehr beunruhigte ihn eine Meldung, die er noch vor dem Zusammenbruch der Funkverbindung empfangen hatte und die besagte, dass die Imperialen einen Wurmlochgenerator, der für den neuen Stützpunkt in Jerusalem vorgesehen gewesen war, gestohlen hatten und sich damit höchstwahrscheinlich ebenfalls auf den Weg nach Shangrila gemacht hatten. Der Kampf um die Macht in der Galaxis würde also auf ein Wettrennen hinauslaufen.

»Wie lange noch?«, wiederholte Pentar, weil er derart in Gedanken versunken gewesen war, dass er die Antwort nicht mitbekommen hatte.

»Höchstens zwei Stunden«, sagte Zeradur, der Chefphysiker, ein zweites Mal. Er stand unmittelbar hinter Pentar in der Zentrale des Superschlachtschiffes und war über seinen persönlichen Agenten in ständigem Kontakt mit seinen Mitarbeitern.

»Was macht Sie da so sicher?«

»Die Temperatur am jenseitigen Wurmlochende beträgt nur noch neununddreißig Grad und fällt mit null Komma eins Grad pro Minute, Tendenz steigend.«

»Steigend? Sie sagten doch soeben, dass die Temperatur fällt.«

»Der Abfall der Temperatur steigt, er wächst also über null Komma eins Grad pro Minute hinaus.«

Pentar war klar, dass sich der Wissenschaftler korrekt ausgedrückt hatte, und ärgerte sich, dass er ihn nicht gleich verstanden hatte, was einer kleinen Blamage gleichkam.

»Was ist mit der Vril? Immer noch nichts?« Seine Frage galt dem neben dem Wissenschaftler stehenden Verbindungsoffizier und bezog sich auf eine Flugscheibe, die kurz nach dem Abbruch der Funkverbindung mit Sol dorthin entsandt worden war.

»Ich wüsste zu gerne, was dort los ist«, presste Pentar kaum hörbar zwischen den Zähnen hervor. »Fedar hätte längst zurück sein müssen.«

Der Verbindungsoffizier fühlte sich berufen, Mutmaßungen über den Verbleib der Vril anzustellen. »Entweder ist Fedar zufällig einem imperialen Schiff vor die Kanonen geflogen, oder es ist etwas im Sol-System passiert, von dem wir nichts wissen.«

»Was für eine tiefschürfende Erkenntnis«, sagte Pentar deutlich verärgert. »Trivialitäten können Sie in Zukunft gerne für sich behalten.«

Der Föderationspräsident blieb in Gedanken versunken weitere eineinhalb Stunden vor dem Hauptbildschirm in der Zentrale stehen und betrachtete das kreisrunde Flimmern, das langsam von einem glühenden Rot zu einem strahlenden Blauweiß wechselte.

Niemand hatte es gewagt, den demokratisch gewählten Diktator, der offensichtlich unter erheblichem Stress stand, bis zu diesem Zeitpunkt anzusprechen. Doch dann erklang eine vertraute Stimme in seinem Rücken: »Es wäre nun an der Zeit, das Einsatzkommando antreten zu lassen.«

Es war Thomson, der gesprochen hatte. Der Mann, der die Erde über die Kontrolle der Finanzsysteme der westlichen Welt im Verborgenen regiert hatte, war in den vergangenen zwei Wochen zum engsten Vertrauten des Präsidenten geworden.

»Du hast Recht, Frank. Übernimm du das. Sage Major Hegalar Bescheid.«

Thomson nahm über seinen persönlichen Agenten unverzüglich Kontakt zu dem Major auf. »Begeben Sie sich in die Vril! Es ist fast soweit«, dachte der Ex-Bankier. Seine Gedanken wurden von seinem persönlichen Agenten in elektromagnetische Impulse verwandelt und über das Schiffsnetz an den Major weitergeleitet. Das Einsatzkommando sollte mit einer Flugscheibe dem Flaggschiff voran nach Shangrila vorstoßen und die dortigen Gegebenheiten auf direkte Gefahren für das Superschlachtschiff prüfen.

Doch so weit kam es nicht. Der Chefwissenschaftler meldete soeben: »Wurmloch im inneren Bereich stabilisiert. Temperatur fünfundzwanzig Grad.« Im gleichen Moment löste sich die Flugscheibe vom Flaggschiff. Dann kam die nächste Meldung Zeradurs: »Wurmlochdurchmesser verringert sich auf zwei Meter.«

»Was?«, zischte Pentar verständnislos. »Gibt es Probleme mit dem Generator?«

Zeradur horchte in sich hinein. Er erhielt von seinen Mitarbeitern alle möglichen Daten über die künstliche Verzerrung der Raumzeit. Einige von ihnen wurden sogar über kontaktlose Gehirnstrominduktion – ein Vermächtnis der alten Regulaner –, vor seinem geistigen Auge graphisch dargestellt. Zunächst stockend, dann immer selbstsicherer werdend, erklärte er: »Nein, ... der Generator funktioniert einwandfrei ... alle Betriebsparameter im Toleranzbereich ... starke, auf unser Wurmloch begrenzte Gravitationsfelder überlagern unsere Projektion ... und deformieren sie. Auf diese Weise verringert sich der Durchmesser ... das ist zweifellos auf den Eingriff einer fremden, sehr fortschrittlichen Macht zurückzuführen.«

»Offensichtlich will man nur einzelne Menschen hereinlassen, keine Superschlachtschiffe«, sagte Thomson.

»Das ist vollkommen korrekt«, stimmte Zeradur zu. »In den Streufeldern, die bei der Überlagerung entstehen, ist eine Botschaft im Klartext versteckt.« Er gab die Aufforderung wieder, die auch Sargon wenig später hören sollte und die besagte, nur mit sieben Mann nach Shangrila zu kommen.

Pentar nickte nur. Schweiß stand ihm auf der Stirn. Er hatte eine schwierige Entscheidung zu treffen. Es widerstrebte ihm einerseits zutiefst, sich ohne Absicherung in die Gewalt einer höheren Macht zu begeben, deren Motive und Ziele nicht eindeutig klar waren. Andererseits hatte er keine Zeit. Wollte er den höchstwahrschcinlich stattfindenden Wettlauf gegen Sargon gewinnen, so konnte er es sich nicht leisten, zunächst einen Erkundungstrupp loszuschicken. Und was sollte das Ganze auch bringen? Die Asen, die das Erbe der von ihnen besiegten Blutmeister verwahrten, konnten einen Erkundungstrupp unbehelligt lassen und erst dann zuschlagen, wenn sich Pentar selbst nach Shangrila begab. Doch dies war nicht schlüssig.

»Ich gehe zusammen mit dem Einsatzkommando Hegalar«, entschied der Präsident. »Frank, du kannst mich begleiten, wenn du willst. Deine Entscheidung!«

Thomson war viel zu neugierig, um diese Einladung ausschlagen zu können. Sein Vater hatte ihn vor dreißig Jahren in die Goldene Halle geführt und ihm damit ein Geheimnis offenbart, das erst mit dem Eintreffen der Föderationsflotte vor wenigen Wochen teilweise hatte gelüftet werden können. Nichts hätte den Ex-Bankier umstimmen können, das Angebot anzunehmen, nun auch den letzten Schritt mitzugehen.

*

Thomson und Pentar trafen sich mit Hegalar und seinen vier Männern in einer Schleuse des Flaggschiffs. In die traditionell grauen raumtauglichen Kampfanzüge gehüllt schwebten sie vom Flaggschiff zu dem nur wenige Kilometer entfernten

Wurmloch, das als schwarze Scheibe vor einem Gebilde hing, das nach allen Seiten wie eine unendliche Wand aus Feuer wirkte.

Der Durchgang war unspektakulär. Sie durchquerten das zwei Meter durchmessende Loch in der Scheibe und waren in der gleichen Sekunde in Shangrila. Tausende Heimsteine schwebten in ihrem Sichtbereich, einer davon in nur wenigen Kilometern Entfernung. Es handelte sich um einen riesigen Brocken von achthundert Kilometern Durchmesser. Direkt unter ihnen breitete sich bis zu einer Bergkette am Horizont eine Stadt aus, die Thomson an das antike Rom erinnerte. Die Metropole blies den Ankömmlingen ihren imperialen Odem stolz entgegen. An den Gipfeln der Bergkette waren mehrere hundert Luftschiffe festgemacht.

Sie gingen tiefer. In den Straßen herrschte ein reger Verkehr. Saurier zogen riesige Karren, kleine Gespanne wurden von Tieren gezogen, die an sechsbeinige Rinder mit gewaltigen Hörnern erinnerten. Dazwischen herrschte ein Durcheinander buntgekleideter Gestalten, die aus der Ferne wie Menschen aussahen. Doch diese ersten Eindrücke belegten bereits klar, dass es sich hier nicht um technologisch hochstehende Wesen handeln konnte, erst recht nicht um Blutmeister oder gar Asen.

Plötzlich setzte die Schwerkraft ein, die zwar die Menschen, nicht aber die Automatiken der Vril-Triebwerke ihrer Kampfanzüge überraschte.

Weiter vorne, auf halbem Weg zu dem Gebirge, befand sich ein kuppelförmiger Palast, dessen grüne Oberfläche aus Kupfer gefertigt worden zu sein schien, das mit den Jahren oxydiert war. Eine zwanzig Meter hohe Mauer umgab das eindrucksvolle Gebäude.

»Wenn wir hier etwas über den Verbleib der Hinterlassenschaften der Asen erfahren können, dann dort«, sagte Pentar und deutete auf die grüne Kuppel.

In den Straßen wurde man auf die sieben grauen Gestalten aufmerksam. Beim Tiefergehen erkannten auch die Ankömmlinge, dass es sich bei den Bewohnern der Stadt um Menschen handelte. Hunderte Arme reckten sich in die Luft und zeigten auf die innerhalb des Schwerkraftbereichs fliegenden und damit den Naturgesetzen trotzenden Wesen. Aus unzähligen Kehlen hallte ein Raunen zu ihnen herauf.

Die sieben Grauuniformierten hielten weiter auf den Palast zu. Sie überflogen die Mauer und sahen auf dem die Kuppel umgebenden Platz mehrere Hundertschaften mit goldenen Brustpanzern, roten Röcken und geschnürten Sandalen – auch dies hervorragend zur Ähnlichkeit mit dem Römischen Reich passend – in Reih und Glied aufgestellt. Die Palastkuppel ruhte auf verzierten Säulen, jede von ihnen vierzig Meter hoch. Zwischen zweien von ihnen befand sich ein Balkon, auf dem ein ganz in lindgrüne Gewänder gehüllter Mann mit dunkelblondem Vollbart und wallender Mähne an der Brüstung stand; hinter ihm ein Dutzend hochgewachsener Gestalten in roten Umhängen und goldenen Brustpanzern, dazu mit goldenen Helmen mit nach vorne gebogenen Widderhörnern. Die Hundertschaften waren dem Redner auf dem Balkon zugewandt.

Was immer der mutmaßliche Herrscher gerade gesagt hatte, er unterbrach sich. Auf dem Platz unten wurden Tausende Bögen gespannt und den in geringer Höhe fliegenden Grauuniformierten entgegengestreckt. Dann erschallte ein schneidiger Befehl, der offensichtlich den Soldaten das Schießen untersagte.

Pentar und seine Begleiter landeten auf dem Balkon. Der Herrscher wich vor ihnen zurück. Dafür strömten Dutzende der Soldaten mit den roten Unhängen aus dem Innern des Palastes auf die Plattform. Sie zogen ihre Schwerter und umringten den Herrscher und die Grauuniformierten.

Mit einer energischen Handbewegung zwang der Herrscher die Soldaten auf dem Platz zur Ruhe. »Wer seid ihr, und was führt euch nach Tungalon?«, rief er in altaldebaranischer Sprache.

Pentar ließ das Gesichtsteil seines Helms aufgleiten. »Wir sind auf der Suche nach unseren Vorfahren, die einst diese Welt beherrschten.« Er unterstrich seine Worte mit einer ausholenden Bewegung seines rechten Arms. Die Soldaten Hegalars hatten sich Rücken an Rücken aufgestellt und zielten mit ihren Magnetfeldgewehren auf die Leibgarde des tungalonischen Herrschers.

»Vor den Menschen wurde diese Welt von den Göttern beherrscht.«

»Dann suchen wir eben die«, gab Pentar überheblich zurück.

»Ihr behauptet also, die Nachkommen der Götter zu sein.«

»Ja.«

»Dann seid ihr mächtig genug, uns im Kampf gegen die Blutgeister beizustehen, die uns seit Hunderten von Generationen heimsuchen.«

Pentar konnte nicht ahnen, dass eine ähnliche Bitte wenige Stunden später in fünf Lichtstunden Entfernung auch an Sargon herangetragen werden würde. Er aber wollte auf keinen Fall riskieren, dass sein Kontrahent das Rennen um die Macht gewinnen könnte. Deshalb sagte er knapp: »Warum sollten wir euch gegen irgendwen helfen?«

»Weil es in unserem Reich ein Tor zum Bereich der Götter gibt, der weit im Innern unserer Welt liegt und nur durch dieses Tor erreicht werden kann.«

»Ihr werdet uns den Zugang zum Reich der Götter auch so zeigen«, sagte der Föderationspräsident mit einer Mischung aus Hast und Arroganz. Er hatte keine Lust, sich von diesem Halbwilden um den größten Schatz der Galaxis bringen zu lassen.

»Ohne Gegenleistung werdet ihr das Tor zu den Göttern niemals finden …«

»Hör zu, Primitiver! Entweder bringst du uns zu jenem Zugang, oder ich werde deine Soldaten töten lassen und dich zwingen, mir zu geben, was ich verlange.«

Zu Pentars Überraschung lachte der Herrscher über Tungalon dröhnend. Er schien die Situation tatsächlich als belustigend zu empfinden. »Das willst du nicht, Fremder!«, sagte er, nachdem sich sein Heiterkeitsausbruch halbwegs gelegt hatte.

»Feuer eröffnen!«, rief Pentar.

Die blauglühenden Geschossbahnen der Magnetfeldgewehre schlugen in die Reihen der Soldaten auf dem Balkon.

*

Nachdem sie durch den Spiegel getreten waren, standen sie auf einem hellblau schimmernden Weg durch das Nichts. Die zwei Meter breite Bahn wirkte wie aus glattem Plastik gefertigt und führte durch die Schwärze nach oben, bis zu einer frei im Raum schwebenden Stadt, die selbst nach aldebaranischen Maßstäben futuristisch wirkte. Schlanke Türme in allen Farben und Formen ragten mehrere Kilometer in den Raum. Ähnliche Bahnen wie die, vor der sie standen, wanden sich um die Bauwerke. Die Unterseite der Stadt glänzte silbern, war nach außen gewölbt und wurde von vier riesigen Halbkugeln verziert.

Am Ende der Bahn durch das Nichts standen zwei humanoide Gestalten vor den Toren der Stadt. Sie waren in rot glänzende Rüstungen gekleidet. Die Spitzen der Speere, die sie hielten, wiesen in die Höhe, während das andere Ende die Bahn berührte.

Nungal verlor keine Zeit. Er machte einen entschlossenen Schritt auf die seltsame Straße. Er hatte keine Zeit zu reagieren. Praktisch im gleichen Moment stand er vor den Kriegern in den roten Rüstungen. Da ihm zuvor ein Vergleichsmaßstab gefehlt hatte, stellte er erst jetzt fest, dass die Wächter mindestens zehn Meter groß waren. Mit einer Geschwindigkeit, der selbst Nungal mit seinem übermenschlichen Reaktionsvermögen kaum mit den Augen folgen konnte, ließen die beiden Titanen synchron die Speere in ihre Armbeugen klappen. Die Spitzen wiesen exakt auf Nungals Brust, der sich niemals zuvor in seinem Leben so klein und zerbrechlich vorgekommen war.

»Mit welchem Recht begehrt Ihr Einlass?«, donnerte die Stimme eines der Riesen.

Der Isais-Krieger war einen Moment lang verwirrt. Was sollte er darauf antworten? Er versuchte es mit der Wahrheit: »Ich kam mit meinen Kameraden nach Shangrila, um das von den Asen verwaltete Erbe der Blutmeister anzutreten.«

Die Giganten lachten dröhnend. »Als ob wir das nicht wüssten. Euch wurde gesagt, dass nur, wer königlichen Blutes ist, den Gral in Empfang nehmen kann.«

Die Isais! Sie sagte mir, dass der Heilige Gral, San Greal, nur ein primitives Anagramm für Sang Real, königliches Blut ist. Da »königliches Blut« nur das Blut des Herrschers bedeuten kann, forderte ich Sargon auf, mich nach Shangrila zu begleiten, was ihn letztlich das Leben kostete. Und ich stehe hier nun ohne den Imperator und daher unwürdig, das Erbe für die Menschheit in Empfang zu nehmen ...

Die dröhnende Stimme des Titanen riss ihn aus seinen resignierten Gedanken: »Und da Ihr das königliche Blut, verliehen von Fürstin Isais, in Euch tragt, sei Euch der Einlass gewährt.«

Meine Verwandlung durch die Isais vor einhundertfünfzig Jahren! Molekulare Konstrukteure anstelle von Blutkörperchen – das Blut der Asen.

Die Speere wichen und waren im gleichen Moment wieder in Ausgangsposition. Nungal schritt unsicher zwischen den Giganten hindurch, die sich plötzlich verbeugten. Der General wandte sich um. Hinter ihm stand Hunsgad, König der Naes.

Seine silberne, primitive Rüstung war nun einer tiefblauen gewichen, die jede Muskelfaser seines Körpers abzuzeichnen schien. Auf dem Kopf trug er einen geflügelten Helm. Die grauen Haare seines langen Zopfes waren plötzlich hellblond.

Krieger in dunkelblauen Rüstungen. So hat der Blutmeister-Homunkulus in der Goldenen Halle die Asen beschrieben.

»Willkommen zurück, Marduck!«, grollten beide Riesen gleichzeitig.

*

Die glühenden Geschossbahnen hieben in die Reihen der Leibgarde. Doch sie trafen nicht auf goldene Brustpanzer und rote Umhänge, sondern auf dunkelblaue Rüstungen, die der Hitze im Innern einer Sonne widerstanden hätten. Die Hochenergiegeschosse, deren Wucht ausreichte, einen terranischen Kampfpanzer zu durchschlagen, warfen die Krieger nicht um einen einzigen Zentimeter zurück. Stattdessen stürmten sie vor. Im gleichen Moment lagen die Soldaten Hegalars entwaffnet auf dem Boden. Das lindgrüne Gewand des Herrschers war ebenfalls von einem Moment zum anderen einer blauen Rüstung mit geflügeltem Helm gewichen. Er versetzte Pentar einen Klaps auf die Wange, der ihn sofort von den Füßen holte. Der Ase beugte sich über den Föderationspräsidenten und sagte sichtlich belustigt: »Und du wolltest mich zu etwas zwingen, du Wurm?«

*

Marduck alias Hunsgad klopfte Nungal freundschaftlich auf die Schulter.

»Weißt du, Freund, ebenso wenig, wie man aus logischen Gründen vorhersagen kann, ob ein Computerprogramm jemals anhält,[11] kann man nicht mit Sicherheit vorhersagen, wie ein Mensch in einer bestimmten Situation reagiert. Beide Fragestellungen sind übrigens mathematisch äquivalent. Daher das kleine Spiel, das wir mit euch spielten. Nur so konnten wir sicherstellen, dass ihr würdig seid.«

»Kleines Spiel?« Nungal brüllte die nervliche Anspannung der vergangenen Stunden und vor allem seine Trauer hinaus. »Ein Spiel, bei dem meine Kameraden und mein bester Freund, der beste Imperator aller Zeiten, ums Leben kamen?«

Marduck grinste breit und strich sich durch seinen hellblonden Bart. »So weit treiben wir unsere Spielchen nun auch wieder nicht.«

»Was soll das heißen?«

»Das wirst du gleich sehen.«

Vollkommen verwirrt schritt Nungal neben dem Asen durch die phantastische Stadt, die in jeder Hinsicht perfekt wirkte. Die Wände der Gebäude waren spiegelglatt. Nungal hätte darauf gewettet, dass sie bis hinunter zur atomaren Ebene keinerlei Unregelmäßigkeit und Zufälligkeit aufwiesen.

»Komm!«, sagte Marduck und wies auf eine hellblaue Bahn, die sich um einen mehrere Kilometer hohen Turm nach oben schlängelte.

Als Nungal seine Füße daraufsetzte, stand er plötzlich auf einer Plattform, die die Spitze des Turms umlief. Durch einen Rundbogen trat er neben Marduck ins Innere, eine zwanzig Meter hohe Halle. An den Wänden standen ein Dutzend Titanen wie jene am Eingang der Stadt.

In der Mitte befand sich ein ovaler, transparenter Tisch. Um ihn herum saßen ein knappes Dutzend Asen in blauen Rüstungen und sechs Frauen, ebenfalls mit geflügelten Helmen, jedoch waren ihre Rüstungen silbern. Eine von ihnen kannte

[11] Für den interessierten Leser: Gemeint ist das Haltproblem in der Informatik, das logisch äquivalent zum Gödel'schen Theorem ist.

Nungal bereits: Es war die Isais, die sich erhob und mit einem Lächeln, das jeden Mann verzaubern könnte, auf ihn zuschritt.

»Ich freue mich, dich persönlich wiederzusehen«, sagte die Isais, wobei der Klang ihrer Worte mehr Anmut hatte als die genialsten, je vom menschlichen Verstand erdachten Symphonien.

»Meine Freude wird allerdings erheblich durch die Umstände getrübt«, entgegnete Nungal, dessen Trauer jeden Sinn für vollkommene Schönheit überlagerte. »Ich verlor heute meinen besten Freund und fünf gute Kameraden.«

»Hast du ihm die Sache noch nicht erklärt?«, fragte die Isais an Marduck gewandt.

»Nein, das wollte ich dir überlassen. Schließlich ist er dein Schützling.« Ein breites Lächeln umspielte das Gesicht des Asen, dessen hellgrüne Augen die Weisheit von Jahrtausenden widerspiegelten, dessen Züge jedoch einem Fünfundzwanzigjährigen zu gehören schienen.

»Nun«, begann die göttlich Wirkende, während die Frauen und Männer ihres Volkes einen Kreis um Nungal, Marduck und sie selbst bildeten. »Du hast sicher schon erkannt, dass es keinen wirklichen Konflikt zwischen Menschen und Blutmeistern in Shangrila gibt. Es handelte sich durchweg um nanotechnologisch geschaffene Wesen, von ein paar meines Volkes einmal abgesehen, die persönlich an dieser kleinen Prüfung für die Anwärter auf das Erbe der Blutmeister teilnahmen.« Ihr Blick fiel auf Marduck, der immer noch vergnügt lächelte.

Nungals Trauer war viel zu intensiv, als dass ihm noch ein Gespür für angemessenen Respekt zu eigen gewesen wäre. Zusätzlich trübte der erlittene Verlust seinen Verstand. Deshalb unterbrach er die Isais, indem er zwischen den Zähnen hervorpresste: »Du sprichst von einer ›kleinen Prüfung‹, die meine Kameraden getötet hat?«

Die schönste aller Frauen lächelte warmherzig, mütterlich und – möge der Widerspruch auch noch so groß sein – in höchstem Maße erotisch. »Du, Nungal, magst der beste Krieger deines Volkes sein, doch du könntest noch besser sein, wenn es dir gelänge, deine Gefühle zu beherrschen und deinem Verstand den Vortritt zu lassen.« Sie ließ ihre Worte kurz wirken, bevor sie fortfuhr: »Als deine Freunde auf Morbat geschlagen wurden, hatten sie ihre Prüfung bereits bestanden. Trotz ihrer körperlichen Unzulänglichkeiten als Menschen waren sie für das Richtige in den Krieg gezogen. Sie hatten die in ihren Augen weit unterlegenen Sakrikaner nicht gezwungen, ihnen den Weg zu den ›Göttern‹ zu zeigen, nein, stattdessen setzten sie ihr Leben ein, um die Menschheit von der Plage der Blutmeister zu befreien.

Die Prüfung bestand aus einer ganz einfachen Fragestellung: Würden die Probanden ihre Macht gegenüber einem offensichtlich weit unterlegenen Volk, repräsentiert durch die Sakrikaner, *missbrauchen*? Genau das taten du und deine Freunde nicht, also seid ihr würdig, eine noch viel größere Macht zu empfangen.«

»Sargon, Sondtheim und die anderen sind also nicht tot?« So langsam dämmerten Nungal die wahren Zusammenhänge. Er gewann sein klares Denken zurück.

Die im Kreis um die Dreiergruppe stehenden Asen bildeten eine Gasse. Zum Vorschein kamen Sargon und die Einsatzgruppe Sondtheim. Ihre Kampfanzüge glänzten, als würden sie an einer Parade teilnehmen. Nungal stürmte durch die Gasse und umarmte Sargon. Nicht minder stürmisch begrüßten die anderen den Isais-Krieger.

»Wir dachten, du seist tot«, sagte Sondtheim, während er Nungal an sich drückte. »Als wir auf dem Boden der Höhle in Morbat stürzten und die Lage aussichtslos wurde, waren wir plötzlich hier in Asagadan. Die Isais erschien und verkündete, dass wir die Prüfung bestanden hätten – doch du warst nicht da, und man ließ uns bis eben über dein Schicksal im Unklaren.«

»Deine Freunde verfügen nun über die gleichen Kräfte, die ich auch dir zuteil werden ließ«, sagte die Isais. Ein unbeschreibliches Glücksgefühl durchströmte Nungal. »Auch in ihnen fließt nun das Blut der Asen, die Essenz unseres Verstandes.«

Geduldig warteten die Asen, bis sich der Gefühlssturm bei den Schwarzuniformierten einigermaßen gelegt hatte. Dann sagte Marduck: »Das Erbe der Blutmeister befindet sich bereits in euren Köpfen. Ihr wisst nun alles Wissenswerte über ihre Technologie. Ihr wisst, wie man den Mechanismus technisch reproduziert, mit dem die Yx durch Baryogenese Bomben in Raumschiffen entstehen lassen können. Ihr braucht also keine organischen Züchtungen, sondern könnt entsprechende Waffen in eure Schiffe einbauen. Ihr wisst, wie man Gravitationsfelder superponiert, also überlagert, und wie man so beliebige Feldstrukturen und Veränderungen der Raumzeit vornehmen kann. Ihr kennt nun die Biotechnologie der Blutmeister im Detail. Dieses Wissen wird euer Volk einen Schritt nach vorne tun lassen, für den es ansonsten fünf bis zehn Jahrtausende gebraucht hätte. Nutzt dieses Wissen weise und macht euch damit die Heimatgalaxis untertan.«

»Warum sollen wir die Milchstraße beherrschen?«, fragte Nungal.

»Weil ein Krieg im Universum tobt, der bereits Hunderte Galaxien erfasst hat und auch vor der Milchstraße nicht haltmachen wird.«

Von Marducks hellgrünen Augen ging ein beinahe übernatürlicher Glanz aus. »Deshalb fordere ich euch auf, die Heimatgalaxis unter eurer gerechten Führung zu vereinen und, wenn es an der Zeit ist, an unserer Seite in den Krieg gegen einen mächtigen Feind zu ziehen.«

»Was sind dies für mächtige Feinde?«, wollte Nungal wissen.

»Das ist nicht so einfach zu verstehen. Nur s oviel: Wenn eine Zelle umprogrammiert wird, um ihre Feinde zu vervielfältigen, so nennt man Ursache und Ergebnis ein Virus. Treffender Weise nennt man ein Schädlingsprogramm, das sich in einem Rechner vervielfältigt, Computervirus. Da die Wirklichkeit, das Universum selbst, letztlich auch nur aus Informationen besteht, kannst du unsere Feinde als ein Virus im universellen Programm der Realität sehen. Wir nennen sie Evolutoren. Sie versklaven die Intelligenzen und bringen das Chaos.

Als Gegengewicht zu den Evolutoren etablieren wir in allen Galaxien, die noch nicht vom Virus des Chaos befallen sind, eine Herrschaftsstruktur bestehend aus Edlen, wir nennen sie Ritter, die loyal an unserer Seite kämpfen. Ihr seid die Ritter, die der Milchstraße die Ordnung bringen sollen. Schon bald werdet ihr mit den Brüdern anderer Sterneninseln zusammentreffen, um mit uns zusammen die nächste Phase dieses intergalaktischen Krieges zu planen. Natürlich nur, wenn ihr euch uns anschließen wollt. Euer Erbe wird durch eure Entscheidung nicht angetastet.«

Sargon trat einen Schritt auf Marduck zu. Er blickte dem Asen in die Augen und sagte: »Es ist uns eine große Ehre, für würdig befunden zu sein, an eurer Seite für die Dinge, an die wir glauben, kämpfen zu dürfen.«

Ein Orden, vergleichbar dem, der das Imperium regiert, nur diesmal als eine verschworene Gemeinschaft, die sich über Galaxien erstreckt, dachte der Imperator. *Welch phantastische Dinge mögen uns erwarten?* Dann fragte er: »Und was ist mit euch? Wer seid ihr wirklich? Woher kommt ihr?«

Auf Marducks Lippen entstand erneut das breite Lächeln. »Zunächst einmal bin ich sehr über deine Entscheidung erfreut, Freund. Deine direkte Frage verdient eine direkte Antwort, und es gibt keinen Grund, euch, als baldige Mitglieder des Ordens, die Wahrheit zu verschweigen: Unsere Heimatwelt ist Terra.«

Unglauben spiegelte sich in den Gesichtern der Männer.

»Das kann nicht sein«, sagte Sondtheim und schüttelte den Kopf, um seinen Worten Nachdruck zu verleihen. »Wenn es auf der Erde eine Superzivilisation gegeben hätte, so wüssten wir davon, wir hätten Hinweise auf ihre Existenz gefunden. Gebäudereste, Kunststoffe, irgendwelches in Erdschichten eingeschlossenes Zeugs, ...«

»Ich gebe euch einen kurzen Überblick über unsere Geschichte«, unterbrach ihn Marduck. Er blickte kurz in die Runde und begann dann mit seinen Erklärungen:

»Vor rund fünfzigtausend Jahren entwickelten wir die Anfänge der Raumfahrt. Die Erde war damals von mehreren Menschentypen bewohnt, einer davon war der berühmte Neandertaler. Doch nur wir hatten begonnen, die Gesetze der Natur zu verstehen und für uns zu nutzen. Es folgte eine Phase des Fortschritts, die zu einem nie dagewesenen Wohlstand für die Menschen unseres Volkes führte. Die anderen Menschentypen lebten keineswegs im so genannten Einklang mit der Natur, wie einige Verwirrte unseres Volkes eine primitive, menschenunwürdige Lebensweise gerne nannten, nein, sie vermehrten sich unabhängig von den ihnen zur Verfügung stehenden Ressourcen und rotteten dabei zahlreiche Tier- und Pflanzenarten aus.

Die Verwirrten unter uns, offensichtlich durch den Wohlstand dekadent geworden, relativierten die Kulturen und die tatsächlichen Fähigkeiten der Menschentypen; die Unterschiede zwischen den Geschlechtern sollten weggewischt werden, einfach alles wollten sie gleichschalten. Den Primitiven[12] wollten sie mit allen Mitteln einen ähnlichen Wohlstand bringen, wie wir ihn uns selbst erarbeitet hatten. Tatsächlich wurde durch dieses Handeln das Elend der Primitiven nur noch größer, was die Verwirrten, um ihr eigenes Scheitern nicht eingestehen zu müssen, auf eine fiktive Ausbeutung der Primitiven durch unsere Zivilisation schoben. Zusätzlich stellten sie die Din-

---

[12] Im Sinne von: ursprünglich lebend, ohne nennenswerte Kultur und Technologie.

ge vollkommen auf den Kopf: Sie verbreiteten eine Ideologie, nach der Technologie etwas Widernatürliches sei, das unseren Planeten zerstören würde. So konnten sie den zerstörerischen Umgang einer profitgierigen Minderheit mit den Errungenschaften unseres Volkes als ein Problem der Technologie selbst hinstellen, um zu verdecken, dass die wahre Ursache der Misere die völlige Verkehrung eines Wertesystems war, das Ehre, Anstand und Rechtschaffenheit auf den Kopf stellte.

Bevor es zum Kollaps unserer Zivilisation kommen konnte, standen einige von uns auf und warfen die Verrückten aus dem Land. Sollten sie bei den Primitiven siedeln, die ja schließlich ›im Einklang mit der Natur‹ lebten, war unser Tenor.

Wir schotteten uns ab und entwickelten bereits wenige Jahrzehnte später die interstellare Raumfahrt. Eine unserer ersten Expeditionen führte uns zum System Aldebaran mit dem erdähnlichen Planeten Sumeran. Doch das Unternehmen geriet zur Katastrophe. Der Kontakt riss ab, und wir verwendeten ein Jahrhundert darauf, die technischen Probleme zu beheben, die zum Absturz der Aldebaran-Mission über Sumeran geführt hatten.

Es war ein großartiges Jahrhundert. Ein Dutzend Wissenschaftler wurden geboren, wie sie sonst alle paar hundert Generationen einem Volk geschenkt werden. Wir entwickelten unsere Raumfahrt rasend schnell weiter und begannen die Nanotechnologie zu beherrschen.

Derweil vergrößerte sich das Elend außerhalb unseres Reiches auf Terra immer mehr. Natürlich hätten wir dem irrsinnigen Treiben mit Gewalt ein Ende setzen können, doch wir entschieden uns anders. Uns stand das ganze Universum offen, warum sollten wir also unsere Hände mit Blut beflecken, nur um einen einzigen Planeten, sei es auch die Heimatwelt, unter unsere Kontrolle zu bringen?

Wir wollten die Irrenden einerseits nicht töten, andererseits gab es auch keinen moralisch ernsthaft zu rechtfertigenden Grund, weshalb wir weiter mit diesen Verrückten zusammenleben sollten. Deshalb begannen wir mit dem großen Exodus. Wir besiedelten erdähnliche Planeten und verlagerten unsere gesamte Zivilisation dorthin. Auf der Erde ließen wir jedoch molekulare Konstrukteure zurück, die darauf programmiert waren, jedes Zeugnis unserer Zivilisation zu vernichten. So kam es, dass wir den Verwirrten unseres Volkes und den zurückgebliebenen Primitiven jegliche Technologie nahmen – schließlich waren sie tatsächlich auf dem besten Wege, mit einer Wissenschaft, die sie nie erdacht hatten und kaum verstanden, sowie einer Technologie, die sie nicht beherrschten, den Planeten zugrunde zu richten. Jedes Bauwerk, jede Maschine, jeder Teller und jeder Löffel löste sich unter dem Wirken der Konstrukteure in seine atomaren Bestandteile auf. Deshalb wurde niemals ein Zeugnis unserer Zivilisation auf Terra von nachfolgenden Generationen gefunden.

Nachdem wir ihnen unser geistiges Eigentum genommen hatten, sanken die im wahrsten Sinne des Wortes Zurückgebliebenen innerhalb weniger Generationen auf ein steinzeitliches Niveau zurück, und die Ökosysteme fanden ihr Gleichgewicht wieder.«

»Wie alt sind Sie selbst, Marduck?«, fragte Sargon, was ihm schon eine geraume Zeit auf der Seele brannte.

»Ich gehörte zu den damaligen Auswanderern, bin also fünfzigtausend Jahre alt.«

»Was wurde aus der Aldebaran-Expedition? Sie flogen doch sicherlich später hin, um nachzusehen.«

»In der Tat. Wir schickten Beobachtungssonden. Einige hundert Menschen hatten den Absturz überlebt und in den vergangenen einhundert Jahren den Grundstein für eine primitive Zivilisation gelegt. Wir beabsichtigten eine zweite Expedition zu schicken, um unsere Leute aus ihrer misslichen Lage zu befreien.

Doch dann brach der Krieg aus. Ein Volk von Chloratmern fiel über unseren Seitenarm der Galaxie her. Wir erfuhren nie, was sie suchten und warum sie uns bekämpften – schließlich konnten sie mit unseren Sauerstoffwelten nichts anfangen. Wir vermuten heute, ohne jedoch Genaueres zu wissen, dass sie erste Vorboten des aufziehenden Chaos waren.

Wie dem auch sei: Unsere Zivilisation war jung, wir begannen uns gerade erst auf unseren neuen Welten festzusetzen, also waren wir dem Ansturm nicht gewachsen. Ein neuer Exodus begann. Diesmal in die kleine Magellan'sche Wolke, wo wir in den kommenden zehntausend Jahren ein Reich aufbauten, dass nur tausend Jahre später die gesamte Galaxie beherrschte.

Auf Sumeran waren zu jener Zeit antike Zivilisationen entstanden, die sich mit Speeren und Schwertern bekriegten. Wir entschlossen uns damals, nicht einzugreifen und der Entwicklung auf Sumeran ihren Lauf zu lassen.«

»Und warum zogen Sie sich schließlich zurück, gaben die Herrschaft über die Galaxis auf?«, wollte Frank Green wissen.

»Weil der Evolutoren-Krieg damals in weitentfernten Galaxien begann. Das Chaos suchte sich bevorzugt jene Sterneninseln, in denen die gesellschaftliche Ordnung besonders differenziert war. Da wir damals keine Strategie hatten, uns den Evolutoren ernsthaft in den Weg stellen zu können, entschieden wir, unsere Herrschaft aufzugeben und die Milchstraße in Tausende kleine Reiche zerfallen zu lassen. So wurde unsere Heimatgalaxie für mögliche Späher der Evolutoren uninteressant. Schließlich konnten sie nicht ahnen, welches Potenzial unsere Heimat hatte und dass aus ihr bereits in wenigen Jahrtausenden eine ernste Gefahr für sie entstehen würde.«

»Was für eine Gefahr?«, fragte Nungal.

»Wir schickten damals unsere besten Krieger in die entlegenen Galaxien, um dort den Widerstand gegen die Evolutoren zu organisieren. Zusätzlich entführten wir Krieger von Sumeran, später sogar von Terra – denn auch auf unserer Heimatwelt war die Evolution nicht stehengeblieben, und es entwickelten sich dort erneut Menschen von unserer Art. Diese Krieger bildeten wir zu den besten des bekannten Universums aus.

Wir hatten erkannt, dass der Krieg gegen die Evolutoren nicht durch gewaltige Raumflotten zu gewinnen war, sondern nur durch eine Elite: durch den intergalaktischen Orden der Besten.«

»Doch was ist …«, setzte Sargon an, wurde aber mit einem freundschaftlichen Lächeln von Marduck unterbrochen: »All eure Fragen werden beantwortet werden. Doch es gibt Dringlicheres zu tun: Kurz nach eurer Ankunft und der eures Widersachers unterbanden wir aus naheliegenden Gründen jeden Funkverkehr zwischen Shangrila und dem Imperium. Im solaren System standen sich zwei Flotten der Menschheit feindselig gegenüber – ein Sakrileg! Geht nun, und schafft dort Ordnung. Eint zunächst die Menschheit, bevor ihr daran denkt, die Galaxis zu einen.«

»Apropos Widersacher!«, platzte es aus Jörgensen hervor. »Was ist aus Pentar geworden?«

»Nicht bestanden!«, entgegnete Marduck lakonisch und grinste spitzbübisch.

»Ist er tot?«

»Nein. Wir nahmen ihn gefangen. Ihr könnt ihn mitnehmen. Eine Kleinigkeit noch: Wir entfernten die Konditionierungen bei den Offizieren seines Flaggschiffs. Anschließend bin ich einfach in der Zentrale der NEOREGULA erschienen und habe die Besatzung über den Verrat Pentars und den Ausgang des Wettkampfes um das Erbe der Blutmeister informiert. Das ehemalige Flaggschiff Pentars liegt bereits längsseits zur ONSLAR II und wartet auf deine Befehle, Sargon.«

*

Kaum hatte Marduck die letzte Silbe ausgesprochen, befanden sich der Imperator und seine sechs Kameraden in der Zentrale der ONSLAR. Die anwesenden Besatzungsmitglieder schreckten hoch, als die Gestalten plötzlich aus dem Nichts entstanden. Dann machte sich ein maßloser Jubel breit, als die Soldaten ihren Imperator, Nungal und das Kommando Sondtheim vollzählig zurückgekehrt wussten.

Und was ist mit Pentar?, dachte Sargon, während er in die freudestrahlenden Gesichter der Kameraden blickte.

Im gleichen Moment materialisierten sich zwei gefesselte Gestalten am Boden liegend, während fünf weitere aufrecht stehend in grauer Rüstung und voll bewaffnet erschienen. Die fünf legten sofort ihre Waffen auf den Boden, verbeugten sich in Sargons Richtung und salutierten anschließend. Dann sagte einer von ihnen: »Mein Name ist Hegalar, ehemals Major der föderalen Streitkräfte. Ich erwarte Ihre Befehle, Imperator.«

Sargon nickte den Soldaten kurz zu und wollte sich soeben an den Ersten Offizier wenden, als eine vertraute Stimme in seinem Rücken erklang:

»Also, das soldatische Ehrenhaftigkeitsgetue ist ja mitunter ganz amüsant anzuschauen, doch was ist mit dem Erbe der Blutmeister, Herr Imperator?« Professor Feynman war aus der jubelnden Menge hervorgetreten und blickte Sargon mit seinem typischen schelmischen Lächeln an.

»Wissen Sie, wie man die Baryogenese von beliebigen atomaren Strukturen aus einer gerichteten Neutrinostrahlung in Gang setzen kann, Herr Professor?«, fragte der Imperator mit gelangweilter Mine.

»Ha! Wer das weiß, könnte die gefährlichste Waffe der Yx einfach nachbauen. Man könnte Gegenstände einfach von einem Ort zum anderen teleportieren, man könnte …« Der Professor stutzte und unterbrach sich beim Blick auf die leicht zuckenden Mundwinkel Sargons.

»Ich kann Ihnen verraten, Herr Professor, die diesem Problem zugrunde liegende Physik mag ja für einen kurzen Moment recht amüsant sein, ist aber letztlich zu trivial, um einen wirklich intelligenten Menschen längere Zeit zu fesseln.«

Dies war wahrscheinlich der erste Moment in gesamten Leben des genialen Physikers, in dem er dumm aus der Wäsche guckte. Er stammelte irgendetwas, das aber im Gelächter der Soldaten unterging.

*

Die Rückkehr der ONSLAR in Begleitung der NEOREGULA geriet zu einem Triumphzug. Nachdem die föderalen Offiziere von ihren Konditionierungen befreit worden waren, hatte Elnan die Aufnahmen des vor einhundertvierundvierzig Jahren zwischen Sargon und Pentar geführten Gesprächs senden lassen, die eindeutig den Verrat des damaligen Thule-Präsidenten belegten. Als dann noch die Aussagen von Föderationsoffizieren gesendet wurden, die von den verbrecherischen Konditionierungen berichteten, brach der Widerstand der letzten föderalen Soldaten zusammen, die noch an eine Lüge Elnans und Tudalurs geglaubt hatten.

Die gesamten föderalen Streitkräfte schlossen sich noch am selben Tag dem Imperium an.

Pentar und Thomson erhielten nach alter aldebaranischer Sitte in ihren Einzelzellen an Bord der ONSLAR je eine Magnetfeldpistole. Man überließ es ihnen, ob sie ein Gerichtsverfahren über sich ergehen lassen wollten, das mit Sicherheit eine Verurteilung zu einer lebenslänglichen Unterbringung auf einem Gefängnisplaneten ergeben hätte, oder ob sie sich dem entziehen wollten. Pentar erschoss sich, Thomson wartete auf seinen Prozess.

Sargon entließ derweil die Methan atmenden Onstrakar in die Freiheit und schloss auf ihre Anregung hin einen Bündnisvertrag mit ihnen. Er befahl der ehemals föderalen Flotte, sich an der *Besetzung* – der Vernichtungsbefehl war aufgehoben worden – der letzten Reste des Mohak-Reiches zu beteiligen, und beorderte eine ganze Flotte von Frachtschiffen nach Terra, die sich um die Atmosphärenreinigung kümmern sollten.

Bereits in wenigen Wochen würde die Wiege der Menschheit wieder zu jenem strahlend blauen Planeten werden, der bereits vor fünfzigtausend Jahren eine Spezies hervorgebracht hatte, die damals wie heute nach den Sternen griff.

Epilog

Der Zhort wartete nun schon seit Wochen im speziell dafür geschaffenen Gefangenenbereich an Bord der HORAGON. Ihm war klar, dass etwas gehörig schiefgelaufen sein musste, sonst wäre die kleine Weißhaut mit dem hässlichen Haarkranz längst erschienen und hätte den Sieg über das Imperium verkündet.

Doch niemand kam. Die Wärter, die ihm und den wenigen überlebenden Mohak synthetisches Fleisch brachten, waren nicht bereit, auch nur die geringste Information preiszugeben.

Tausende Szenarien, was passiert sein könnte, hatte der Zhort im Kopf durchgespielt. Er konnte nicht ahnen, wie weit entfernt von der Wahrheit er mit jedem einzelnen Gedankenspiel war.

Er glaubte bereits daran, dass man ihn in diesem Gefängnis versauern lassen wollte, als schließlich eine Weißhaut den Gefangenenbereich betrat, die er sehr gut kannte.

Der Imperator persönlich war erschienen. Er war allein. Seine hellblonden Haare vielen ihm über die Schultern. Er trug eine schmucklose schwarze Kombination mit dem Sonnenkreuz auf Brust und Rücken. Sie war aus Stoff, keine Nanoröhrenpanzerung, keine Waffen – nichts!

Der Zhort glaubte einer Halluzination zu erliegen. Wie konnte es der höchste aller Aldebaraner wagen, ihm ohne Waffen entgegenzutreten? Die Mimik seines ärgsten Feindes zeigte sogar etwas, was der Zhort als Lächeln zu interpretieren gelernt hatte.

»Nun, Herrscher der Mohak, bist du bereit, dich mit deinem Volk unter meinen Befehl zu stellen und mir bedingungslos zu gehorchen?«, fragte der Imperator mit ruhiger Stimme in der zischenden Sprache der Echsen.

»Warum sollte ich das tun? Wenn ich jetzt einfach Ja sagen würde, um mein Volk zu retten, würdest du das sicherlich durchschauen«, gab der Zhort zurück.

»Ich werde dir in Zukunft vertrauen können.«

Die Verwirrung des absolutistischen Herrschers war grenzenlos. *Der Imperator muss verrückt geworden sein*, dachte er.

Wie dem auch sei – hier bot sich dem Zhort die einmalige Chance, seinen ärgsten Feind zu töten. Er stieß sich heftig ab und flog quer durch die Zelle auf Sargon zu. Letzterer blieb einfach stehen und fegte die heranfliegende Echse mit der Rückhand zur Seite. Krachend landete der Zhort auf dem Boden und überschlug sich mehrfach.

»Dein Volk wurde von Menschen geschaffen, die gemeinsame Vorfahren mit mir haben und deren Erbe ich bin. Ich kenne die genetischen Codes, die sie erzeugt haben, im Detail und verstehe jede ihrer Sequenzen. Einer der Genabschnitte konditioniert euch auf eure Schöpfer. Genau diesen Abschnitt kann man durch ein einfaches Virus umprogrammieren.«

Plötzlich hielt der Imperator eine Spritze in der Hand und jagte sie im gleichen Moment ins Gesäß des Zhort. Die schwer angeschlagene Echse verlor fast augenblicklich das Bewusstsein.

*

Kreisende Nebel umgaben den Zhort, und er fühlte sich wie auf Watte gebettet. Nur langsam lichteten sich die Nebel und gaben den Blick frei auf ein halbes Dutzend Aldebaraner, die um sein Bett standen – unter ihnen der Imperator. Ein warmes Gefühl durchströmte den Zhort beim Anblick der Menschen. Ein Gefühl, das am ehesten mit dem elterlichen Instinkt gegenüber dem eigenen Nachwuchs zu vergleichen war. Und genau das war es auch, was der Zhort empfand: einen Instinkt, was nichts anderes ist als ein Wort für ›genetisch codierte Verhaltensweise‹.

Ende